KEITAI
SHOUSETSU
BUNKO
SINCE 2009

俺の言うこと聞けよ。
～イジワルな彼と秘密の同居～

青山そらら

スターツ出版株式会社

カバー・本文イラスト
／あおいみつ

「お前、うちに居座るんだったら
俺の言うこと聞けよ」

　お父さんの言いつけで、学校に通いながら、
　住みこみでレストランのお手伝いをすることになりました。

　しかし、そこはなんと、学年一モテるけど、
　俺様でイジワルな同級生の家だった!?

　突然はじまったスパルタな居候生活は、
　波乱続きで超大変!

　だけど、たまに見せる彼の優しさに、
　こんなにもドキドキしちゃうのは、なぜ……？

不器用な俺様男子
　　　×
気弱な従順女子

　２カ月間の秘密の同居、はじまります。

俺の言うこと聞けよ。

*突然の重大発表	10
*俺の言うこと聞けよ。	23
*生意気なんだよ	39
*不器用な彼	59
*琉衣くんが笑った	88
*琉衣くんと小川さん	101
*彼女のフリ？	125
*こいつはダメ。	149
*ムカつくんだよ。	167
*ドキドキの文化祭	189
*帰ってきた彼女	213
*かなわない	239
*私は琉衣くんのモノじゃない	262
*今度こそ、俺のもの。	280
*エピローグ	310
*おまけ〜その後のふたり〜	313

contents

文庫限定After story

＊私たちの未来　　　　　322

＊あとがき＊　　　　　　350

俺の言うこと聞けよ。
～イジワルな彼と秘密の同居～

登場人物紹介

イケメンだけど俺様で毒舌な宮川家次男。親の経営するレストランMiyakawaで、ベーカリーを手伝っている。居候の亜里沙に対して最初は冷たかったけれど…。

西村亜里沙（にしむらありさ）

控えめでお人よしなパン屋のひとり娘。
自宅兼店舗の改装のため、琉衣の家に居候することになってしまい…!?

宮川琉衣（みやかわるい）

おしゃべりで噂好きな亜里沙の親友。ノリが良く、明るくて社交的な性格。

中村 麻実(なかむらまみ)

優しくて温厚な宮川家長男。レストランMiyakawaのシェフ見習い

宮川 俊介(みやかわしゅんすけ)

レストランMiyakawaのパン職人。明るいムードメーカー

近藤 樹(こんどういつき)

俺の言うこと聞けよ。

＊突然の重大発表

　今日もまた、平和な一日のはじまり……。
「亜里沙〜！　こっち手伝ってくれる？」
「はぁ〜い！」
　パン屋の朝は早い。外がまだうす暗い時間に起きて、準備をする。
　私の名前は西村亜里沙。パンが大好きな高校２年生。
　背中までの長い髪は、中学の頃から伸ばしつづけている。ちょっと抜けてるところもあるけれど、ごくマジメな性格。
　うちはパン屋さん。
　お父さんとお母さんがふたりともパン職人で、夫婦で店を経営している。
　あとは数人のアルバイトと、ひとり娘の私が店を手伝っていて、規模は小さいけれど味が自慢の人気店。
　一度雑誌に載ったこともあって、一時は行列もできてたんだ。だから、夕方にはほとんど売り切れちゃうの。

　朝ごはんはいつも焼きたてのパン。
　朝の仕込みを手伝ったあとに牛乳と共に口に放りこんで、お父さんが焼きあげるパンの香りに包まれて家を出る。
「いってきまーす！」
　だけど、ひと仕事終えてから学校に行くから、どうしても授業中は眠くなっちゃう。

居眠(いねむ)りしないで一日を過ごすのは、かなりむずかしい。
　今日も朝からバタバタしながら学校に着くと、仲良しの中村麻実(なかむらまみ)が出迎えてくれた。
「おはよーっ、亜里沙！　あっ、今日もいい匂いする～」
　麻実とは１年の頃から仲良しで、２年生になった今もまた同じクラス。毎日ほぼ一緒にいる。
　茶髪(ちゃぱつ)のボブヘアが似合う、明るくて元気な子。
　ちょっとぼーっとしてる私をいつも助けてくれるの。
「おはよう、麻実。そう？　匂いするかなぁ？」
「するする！　亜里沙はいつもパンの匂い！　ってか、口に、なんかついてるよ！」
「えっ!?」
　麻実に言われて慌(あわ)てて鏡(かがみ)で確認すると、たしかに口もとに、朝食べたパンのくずがついていた。
「うわっ、ホントだ！　恥ずかしい～」
「もう、亜里沙はホントに慌てんぼうだよね～」
「えへへ」
　あぶないあぶない、麻実が教えてくれなかったら、このまま授業を受けるとこだったよ。……ふう。
　と、その時だ。
　――ふわっ……。
　通りすがりの誰かから、ほのかにバターの香りが漂(ただよ)ってきた。
　あれ？　これは……。
　ハッとして目の前を見ると、ハデな男の子の集団が、隣

のクラスへ向かって歩いていくところで。
　その中にひときわ目立つ、すごくキレイな男の子がいた。
「うわーっ、いたいた！　今日もまぶしいね～！　琉衣(るい)くんは！」
　彼は、隣のクラスの宮川(みやかわ)琉衣くん。
　うちの学年で一番カッコよくて、モテるってウワサの男の子。
　明るい茶髪に、片耳だけつけたピアス。くっきりとした二重(ふたえ)の目に、薄い唇(くちびる)。
　ちょっと目つきが悪くて怖そうだけど、すらっと背が高くて、スタイルも抜群(ばつぐん)で。女子はみんな彼を見るとキャーキャー騒(さわ)いでる。
　私は一度も話したことがないんだけど……。
「琉衣くんちって、あのレストランMiyakawa(ミヤカワ)なんでしょ？　将来は一流シェフ？　カッコいい～！　やっぱり料理うまかったりするのかなー？」
　麻実が琉衣くんのうしろ姿を見ながらつぶやく。
　麻実の言うとおり、琉衣くんはこの辺じゃ有名な超人気レストランのオーナーの息子で、知らない人はいない。
　琉衣くんのお父さんは、ほかにもいくつかお店を経営していて、そのどれもが人気店っていうやり手っぷり。
　うちは小さなお店だから、ちょっとうらやましかったりもするけど……。
　それより私はいつも、彼の髪の毛からバターの香りがするのが、ひそかに気になってる。

琉衣くんはもしかして、私みたくパンを作ってるんじゃないかって思うくらい。勝手な想像だけどね。
「イケメンでスポーツ万能、そのうえ親が金持ちとかいいよね〜。まさにサラブレッドって感じ？　いいなぁ〜、一度でいいから、あんなイケメンと付き合ってみたい！　亜里沙もそう思わない？」
「えっ？」
　麻実に言われて、もう一度、琉衣くんに目をやってみた。
　うーん……。
　たしかにみんながもてはやすのも納得、ってくらいカッコいいし目立つけど、私にはとても……。
「そ、そうだね……。でも私は見てるだけで十分かなぁ。あんな有名人と付き合うなんて、恐れ多いよ」
　そう答えると、麻実はとたんに眉間にシワを寄せる。
「えーっ!?　なに言ってるの！　亜里沙かわいいのに〜！　てか、亜里沙はもっと恋愛に意欲的になるべきだよ！　パンのことばっかり考えてないでさぁ」
　……ええ〜っ？
「い、いいよ〜。私はべつに……」
「よくないよ〜！　彼氏ほしいとか思わないの？　せっかくの高校生活なんだから、楽しまなくちゃ損だって！　亜里沙はいっつもそう！　もっと男子に興味を持って!!」
「うーん……」
　また言われちゃった。
　麻実にはこうやって、たまに説教されるんだ。

私が男の子にあまり興味がないからって。
　だけど実際のところ、私は部活もバイトもやっていないし、店の手伝いで忙しくて。とてもじゃないけど今は、恋愛のこととか、考えてる余裕がないんだ。
　今はただ、パンを作ってるだけで楽しいから。
　みんなみたいに、好きな人や彼氏がいたら、楽しそうだなぁとは思うけどね。
　今のままでも十分毎日が充実してるから、大丈夫。
　そのうちきっと、自然と恋がしたくなる時が来るんだと思う。

「ただいま〜っ」
　家に帰ると、お母さんがめずらしくリビングにいた。
　うちは自宅兼店舗(てんぽ)なので、1階がお店で、2階が自宅。
　お母さんはなんだか慌ただしそうにしてる。
「おかえり、亜里沙」
「あれ？　お母さん、お店は？」
「今日は午後休んでるのよ。荷造りに忙しくてね」
「えっ、荷造り？」
　そう言われて、頭にハテナマークが浮かんだ。
　荷造りって……いったいなんの？　どこか旅行にでも行くのかな。
「あっ、それより亜里沙、今日店が終わったら、お父さんから大事な話があるからよろしくね」
「大事な話……？」

「この前話してた店の改装についてよ。時期が早まったものだから。詳しいことはまたあとでね。ちょっとお母さん出かけてくるわ」

お母さんはそう言うと、そそくさと家を出ていく。

なんだろう、なんか変……。

たしかに最近は、もうすぐ店の改装をするからって、夫婦で忙しそうにはしてたけど。

大事な話ってなんだろう。気になるなぁ……。

そして迎えた夜……。
「亜里沙、ちょっといいか」

ダイニングテーブルに座ったお父さんが、めずらしく深刻な顔をして私を呼ぶ。
「うん。なぁに？」

少しドキドキしながらその場へ駆けよると、お父さんはいきなりこんなことを口にした。
「実はだな……来週から、うちの店を2カ月半休業することになった」
「えっ！」

……ウソ。2カ月半も？　そんなの聞いてなかった。

でも、それはつまり……。
「改装するからだよね？」

近々、店の大規模リニューアルをするって言ってたから、そのためかな。

工事をするわけだもんね。だったら当然かぁ。

「そうだ。店の改装工事のための休業だ。工事は約２カ月かかるみたいだし、そのほか開店準備や新しい設備でのパンの試作も行うから、２カ月半は店を休むことにしたんだ。が、しかし……」
　しかし……？
「それに伴(ともな)い、２階の自宅にも工事が入ることになってな」
「えっ、そうなの？」
「あぁ。だからつまり、その工事を行う２カ月間は、ここに住めなくなってしまうんだ。それで仮の住居をどうするかということなんだが……」
「えぇっ！　仮の住居!?」
　なにそれ……。初耳だよ。
　私が目を丸くしていると、お父さんはさらに信じられないことを口にする。
「お前はその間、世界(せかい)の店で修行してもらおうかと思ってる」
「へっ!?　修行!?」
　ちょ……ちょっと待って。どういうこと？　話についていけない。
　しかも、世界さんっていうのは、たしか……。
「お父さんの古い友人っていう？　名前は聞いたことあるけど……。しかも修行って、なんの……？」
「ああ、もちろんパンの修行だよ。世界の店はパンが評判だから。お前も知ってるだろう、隣駅のレストランMiyakawa。あそこでしばらく世話になりなさい。向こう

の了解は取ってあるから」
　えっ……。
「えぇ～～～っ!!?」
　ちょ……ちょっと待って!!　なにそれっ!
　世界さんってあの、Miyakawaのオーナーのこと!?　お父さんの友人だったの!?
　ウソでしょ……。
「な、なにそれ!　聞いてないよ!!　いきなりそんなこと言われても……」
「いやでも、もう決まってるんだ。Miyakawaでちょうどベーカリーの担当がひとり抜けたらしくてな。うちが改装する話をしたら、『娘さんをアルバイトがてら、しばらくうちに預けてはどうか？』って言ってくれたんだよ。バイト代まで出してくれるとのことだ。一度、ああいう店で働いてみたほうがいいぞ。いろいろ勉強になるだろうから」
「えぇっ、決まってるの!?」
　そんなの勝手に決めないでよ～っ!!
「それに、ちょっと待って!　バイトっていうのはわかったけど、世話になるって……私はどこに住むの？　お父さんたちは？　うちにはしばらく住めないんでしょ？」
「あぁ、だからそれは……」
　お父さんはポン、と私の肩をたたく。
「世界の家で２カ月間お前を住まわせてくれるそうだ。部屋はあまっているみたいだし。お父さんたちは新商品開発のネタ探しもかねて、ヨーロッパ旅行に行ってくるから」

「は……はぁ～～っ!!!?」
　そんなムチャな……。
「ムリだよっ!!　バイトだけならまだしも、住みこみだなんて！　私ほとんど面識ないのに！　しかも２カ月もっ！」
　私が半泣きで抗議すると、お父さんはうんうんとうなずいてみせる。
「……ふむ。亜里沙、お前の気持ちはわかるよ。でも、かわいい子には旅をさせろって言うだろ？　あのMiyakawaで働けるなんて、めったにないチャンスだぞ」
「でもっ……」
「お父さんたちも、忙しくてずっと行けなかった新婚旅行に、やっと行けるんだ。それに、世界のとこの下の息子くんは、亜里沙と同級生らしいじゃないか。仲良くすればいい。はっはっは！」
「えっ……」
　そう言われた瞬間、ハッとした。
　あれっ？　そっか……。
　よく考えてみたらMiyakawaって、オーナーの自宅っていうことは……あの琉衣くんの家ってことじゃない！
　ということは私、これから琉衣くんの家にしばらく住むってこと？
　ムリだよ、そんなの！　琉衣くんとなんて話したこともないのに。一緒に住むなんて、できるわけがないよ！
「む、ムリだってば！　ホントに……ねぇ、お父さん！
私っ……」

だけど、私があらためて抗議しようとしても、お父さんはまるで聞いてない。
　それどころか、どこからか大きな紙を取りだしてみせて。
「亜里沙、これを見なさい。これがうちのベーカリーニシムラの完成予想図だ。すばらしいだろう？　新しい店舗と共に、成長したお前に会えるのをお父さんは楽しみにしているよ」
「……っ」
　その様子を見て思った。
　ダメだ……。お父さんの中ではもう、これは決定事項(じこう)なんだ。
　お父さんは昔から、こうする！って決めたら、それを曲げたりしない人だから。
「そ、そんなぁ……」
　理不尽(りふじん)だとは思うけど、なにも言い返すことができない。
　平穏(へいおん)な毎日が、突然音を立てて崩れていくかのよう。
　これから先、どんな生活が待っているんだろう。私、うまくやっていけるのかな……？
　考えたら、不安でたまらなくて。
　キラキラと希望に満ちた笑みを浮かべるお父さんの横で、ひとり呆然(ぼうぜん)とたたずむしかなかった。

　はぁ……。
　その夜はため息ばかりで、なかなか眠りにつくことができなかった。

だって、突然の住みこみのアルバイト。そして、それがあの琉衣くんのおうちで……。
　ただでさえ人見知りで、あまり男の子と話したことがないのに、一緒に暮らすなんて考えただけでも気が重い。
　琉衣くんとはクラスは違うけれど同じ学校だし、もし万が一、学校のみんなにバレたりしたらどうなるんだろう？
　しかも、彼はかなりの人気者。
　同居してるなんて知られたら、きっと私は琉衣くんファンの女子たちにつるしあげられるに違いない。
　あぁ……絶対ムリ。
　だからもし一緒に住むことになっても、絶対バレないようにしなくっちゃ……。
　そして、あのMiyakawaで働くということ。
　ただのアルバイトとはいえ、あそこはなかなか敷居の高そうな有名店。
　ランチはわりとリーズナブルだけど、ディナーは予約制でけっこうなお値段だってウワサ。
　そんなお店で見習いレベルの私なんかが働いていいのかな。なんだか恐れ多いな。
　足手まといにならないか心配だよ。
「うーん……」
　お気に入りの抱き枕をぎゅっと抱きしめながら、何度も寝返りを打つ。
　眠くなるどころか、だんだんと目がさえていくようだった。

寝る前に、お母さんとも住みこみの件について話した。
　お母さんは少し心配してくれていたけど、それでも反対する気はないみたいだった。
　なんでも今回の件は、宮川オーナー、すなわち世界さんが強く希望してきたみたいで、なぜだか私をどうしても招きたいとのことだったらしい。
　どうして私なんかって感じだけど……。
　会ったこともないはずの私を、オーナーが気に入ったとかなんとかで、実に不思議でならない。
　友人であるお父さんの娘だからかな？
　お母さんとお父さんは、フランス在住のお父さんの妹、真代おばさんの家とホテルに滞在しながら２カ月間過ごすみたい。
　お互い今まで忙しくて、新婚旅行も行けなかったからって。この年になって、夢だったヨーロッパ旅行にやっと行けるんだ。
　真代おばさんは独身で、バリバリのキャリアウーマン。
　うちのお母さんとも友達みたいに仲が良くて、おばさんも今回の旅行で会えるのを楽しみにしてるんだとか。
　そんなことを言われたら、ますます私は反対なんてできるわけがなくて……結局我慢するしかなかった。
　こういう時、なにがなんでも嫌だと言える強さがあればいいんだけどなぁ。
　周りの人のこととか、断って困る人がいるかもとか考えると、自分が我慢すればいいかなって思っちゃう。

最終的には、べつにいいかなって思っちゃう。
　弱いなぁ、私って……。
　でも、もう決まったことなら、やるしかないんだから。ここは２カ月間、耐えるしかないよね。
　そうだ。これもきっと、お父さんが言うように、いい勉強になるはず。
　立派なパン職人になるための修行なの。
　そう思えばいいんだ。きっと……。
　私は不安でいっぱいだったけど、なんとか自分に頑張れって言い聞かせて、そのまま眠りについた。

＊俺の言うこと聞けよ。

「亜里沙、準備はできた？」
「お、お母さん！　こんな格好(かっこう)で大丈夫かな？」
「大丈夫よ！　宮川さん、そんなに堅(かた)いお宅じゃないから」
「ホント？」

　今日は宮川家にあいさつに行く日。そして、例の住みこみ生活がはじまる日。

　ついにこの日が来てしまった。

　私は朝から落ち着かなくて、何度も服を選びなおしたり、荷物を確認したり……朝ごはんすら、ろくにのどを通らない感じだった。

　だって、よく考えたらこれから２カ月間、一度も家に帰れないんだもの。

　お父さんたちにもずっと会えないし、親しい人たちに会えるとしたら、学校の友達くらい。

　想像しただけでも、あまりにも孤独(こどく)で、不安で。いっそのこと、このまま逃げだしてしまいたいくらいの気持ちだった。

　だけど、もう逃げられない。そろそろ行かなくちゃ。
「よし、そろそろ行くぞ～」

　お父さんに言われて、車に乗りこむ。

　今日は祝日の月曜で、Miyakawaは定休日。めずらしくオーナーの世界さんも自宅にいるんだとか。

家族総出(そうで)で私を出迎えてくれるらしく、緊張しすぎて着ていく服もすごく迷ってしまった。
　すると、お母さんが不安そうな私の顔をのぞきこんできて。
「向こうのみんなも楽しみにしてくれているみたいよ。なんでも、あちらは男兄弟で女の子がいないからって。奥さんなんて『娘ができるみたいでうれしいわ〜』って言ってくれてるそうだから」
　……へ、へぇ〜っ？
　でも、よかった。そんなに歓迎してくれてるなら。
　もしかして、それが私を招いた理由？
　優しそうな家族なら安心だけど……。
　宮川家は、父親でオーナーの宮川世界さん、母親の静香(しずか)さん、長男の俊介(しゅんすけ)さん、そして次男の琉衣くんの４人家族。
　私はまだ琉衣くん以外とは会ったことがなくて、今日が初対面。
　住みこみの話を聞かされてからも、琉衣くんに学校でなにか言われることはなくて。
　向こうはこの話を聞いてるのかいないのか、もしくは私の存在を知らないのか……結局、彼とは一度も話す機会がないまま、今日まできた。
　だからドキドキする。琉衣くんがどんな反応をするのか。
　迷惑がられたりしないかな。ムシとかされたらどうしよう……。

車で10分ほど走ったら、すぐにMiyakawaに着いた。
　店の駐車場に停めさせてもらい、その隣にある宮川家の敷地まで歩いていく。
　宮川家はうちみたいに店舗兼自宅ではなく、お店と自宅は別で、自宅は広々とした庭まである豪邸だった。
　門の前に立つだけで、ひるんでしまいそうになる。
　ここが、あの琉衣くんのおうちなんだ……。
　レンガ造りのおしゃれな西洋風の建物に、ガーデニングがキレイに施された庭。
　そして同じくレンガ造りの塀に囲まれて、それはそれは裕福なお宅だということが一目見てわかる。
　こんな家で、これから毎日暮らすなんて……。
「それじゃ、伺おう」
　だけど、そんな私を気にするでもなく、お父さんはさっさと門についているインターホンのボタンを押す。
　——ピーンポーン。
　すると、スピーカーから奥さんらしき人物の声がした。
「はーい」
「西村です。お世話になります」
「あぁ、どうもこんにちは〜！　今開けますね」
　にこやかな声と共に、門のロックが外れる音がする。
　——ガチャッ。
　そのまま玄関の前まで歩いていくと、ドアが開いて、中から小ギレイな格好をした女の人が出てきてくれた。
「こんにちは〜！　はじめまして……って、まぁかわいら

しい！」
　その人はうちのお母さんよりずいぶん若く見えたけれど、どうやら奥さんの静香さんのようで。
　すごい、キレイな人……。
「あ、はじめまして！　に、西村亜里沙と申します！」
「あなたが亜里沙ちゃんね？　まぁ～こんなかわいい子、うれしいわ！　どうぞ、あがってあがって！」
　ニコニコしながら中に通してくれる。
　部屋に入ると、待ってましたとばかりにオーナーの世界さんも出てきてくれて、オドオドする私を笑顔で迎えてくれた。
「こんにちは、亜里沙ちゃん」
　世界さんは想像していたよりずっと優しそうで、紳士的な感じの人。
　やり手のオーナーということで、勝手に厳しい人なのかと思っていたけれど、ぜんぜんそんな雰囲気はなかった。
　ふたりを見て少しだけ安心する。
　よかった……。こんなおじさん、おばさんなら大丈夫かな。
　世界さんとお父さんは顔を合わせたとたん、ふたりでいろいろ話しはじめる。
「すまないね、ムリなお願いをして」
「いや、こちらこそ。おかげでやっと、夢のヨーロッパ旅行に行けるよ」
「娘さんは責任を持ってうちで預かるから」

「あぁ、厳しくしてくれて構わないから。本人にもいい経験になればと思うよ」
　なんだかもう、勝手に大人同士で話が進んでいる感じだった。
　本当にこのふたりは友達だったんだ。知らなかった。
　だけど、私はなにも言えない。
　お母さんは、静香さんとペラペラしゃべってるし……。
　するとその時、奥からまたひとり、誰か現れた。
「おっと、出遅れた！　もう来てるの？」
　キレイめな白いシャツにジーンズ姿の爽やかな男の人。
　背がすらっと高くて、髪が黒くて、端正な顔だちをしていて。
　見た瞬間、思わず目を奪われてしまうようなルックスの彼は、私を見るなり笑顔であいさつしてくれた。
「あ、キミが亜里沙ちゃん？　はじめまして！　俺、俊介っていいます。ここの長男。よろしくね！」
　私も慌てて頭を下げる。
「あっ、ハイ！　よ、よろしくお願いします……！」
　思わずドキッとしてしまう。
　はじめて見たけど、この人が琉衣くんのお兄さん？　すごくカッコいい……。
　琉衣くんとはまた違うタイプだなぁ。
　顔もそんなに似てないし、好青年って言葉がピッタリというか。
　琉衣くんは茶髪でもっとハデな感じだし、ツンとしてる

イメージなのに。俊介さんはすごく優しそう……。
　って、私ってば、なにを考えてるんだろう。こんな時に。
　それより、琉衣くんはいないのかな？　彼の反応が一番怖いんだけどな……。
　だけど、結局そのまま琉衣くんは現れず、お父さんたちは私を宮川家に引き渡すと笑顔で帰っていった。
　ひとり娘だっていうのに別れを惜しむでもなく、旅行のことで頭がいっぱいな感じだし。まったく、もう……。
　リビングに通されると、静香さんが紅茶やお茶菓子を用意してくれて、いろいろ話しかけてくれた。
　世界さんも、お兄さんの俊介さんも、とてもいい人。緊張する私にとても気を使ってくれる。
　初対面だったけど、こんな優しい人たちと暮らすんだったらなんとかやっていけるかも、と心の中で少しホッとしてる自分がいた。
「亜里沙ちゃんは、琉衣と同じ高校なんだよね？」
　世界さんがたずねる。
「は、はい。そうです。隣のクラスで……」
　と言っても、話したことはないけど。
「それは心強いな。ぜひ仲良くしてやってくれ。あいつはちょっと気むずかしい性格だけど、根は優しいから」
　……えっ？
「そうそう、かなりひねくれてるからビックリするかもしれないけど、素直じゃないだけだから。もしなにか言われて困ったら、いつでも俺に相談して」

「は……はぁ」
　俊介さんまで……。
　なんだか琉衣くんの意外な言われように、少し驚いた。
　琉衣くんが気むずかしい？　ひねくれてる？
　そんなのぜんぜん知らなかったけど、そうなんだ……。
「亜里沙ちゃんが来るから家にいろって言ったのに、今もコンビニに行くとか出かけていっちゃったし。そろそろ帰ってくるはずなんだけど……」
　──バタン！
　するとその時、玄関のほうから、ドアが勢いよく閉まる音がした。
「おっ、帰ってきたかな」
　そして、こちらに向かって足音が聞こえてくる。
　どうやら琉衣くんが帰ってきたみたい。
　私は思わずゴクリと唾を飲みこんだ。
　──ガチャッ。
「ただいま」
　リビングのドアが開くと同時に現れる茶髪の男の子。
　すらっと背が高く、整ったキレイな顔、人目を惹きつけるオーラ。
　ラフな服装だったけれど、それはたしかにうちの学年の王子様、宮川琉衣くんだった。
　わぁ……ホントに琉衣くんだ。やっぱりカッコいい。
「おぉ、やっと帰ってきたな。琉衣も座りなさい。亜里沙ちゃんが来てくれてるよ」

「そうそう、ちゃんとあいさつしなきゃダメよ。琉衣もなにか飲む?」

　だけど、おじさんたちの声をよそに、琉衣くんは私を見るなり、こんなことを口にした。
「……は? 誰こいつ」
　……えっ!

　思いきり迷惑そうな顔、そして冷ややかな視線に、思わずたじろいでしまった。
「誰って、西村亜里沙ちゃんだよ。今日から2カ月間、うちで預かることになってる。お前にも話しただろう? 同じ高校の同級生らしいじゃないか。仲良くしなさい」
「はぁっ? 同じ高校!?」
「あ……ど、どうもこんにちは! 私、2組の西村です! あのっ……」
「知らねぇし。こんなやつ」
「……っ」
「つーかなんだよ、2カ月間って! そんな長い期間なんて俺聞いてねぇよ! しかも、タメとか初耳だし! ふざけんなっ! 俺は認めない!!」
　──ドンッ!!

　琉衣くんは大声でそう怒鳴りつけると、壁を思いきりたたく。

　さっきまで、あんなになごやかだったリビングの空気は、一瞬にして凍りついてしまった。

　というか、私やっぱり、琉衣くんに存在を知られてなかっ

たんだ。ショック……。
　そのうえ思いきり拒否されて、心が折れそうになる。
「コラ、琉衣っ！　失礼だろ、そんな言い方！　亜里沙ちゃんはうちの店を手伝ってくれるって言ってるんだ。それに彼女の両親はしばらく不在で海外から帰ってこない。女の子ひとりじゃなにかと物騒だろう」
「知るかよ！　だからって、なんでうちで面倒見る必要があんだよ！　手伝うって、ろくに働いたこともねー素人にできるわけねーだろ！　とにかく俺は反対だからな！　帰ってもらえよ!!」
「琉衣ッ!!」
　世界さんが立ちあがって琉衣くんを怒鳴りつける。
　だけど、琉衣くんはそのままプイッと背を向けると、すぐさまリビングを出ていってしまった。
　……シーンと静まり返る空間。一瞬にして居心地が悪くなる。
　私はなんだか急に、自分がとても迷惑な存在に思えてきて、泣きそうになってしまった。
　だけど、もう引き返せない。ほかに行く場所なんてない。
　正直、琉衣くんにあそこまで言われるとは思ってもみなかった。というか、琉衣くんってあんな人だったんだ。
　こんなので、私はこの２カ月本当にやっていけるのかな？
　先行き不安な新生活のはじまりに、目の前がまっ暗になったような気がした。

その夜、私は静香さんから案内された部屋にいた。
　宮川家は広くて、部屋がたくさんある。
　自分の部屋よりも広い部屋を与えられて、しかもベッドや机やクローゼットまであるし……ありがたいけれど落ち着かなくて、ずっとそわそわしていた。
　はぁ……。それにしても琉衣くんのあの態度。
　あまりの冷たさに心が折れる。
　夕飯は私の歓迎も兼ねて、ふだん家では料理をしないという世界さんが腕をふるってくれて。
　はじめて食べる豪華なフランス料理は、うっとりしてしまうくらいにとてもおいしかった。
　でも私はそれ以上に、無言で目も合わせてくれない琉衣くんのことが気になって……。
　琉衣くんは食事中、一度もしゃべらなかった。
　自分だけさっさと食べ終わると、すぐにどこかへ行ってしまう。
　私はそんな琉衣くんにいちいちビクビクしてばかりで、せっかくニコニコ優しく話しかけてくれる静香さんや俊介さんと、楽しく雑談をする余裕もなかった。
　それにしてもこの家族、どうして琉衣くんだけあんなにツンツンしてるんだろう。ほかのみんなは穏やかなのになぁ。
　──コンコン。
　するとその時、誰かが部屋のドアをノックする音がして。

「は、はいっ!」
「亜里沙ちゃん、いる? ちょっといい?」
　誰かと思ったら、その優しい声は俊介さんだった。
　彼だとわかって、すごくホッとする。
　……よかった。
　ありえないとは思うけど、一瞬、今ドアをノックしたのが琉衣くんなんじゃないかって思ってしまった。
　なぜならこの部屋は、琉衣くんの部屋の隣だから。
　物音でも立てたら、なにか文句をつけられるんじゃないかとヒヤヒヤする。
　よりによって、なんで琉衣くんの隣なんだろう。琉衣くんだって絶対嫌だと思うんだけど……。
　しかもベランダが私の部屋とつながっていて、行き来したり、のぞいたりできてしまうという……。
　そのせいで、よけいに落ち着かなくて、常にドキドキしっぱなしなのだった。
「はい、どうしました?」
　ドアを開けると俊介さんが立っていて、手にはバスタオルをかかえていた。
「お風呂いいよ、先に。俺が言いにくるのもなんだけど。これ、バスタオル使って。うちの親が亜里沙ちゃん用に新しいのを用意したみたいだから」
「わぁっ、わざわざどうもありがとうございます!」
「それと、さっきのことなんだけどさ」
「えっ?」

……さっきのこと？
「琉衣がごめんな。あんな態度で。あいつも悪気があるわけじゃないと思うんだけど、不器用っつーか、なんつーかさ。ホント気にしないでね。俺からも言っとくし」
「あ、いえ……そんな」
　なぜだかわざわざ俊介さんが謝ってくれた。
　もしかして、お風呂よりもそのことを言いにきたのかな？
　私が落ちこんでるのを気にしてくれていたんだ。やっぱり優しいなぁ……。
　私もいつまでも、クヨクヨしてる場合じゃないよね。
「でも、琉衣くんが怒るのもムリないです。赤の他人が２カ月も居座るなんて、普通だったら嫌だと思いますし。だから大丈夫です。私もできるだけ迷惑にならないよう、少しでもお役に立てるよう頑張るので……」
　私が笑顔で返すと、俊介さんが微笑む。
「ありがと。でも絶対傷ついたでしょ？　さっきのは。亜里沙ちゃん、あきらかに元気ない感じだったからさ。困ったことがあったら、なんでも言ってくれていいからね。誰も亜里沙ちゃんのこと迷惑だなんて思ってないし、むしろ歓迎してるんだから」
「……っ」
　その言葉に、私は思わず涙が出そうになった。
　心の準備をする間もなく、いきなりはじまったこの生活。
　正直逃げだしたいなんて思ってたけど、よく知りもしな

い私にこんなふうに言ってくれる人がいる。温かく迎えてくれる人たちがいる。
　それって、すごくありがたいことだよね。
「あ、ありがとうございます……。みなさん、すごく親切にしてくれて……私、なにもできないのに……ホントにありがとうございます」
　言いながら、ウルウルしてくる。
　すると俊介さんは、私の頭にポンと大きな手を乗せて。
「大丈夫。亜里沙ちゃんは、ここにいてくれるだけでいいんだから。仲良くしよーぜ。せっかくなんだし、な？」
　……どきん。
　思わず少しだけ顔が熱くなった。
　こんなに優しい男の人っているんだなぁ……。
　俊介さんの言葉は、なんだか魔法のように胸に響く。気持ちがすっと楽になる気がして。
「……はい」
　私はバスタオルをかかえたまま、笑顔でうなずいた。
　俊介さんは微笑みながら、「じゃあね」と手をふって、1階へと下りていく。
　あらためて、この人がこの家にいてくれてよかった、と思った。
　なんだか救われた気持ち……。
　さて、気を取りなおしてお風呂に入らなくちゃ。
　だけどその時、
「はっ、バッカじゃねぇの？」

階段を下りようとした私の背後から、鼻で笑うような声が。
　……えっ!?
　ドキッとしてふり返る。
　するとそこには、腕を組んで、廊下の壁にもたれている琉衣くんの姿があった。
　う、ウソっ……。なんでここに……？
「兄貴にデレデレしてんじゃねーよ、このバカ女。お前、自分の立場わかってんの？」
　……ドキッ。
　デレデレ!?　デレデレなんてしてたかな、私。
「す、すいません……っ」
　鋭い目でにらみつけられて、とりあえずわけもわからないまま謝る。
　まさかあの琉衣くんが話しかけてくるとは思わなくて、すごくビックリした。
　もしかして、今の会話を聞いてたのかな……？
「お前みたいなやつのことを、こう言うんだよ。世間ではなぁ……」
　琉衣くんは、ぐんぐんと私に向かって距離をつめてくる。思わずあとずさりする私。
　そして、ピタッと背中が壁についたとたん、彼は片手を私の顔の真横にドン、とついた。
「……居候って」
　ドクン……。

息をのむほどキレイな顔に、圧倒されてしまう。
怖いのに、なぜだか目をそらせなくて……。
「調子乗んなよ、マジで」
吐きすてられた言葉は、それはそれは鋭くて、冷たかった。
私はなにも言い返すことができない。ただただその場に固まるだけ。
琉衣くんは１ミリも表情を崩さずに、私をじっとにらみつけてくる。
「お前、名前なんだっけ？」
うっ……。やっぱり私のこと知らないんだ。
「あ、亜里沙です……。西村亜里沙……」
「……アリサ？　わかった。亜里沙、じゃあお前……」
そしてさらに額と額がくっつきそうなほど顔を近づけると、不敵な笑みを浮かべながら、
「うちに居座るんだったら、俺の言うこと聞けよ」
えっ……。
「返事は？」
ええっ、返事!?
「は……はいっ!!」
恐怖のあまり、無意識に大声で「はい」なんて答えてしまった。
それを見て、またフン、と鼻で笑う琉衣くん。
「わかってんだろうな。役に立たなかったら追いだすから」
「……っ」

追いだす……？　そんなムチャな……。
　だけど、言い返せるわけがない。
「わ……わかった。ちゃんと迷惑かけないように、頑張ります……」
　おそるおそる返事をする私。
　すると、琉衣くんはそこで気がすんだのか、私から体を離すと、スタスタと自分の部屋へ戻っていった。
「……はぁ」
　思わず息を吐きだすと、その場に座りこんでしまいそうになる。
　怖かった……。
　琉衣くんって、あんな俺様キャラだったの？　言うこと聞けよだなんて、どういう意味なのかな。
　彼の考えていることがよくわからない。さっきまでは、私と関わるのも嫌そうだったのに……。
　でも、話しかけてくれただけ、ムシされるよりはいいのかなとも思う。
　ドキドキと心臓の音が鳴りやまない。
　私は今のやり取りで、落ちこむ気持ちこそ消えたものの、また別の不安が胸の中に生まれるのを感じていた。
　ホントにどうなるんだろう、この生活。
　私、やっていけるかなぁ……。

＊生意気なんだよ

「うーん……ん。……ハッ！」
　うす暗い朝。まだ外は日が出ていない。
　だけど私は、自然に目が覚めてしまう。
　枕もとの目覚まし時計を確認すると、時刻は朝の５時。
「あ、すごい……」
　自分の体内時計の正確さに驚いた。
　いつものクセで目が覚めちゃったみたい。毎朝店の手伝いで早起きしてるからなぁ。
　だけど、静香さんも世界さんも、今朝はゆっくり寝ていいからって言ってくれた。お店の仕事を手伝うのはまた後日って。
　だから、お言葉に甘えてもう少し寝ようかな。
　スマホの目覚ましが６時半に設定されているのを確認して、再び目を閉じる。
　二度寝なんて久しぶりだから幸せだった。
　おやすみなさい。
　そのままウトウトと夢の世界へ……。
　だけど……なんだか突然、寝苦しくなったような気がした。
　体がズンと重たい。
　それだけじゃなく、どこからか大声が聞こえる。
「……っ！」

……ん？
「……おいっ!!」
　　　……なんか、呼ばれてる？
「おい、起きろっ!!」
　　　へっ!?
　　　——ガバッ！
　　突然誰かに布団をはがされて、慌てて目を開けた。
　　な、なに……？　どうしたの？
　　……って、
「きゃぁぁっ!!!?」
　　思わず叫び声をあげてしまった。
　　だってだって、目を開けたとたん、視界に入ったその人物は……。
「うるせぇ！　大声出すんじゃねぇ！　いつまで寝てんだよ、この居候がっ！」
　　しかめっ面（つら）で私をにらみつける琉衣くん。
　　しかもしかも、なぜか仰向（あおむ）けで寝る私の足の上に、またがるように座っていて。これじゃ身動きが取れない。
　　っていうか、なんで琉衣くんが私の部屋に……!?
「ごっ、ごめんなさいっ！　あの……今、何時？」
「５時半だよ!!　朝は５時起きが当たり前だろ！　お前なめてんの？」
　　えぇ〜っ!?
　　なぜかまだ朝の５時半だというのに怒られてしまった。
　　いやたしかに、居候の身でいつまでもダラダラと寝てい

たらいけないとは思うけれど、でもまだ5時半。
　寝坊って時間でもないはずなのに、この時間に寝てて怒られるなんて、驚きだ。
　というか、なんでこんな朝早くから琉衣くんも起きてるんだろう。家族全員早起きなのかな？
「ま……毎朝5時起きなんですか……？」
　おそるおそるたずねると、琉衣くんはさらに眉間にシワを寄せて、両手をばっと私の肩の横あたりにつく。
　そして、上から見おろすように、
「……当然。お前が一番新人の下っぱなんだから、一番早起きすんだよ。いいか？　明日から、毎日この時間に俺を起こせ。遅れたり寝すごしたら、その時は……わかってるよな？」
　……ひぃぃっ！
　思わず背筋が凍りついた。
　琉衣くんの顔がとても近くて、しかもベッドの上でこんな体勢……。
　だけど完全に、ドキドキより恐怖のほうが勝ってる。
　もうなにがなんだかわからなくて、ただ言われたとおり、うなずくことしかできなかった。
「……は、はいっ」
「わかったら、さっさと着替えろ。これ、お前の制服」
「えっ？」
　琉衣くんは起きあがると、ベッドの上にあった白い衣類をバサッとこちらに放る。

「30分で支度しろ。言っとくけど学校の支度じゃねーぞ。リビングで待ってるから。遅れんなよ」
　それだけ言い残すと、すぐに部屋から去っていった。
　私はポカンとその場に固まる。
　渡されたのは、新しいまっ白なコックコートにコック帽。そして、髪の毛が落ちないように被るネット。
　これが、Miyakawaのお店の制服……？
　もしかして、これからお店を手伝えってことなのかな？
　やっとのことでベッドから起きあがり、パジャマを脱いでそれに着替える。
　不思議なことにサイズはピッタリで、胸には名札までつけられていた。
〝亜里沙〟
　なんで名前だけ……？
　と思ったけど、ちゃんと役目をもらえたみたいでちょっとうれしい。
　コックコートはうちのお店でも着てるから親しみがあるし、今からMiyakawaのベーカリーをのぞけると思ったら少しだけワクワクした。
　……なんだ、そういうことだったんだ。だから私、琉衣くんにたたきおこされたんだ。
　そのまま髪の毛のセットと軽いメイクだけして、急いでリビングに向かう。
「お、お待たせ……っ」
　リビングのドアを開けると、琉衣くんはドカッとソファ

に大股(おおまた)を開いて腰かけていた。
　私と同じく白いコックコートに身を包んだ彼。
　学校の制服姿以外はほとんど見たことがなかったけど、なにを着ていても、やっぱりカッコいい。
「……チッ、ギリギリじゃねーかよ。ネット被ってんのか、ちゃんと」
「うん、被ってるよ。……わっ！」
　いきなり私のコック帽を取って、その中のネットを確認する彼。
　なんだかちょっと恥ずかしい。
「……フン。じゃあ、今から店行くから靴履(は)け。こっちが裏口」
「あ、はい」
　そのまま腕をつかまれ、玄関ではなく裏口まで連れていかれる。そして一緒に、自宅裏のレストランの建物まで向かった。
　だけど連れていかれながら、ふと疑問に思う。
　あれ……？　でもどうして、琉衣くんまでこんな格好してるんだろう。
　というか、なぜ琉衣くんが私を案内してくれてるの？　あんなに私がお店を手伝うの嫌そうだったのに……。

「おはようございまーす」
「お、おはようございます……」
　あいさつをしながらベーカリーの作業場に入ると、さっ

そくまた琉衣くんに怒られた。
「声ちっせーよ！　やる気あんの？　お前」
「ご、ごめんなさいっ！　おはようございます!!」
「あはははは！」
　すると、奥から出てきたコックコート姿の40代くらいのおじさんが、それを見て笑いだして。
「緊張してるね〜。琉衣、あんまり厳しくするなよ？　キミが亜里沙ちゃんかな？　はじめまして。僕は畑和宏。このレストランのベーカリーのリーダーみたいなもんかな」
「あ、はいっ！　はじめまして!!」
　畑さんと名乗るその人は、どうやらこのベーカリーを仕切っている人物のようで、緊張する私を優しく出迎えてくれた。
「あれ？　でも彼女、今日からだったっけ？」
「俺が連れてきた。働かねぇやつに居座る資格ないからな」
「おいおい、お前なぁ〜。まぁいいや。今日はとりあえず見学してて。流れを見ていくといいよ」
　畑さんは私に朝の仕込みの流れを簡単に説明すると、今日は見学だけでいいからと言ってくれる。
　とても優しくて親切な人のようで安心した。
　私といる時はふてぶてしい琉衣くんも、畑さんの前ではわりと素直で。ふたりが生地を丸めたり成型したりするのを、私はじっとそばで見ていた。
　それにしても琉衣くん、ずいぶんと手ぎわがいい。
　長年パン作りを手伝ってきた私から見ても、すごい

なぁって思うくらい丁寧で、正確で、速くて。
　それを見て私は、彼の髪からいつも漂ってくるバターの香りの秘密がわかった気がした。
　やっぱり琉衣くんは、毎日こうしてパン作りをしてたんだ。
　なんだか親近感がわくなぁ……。
　だけど、そんな思いとは裏腹に、彼はやっぱり冷たくて。
「おい亜里沙、邪魔！　そこどけ！　ぼーっと突っ立ってんじゃねー！」
「す、すいませんっ！」
「言っとくけど、見学は今日までだからな！　明日から、お前も働くんだぞ！」
　私のそばを通るたび、目が合うたびに怒号が飛ぶ。
　畑さんとは普通に話すのに、私に対してはあきらかにふてぶてしい。
　やっぱり気にくわないって思われてるのかも……。
　だけど、いつの間にか名前で呼んでくれてたり、最初はムシだったのが話しかけてくれるようになったことは、素直にうれしかった。
　決して優しくはないけれど、いちおう受け入れてはくれてるのかなぁって。
　あきらかにこき使うような態度も、俺様な口調も、ムシされるよりはマシなのかもしれない。
「おい、亜里沙」
　１時間ほどしたところで、琉衣くんにまた呼び止められ

た。
「お前、これ持って帰れ。それでついでに弁当作ってこい」
「……弁当？」
　渡されたのは、残りものらしき食材の入ったバットと食パン１斤(きん)。
「サンドイッチくらい作れんだろ。お前、今日やることねぇなら、それくらいやれ。もちろん、俺の分もお前が作るんだからな」
　……ええっ!?
　いきなりの指令に戸惑(とまど)う。だけど私は、もちろんＮｏなんて言えるわけがない。
「わ、わかりました……」
　だから、ふたつ返事で引きうけると、すぐに宮川家の自宅まで戻った。
　そういえば、そろそろ学校の準備もしないと、間に合わない。琉衣くんはいつまで店にいるつもりなのかな？
　自宅のダイニングでは、静香さんが朝ごはんを用意してくれていた。だけど、ほかには誰もいないみたい。
「ごめんなさいね、みんなもう店に出てるから。朝ごはん、食べられるだけ食べてね。うちは毎朝パン食だけど。キッチンも好きに使っていいのよ。自分の家みたいに使ってね」
　相変わらず優しくて親切な静香さん。ここの大人は、みなさん優しい人ばかりだ。
　私は朝ごはんをササッといただいて、それから少しの間キッチンを使わせてもらった。

琉衣くんに頼まれたお弁当。使いすての容器にふたつ。中身はサンドイッチ。
　サンドイッチは自分でも毎朝お弁当に作っていたから、慣れてるので楽だった。
　よし、そろそろ行かなくちゃ。
　だけど、家を出る時に気がついた。
　……あっ！　琉衣くんのお弁当。
　あやうく彼に渡すのを忘れるところだった。
　でも、いっこうに戻ってくる気配のない琉衣くん。時間も時間だし、気になって静香さんに聞いてみる。
「あのっ、そう言えば琉衣くんは……」
　すると静香さんはケロッとした顔で答えた。
「あら、琉衣はもう学校に行ったわよ」
　……えっ！　いつの間に！
「移動が面倒だからって、店からいつも直接行っちゃうの。亜里沙ちゃんのこと、待っててあげればいいのにね。気が利かない子でごめんなさいね」
「い、いえ……」
　どうやらとっくに家を出たみたい。いつ制服に着替えたのかな？　朝ごはんは？
　不思議に思いながらも、追いかけるように自分も家を出る。
「いってきます！」
「えぇ、いってらっしゃい」
　バタバタする私を静香さんは笑顔で見送ってくれた。

学校に着くとすぐに、隣の琉衣くんのクラスまで向かった。
　とにかくこのお弁当を早く渡さなくちゃ。また怒られちゃうよ。
　教室のドアから中をのぞいてみる。
　いつもはめったに顔を出すことのない１組。
　だけど、やっと見つけた琉衣くんは、とても声をかけられそうな状況ではなかった。
　だって彼の席の周りを、たくさんのかわいい女の子たちが取り囲んでいて、まるでハーレムみたいで……。
　もしも今、彼にお弁当を渡しにいこうものなら、彼女たちに思いきり変な目で見られるに決まってる。
　ヘタしたら一緒に住んでることがバレちゃうかも。
　そうなったら私は…………。
　～～っ、やっぱムリっ!!
　結局、勇気が出なくて引き返してしまった。
　学校で琉衣くんに話しかけるのは、やっぱりハードルが高いな。
　まだお昼まで時間はあるし、あとにしよう。

「……はぁ～っ」
「どうしたの？　ため息なんかついちゃって。疲れてるね」
　休み時間、麻実が私の机までやってきて、心配そうに声をかけてきた。
　私はなんだか朝からぐったりしてしまって、思わずそれ

が顔に出ちゃったみたい。
「うん。ちょっと寝不足で……」
「そっかぁ〜。まぁ、亜里沙はいつも朝早いからね。ひと仕事終えてから学校に来てるんだもんねぇ。尊敬するよ」
「ううん、そんなことないよ。それに今日はちょっといつも以上にバタバタしてたから」

　なんて、本当はひと仕事ってほど働いてもいないんだけど……さすがに疲れちゃった。

　慣れない環境、緊張、そしてなにより、あの琉衣くんの存在……。

　これから毎日、あんな感じで彼に関わっていかなきゃいけないのかと思うと恐ろしい。

　常に見張られているみたいでビクビクしてしまう。

　だけど、いくら麻実にだって、そのことを話すわけにはいかないし、このことは誰にも言えない。誰にも秘密。

　できるだけ学校では関わらないようにしたほうがいいよね。琉衣くんのためにも。

　その後、4時間目は体育で、2組の私たちは、琉衣くんたち1組と合同だった。

　麻実と一緒に更衣室へと向かう。

　結局、琉衣くんにはお弁当を渡しそこねてしまったので、体育が終わったらダッシュで1組に忍びこんで、琉衣くんのカバンにこっそり入れておくことにした。

　それならきっと誰にも見つからないよね。

　女子更衣室は相変わらずにぎやかで、みんな恋バナや男

子のウワサでもちきり。
　中でもやっぱり学年一モテるだけあって、琉衣くんの話題はよく出る。
　私はすみっこのほうで麻実と着替えながら、そのウワサ話を静かに聞いていた。
「やったー！　今日も琉衣くんのバスケ姿見られるね～」
「体育ダルいけど、それだけが楽しみだよねー」
「わかるー。超目の保養（ほよう）～！」
　女子たちのはしゃぎっぷりを見て、あらためて、琉衣くんって人気あるんだなぁって思う。
「琉衣くんってさぁ、女子にはクールで近よりがたいけど、そこがまたいいんだよね～。特定の女子と仲良くしないところが、また好感度高いっていうか」
「だよね。モテるけど、あんまり女子とからまないもんね～。女嫌いとか言われてるけど、どうなんだろ？　今彼女もいないみたいだしさぁ」
　そうなんだ。女嫌いなんだ……。
　なぜか、今までは興味がなかった話題なのに、耳を傾（かたむ）けてしまう。
「でも最近、４組の須藤（すどう）さんって子、かなり琉衣くんにベッタリじゃない？　知ってる？」
「そうそう！　なんかよく話してるよね！　わざわざうちのクラスまで来てさぁ～」
「須藤さんかわいいけど、琉衣くんと話す時、超声高いよね。ブリっ子っぽくてウザい」

「わかる〜。馴れ馴れしいよねー」

　うわぁ……。

　それを聞いて、なんだか急に背筋が寒くなった。

　女子ってやっぱり怖い……。

　琉衣くんのような人気者とは、親しくするだけでこうやってウワサになってしまうんだ。

　これは絶対、学校では話しかけるのやめよう。

　一緒に住んでるなんて知られたらおしまいだよ……。

　体育館で男子がバスケをしている横で、女子はバレーをしていた。

　だけど、おじいちゃん先生の監視が甘いせいか、一部のマジメな女子を除いては、みんな男子のバスケの応援に行ってしまう。

　しまいには、麻実までそっちに行ってしまったので、私は残った女子たちとトス練習をしていた。

　はぁ……。みんなすごいなぁ。

　なんでそんなに男の子に夢中になれるんだろう。

　試合がはじまると同時に、体育館に響き渡る黄色い声援。イケメンと呼ばれる男の子たちの名前が飛びかう。

　琉衣くんはまるでファンクラブでもあるかのように、たくさんの女子の声援を受けていた。

　ホントに人気があるんだなぁ……。

　だけど私にとって琉衣くんは、カッコいいけど恐ろしい存在で。みんなみたいにアイドル視することなんて、とて

もできない。
　悪い人ではないと思うけど、どちらかというと苦手かも。一緒にいると怒られてばかりだし……。
　だから、こうして何事もなく穏やかに過ごせる時間は、ある意味ありがたかった。
　学校のほうが家よりも落ち着くなんてなぁ。
　琉衣くんのチームの試合が終わると、ぞろぞろと女子たちがこちらへ戻ってきた。
　みんなあからさまに人気者の男子がプレーしている時だけ応援するので、そうでない男子がちょっとかわいそうだ。
　麻実も私のところに戻ってくるなり、目を輝かせて話してくれた。
「もうヤバいっ！　琉衣くんヤバい〜‼　なんであんなにカッコいいの⁉　バスケうますぎ！　亜里沙も一緒に見にくればよかったのに〜」
「え〜っ、私は大丈夫だよ。バスケ、よくわからないし。そんなにうまいんだ？　見られてよかったね」
　なんて、まるで興味なさげで悪いけど。あのギャラリーには私は入れないもの。
「もう、なにそのリアクション〜！　普通、じゃあ見てみようかなってなるでしょうが！　まったく亜里沙は亜里沙だなぁ、もうっ！」
「ごめん……」
　麻実は案の定、私の反応に不満な様子。だけどそんな私をノリが悪いと毛嫌いしないでいてくれるから、ありがた

いんだ。
「あー、なんかもう、バレーって気分じゃないよー。女子もバスケやればいいのに」
「そうだね。どうしていつも女子はバレーなのかな?」
「佐藤のじいちゃん、やる気ないから変えるのめんどくさいんじゃん? 定年間近だしねーって、あっ……」
　その時急に、麻実が話を止めた。
　なにやらひどく驚いた表情で、私のほうをじっと見ながら。
　……ん? どうしたのかな?
　もしかして、佐藤先生が近くにいた?
　なんて思ってたら、うしろからいきなり……。
「おい、亜里沙っ‼」
「きゃっ⁉」
　聞き覚えのある声と共に、誰かに髪を軽くひっぱられた。
　体育の時だけしてるポニーテール。頭がうしろに引きずられてビックリする。
「えっ……。な、なに……?」
　何事かと思ってふり返ったら、そこにはまさかの琉衣くんの姿が。
　……ドキッ!
　さっきまでプレーしていたからか、肩を揺らし、若干息切れ気味で、首にはタオルをかけている。
　だけど、相変わらず私を見おろす視線は冷たかった。
　それにしても、なんで今琉衣くんがここに……。

私、なにかしたかな？
「お前、俺のこと完全に忘れてたろ。今、何時間目だと思ってんの？」
「えっ……？　えーと、あの……」
「『えっ？』じゃねぇし！」
　……ひぃいっ!!
　琉衣くんはそう言って眉間に思いきりシワを寄せると、私の腕をひっぱって、引きよせる。
　そして、耳もとに顔を寄せると、小声でつぶやいた。
「弁当……」
「……っ！」
　耳に琉衣くんの息がかかってゾクッとする。
「いつになったら持ってくんだよ、ボケ」
　そう言われてギクッとした。
　あ、そうだ。お弁当……。
　決して忘れていたわけではないんだけど、まさか今このタイミングで催促されるとは……。
　琉衣くんは私の腕をしっかりと握ったまま、にらみつけてくる。
　それを見てた麻実は、驚いたように目を丸くして固まっている。
　それだけでなく、気がつけば、たくさんの女子たちの視線が私に突き刺さっていて……私はお弁当のこと以上に、その視線の鋭さに青ざめた。
　ヤバい。学校では関わらないつもりだったのに。

これじゃ、みんなに変に思われるよ……。
「おいお前、聞いてんのか」
　琉衣くんは返事をしない私にさらにつめよってくる。
　あぁ……もう……。
「ちょっ……、ちょっと琉衣くん、こっち来て‼」
「あァ？」
　だから私は慌てて、体育館の端(はし)まで彼をひっぱっていった。
　とにかく、みんなの視線が怖い。少しでも話が聞こえないところに行かなくちゃ。
「あ、あのね……お弁当、ちゃんと作ったんだよ。でも、なかなか渡すタイミングがなくて……」
「なんでだよ。普通に持ってくりゃいいだろ」
「でもっ、琉衣くんの周りは、人がいっぱいだから」
「はァ？」
「私なんかが、話しかけたらいけない気がして……。お弁当なんて誤解されちゃいそうだし……」
　私が小声でボソボソ話すと、琉衣くんは眉(まゆ)をひそめながら首をかしげる。
　そして、はぁーっと一度ため息をつくと、首に巻いていたタオルを外して、それで私の頭をベシッとたたいた。
「……ひゃっ！」
「ったく、なんだよそれ。意味不明。お前の事情なんか知らねぇよ。俺の言うこと聞くんじゃなかったのかよ」
「……っ」

「とにかく、どうでもいいから体育終わったら、さっさと持ってこいよ。じゃねぇと、帰ったらぶっ飛ばすぞ」

　ええっ、ぶっ飛ばす!?
　まるでマンガの中のイジメっ子みたいなセリフだ。ホントに持っていかなかったら、なにされるんだろう。
「わ、わかった。ごめんねっ。ちゃんと持っていくから。でも……っ」
　おそるおそる、その場を去ろうとする琉衣くんを引き止める。
「……なんだよ？」
　めんどくさそうにふり返る琉衣くん。
「あの、琉衣くんは……私と一緒に住んでるって、みんなに知られても平気なの？」
「は？」
　そう。それがとても気がかりで。
　普通だったら絶対嫌なはずだよ。
　同じ学校の女子が家に居候してるなんて、ウワサになったら困るだろうし。琉衣くんみたいな有名人なら、なおさらだ。
　だけど、琉衣くんは表情ひとつ変えずに答える。
「べつに。それでお前が困るんだったら、黙ってりゃいいだろ」
「えっ……」
「そんなことより、お前が言うこと聞かねーほうがムカつく。学校来たとたん、俺のこと知らねぇフリしてんじゃねー

よ」
　……へっ?
「そ、そんなことないよ!」
「あるだろ。お前、居候のクセに生意気なんだよ」
　琉衣くんはまた私をジロリとにらみつけると、ぐっと顔を近づけてくる。
「言っとくけど、俺は兄貴みたいに甘くねぇからな。ナメんじゃねーぞ」
「……っ!」
　そして、タオルを首にかけ直すと、スタスタとその場から去っていった。
　なんだかポカンとしてしまう。
　でも意外かも……。
　琉衣くんは、私が一緒に住んでるとか、お弁当とか、そういうのはあんまり気にならないのかな。
　私がひとりで気にしてるだけ?
　もし変なウワサを立てられたら、琉衣くんだって迷惑なはずだよね?
　ぼーっと、彼の背中を見つめながら考える。
　だけど次の瞬間、自分が多くの視線にさらされていることに再び気がついて、ハッとした。
　……あっ。
　なんとも言えない女子たちの表情。
　そして、麻実のあっけにとられたような顔。
　やば……どうしよう。

一瞬にして冷や汗が出てきて、また顔が青ざめていくのがわかった。

*不器用な彼

「た、ただいまー……」

 ぐったりとして家に帰ると、リビングには誰もいなかった。

 思わずソファに腰を下ろし、ため息をつく。

「はぁ……」

 なんだか今日はいろいろありすぎて、ついていけない。家でも学校でも心の休まるヒマがない。

 やっぱり想像以上に、他人の家に住むというのは大変なことだなぁと思った。

 学校ではあのあと麻実に、なんで琉衣くんと、いつから知り合いだったのかと聞かれて答えに困り……とりあえず、お父さん同士が知り合いで、最近家同士の付き合いがあるというふうにだけ言っておいた。

 いちおう私、ウソはついてないよね……？

 一緒に住んでるだなんて、口が裂けても言えるはずがないから。

 琉衣くんはなぜか、かくす気もないみたいだったけど、みんなに知られたら、きっと大変なことになる。

 今日だって、女子たちにジロジロ見られて怖かった。お弁当を渡すだけでも、すごーく気を使ったし。

 明日からは絶対、家で渡してから学校に行こうと思った。

 琉衣くんと学校で話すのは、別の意味で心臓に悪いよ。

しばらくソファの上でぼーっとしてしまう。
　こんなにゆっくりしてたら、また琉衣くんに怒鳴られちゃいそうだけど、なんだかすぐに体が動かなかった。
　疲れたよ〜。
　──ガチャッ。
　するとその時、裏口のドアが開く音がして。
　私の体はビクッとふるえあがった。
　ヤバい。琉衣くんだったらどうしよう！
　だけど、そこに現れたのは彼じゃなかった。
　白いコックコートに身を包んだ背の高い人物。
「あ、亜里沙ちゃんいた！」
　なんて、ふわっと優しく笑うのは、兄の俊介さんだった。
「あっ、俊介さん！　すいません、なんかくつろいじゃって……」
　内心ホッとしつつ、ソファから立ちあがる。
「いやいや、いいんだよ、くつろいでくれて！　だけどさ、もし今時間があったら店に来れるかな？」
　……えっ？
「私がですか？」
「うん。畑さんが今日店ヒマだから、亜里沙ちゃんの都合がよければ、仕込みを教えるよって。ムリならぜんぜん構わないんだけど」
　俊介さんの話によると、今日琉衣くんは午後はお休みらしく、その間に畑さんが私に仕事を教えたいと言ってくれているみたいだった。

そんなこと言われたら、断るなんてできない。せっかくだから行こうかな。
　俊介さんはムリしないでいいよって言ってくれたけど。
　すぐ部屋に戻って、制服からコックコートに着替える。
　ひと息つく間もなく、私はレストランのベーカリーへと向かった。

「おー亜里沙ちゃん！　急に悪いね〜！　琉衣いないからチャンスだと思ってさ、なんて言ったら怒られちゃうかな？」
　畑さんは私が現れるなり、また笑顔で出迎えてくれた。
　琉衣くんがいないほうが教えやすいというのは、畑さんなりの気遣いみたいで。私も正直そのほうが緊張しないし、ありがたかった。
　琉衣くんはとにかく私に厳しいからなぁ。
「あっ、紹介するね。彼は今年で２年目の近藤だよ。ベーカリーは基本、琉衣も合わせて僕ら３人。亜里沙ちゃんも入れたら４人かな」
　と、畑さんは新たにもうひとり、ベーカリーのメンバーを私に紹介してくれた。
　少し茶髪のかわいらしい顔をした男の人。
　年はかなり若い？　私より少し上に見えるけど……。
「どうもっ！　近藤樹です!!　わー、すっげーかわいい子！　ラッキー！」
「あ……ど、どうも、西村亜里沙です」

「へぇーっ、沙良ちゃんの代わりに来てくれたの、この子かぁ～。俺、こう見えても21歳！　よろしくなっ！」

　近藤さんはとてもフレンドリーで明るい人だった。

　まさかの４つも年上というのは意外だったけど……。

　初対面の私にも、友達みたいに気さくに話しかけてくれる。

　童顔のせいか、なんだか同級生と会話しているみたいに思えた。

「亜里沙ちゃん、まだ高校生？　ピチピチだなー！　琉衣とタメで同じ学校って話だけど、どう？　琉衣は。あいつちょっと生意気だけど、根はマジメでいいやつだよ。仲良くしてやってね！」

　しかも彼は琉衣くんとも仲がよくて、ふたりで遊びにいったりするほどの仲だと話してくれた。

　私には当たりが強い琉衣くんだけど、ほかのベーカリーのメンバーとは親しくしているらしい。

　私もいつか、もっと仲良くなれるのかなぁ……？

「それじゃ、亜里沙ちゃんはまずこれ、型にバター塗るのをやってくれる？　フィナンシェとマドレーヌの」

「あ、はい！」

　畑さんの指示のもと、近藤さんが細かい手順をやってみせながら教えてくれる。

　ふたりともすごく優しくて、うちではあまり扱わない焼き菓子の作業も、緊張はしたけれど楽しくこなすことができた。

それに、近藤さんはよくしゃべる。
「亜里沙ちゃんさー、近藤さんって言うのやめない？」
「えっ？」
「さんづけってなんか、俺すっごい年上みたいじゃん？ 名前で呼んでよ。さて、俺の名前なんだったでしょう？」
「え、えっと……っ」
　急に聞かれて焦る。
　いっきだっけ？　かずきだっけ？　……あれ？
「あーもう、さっそく忘れてるし！　樹だよ、い・つ・き！ だからいっくんね。はい、言ってみ！」
「……えっ!?　い……いっ、言えません……」
　いっくんは恥ずかしいよ〜。先輩なのに。
「あはは！　なに照れちゃってんの？　かわいいなぁ、もう〜。仕方ねぇな、樹さんで許してあげよう」
　樹さんは作業中も、テキパキ動きながらずっと私に話しかけてくれて、おかげであまり会話に困ることがなかった。
　私がうまくできなくても「ドンマイ」とフォローしてくれる。畑さんもそうだし、みんな優しい人ばかりですごくホッとした。
　なんだかんだ私、恵まれてるのかもしれないなぁ。
　ちょっと琉衣くんに厳しくされるくらい、我慢しなくちゃね。
「おつかれ！　とりあえず、今日はこんな感じで。あとは片づけやったら、もう帰っていいよー」
　夕方６時頃、ベーカリーはひととおり仕事が終わるらし

く、キッチンやホールのメンバーにあいさつまわりをしたら、私と樹さんは帰っていいことになった。

さっきは直接ベーカリーに来て、ちゃんとみんなにあいさつできなかったので、樹さんがあらためて私をみんなに軽く紹介してくれた。

キッチンもホールも、ベーカリーとはまた雰囲気が違って、年齢もさまざまだ。

樹さんのひとつ下だという俊介さんも、ここでは見習い料理人らしく、まだまだ修行中の身だということだった。
「俊介は今、専門学校２年目でまだ学生なんだよ。将来的にはうちの店を任される(まか)だろうけどね。来年あたりフランス行きってウワサもある。センスあるし人当たりもいいから、みんなに好かれてるよ」

樹さんは顔が広く、スタッフのことになにかと詳しくて、俊介さんも含めみんなと仲がいいみたいだった。

お店のことを私にいろいろ教えてくれる。中には恋愛事情や裏話的なことまで……。
「中野(なの)さんと丸井(まるい)さんは付き合ってるから。武井(たけい)さんは若いけど子持ちなんだよ。ああ見えて。藤川(ふじかわ)さんはキレると怖いから注意」

正直、初対面で誰が誰だかわからなかったけれど、とりあえずうなずいておいた。

これだけスタッフがいるんだから、やっぱりいろいろあるんだなぁと思う。
「あと……」

だけど、樹さんがなにか言いかけたところで、若い調理スタッフのひとりが声をかけてきた。
「やあ、キミが新人バイトの亜里沙ちゃん？　俺、小川春馬。よろしくね」
　少しホストっぽい見た目の彼は、おそらく20代半ばくらいで、すごくイケメンだった。
　微笑む顔もなんだか色気がある。
「あ、はい！　西村亜里沙です！　今日からよろしくお願いします！」
　私は緊張しながらも、慌ててあいさつを返した。
　すると突然、彼に手を握られて。
　……えっ!?
「キレイな手してるね」
　ドキッ……。
　そのまま目をじっと見つめてくる小川さん。
　突然の出来事に、驚いてすぐには声が出なかった。
　なにこの人……。ホントにホストみたいだよ。
　だけどそれを見ていた樹さんが、私の手をサッと奪う。
「……おっと！　小川さん失礼！　そろそろ時間やべー！ほら、亜里沙ちゃん、行こ！」
「あっ……」
　そして、そのまま逃げるように私をその場から連れさると、更衣室に一緒に入った。
　――バタン！
　ドアを閉めるなり、ブツブツつぶやく樹さん。

「ふぅ……。またダよ、あいつ。ホント懲りねぇな」
「あ、あの……」
　私はいまいち状況がつかめないけど……。
　すると樹さんは、急に眉をひそめると、
「あのねぇ、亜里沙ちゃん。今の小川さんは、ちょっと要注意人物だから。あんまり近づかないほうがいいよ。気をつけて」
　なんて、シブい顔で私に忠告してきた。
　そんなにヤバい人なのかな……？
「わ、わかりました。なにかあったんですか？」
　思わず聞いてしまう。
「あーうん。ちょっと……。女好きというか、手がはやいっつーか、そんな感じ？　前にもうちの沙良ちゃんが……って、おっと！」
　……ん？
　私が目をぱちくりさせると、樹さんはヤバいといった顔をして、自分の口をふさぐ。
「……今のは聞かなかったことにして。とにかく口がうまくてキケンな男だから。亜里沙ちゃんみたいに純粋そうな子は気をつけたほうがいいよ」
「えっ、あ……は、ハイ」
　そうなんだ。つまりは、女グセが悪いってことなのかな？
「ちなみに琉衣と小川さんは仲悪いから、琉衣の前で小川さんの名前出すのも、やめといたほうがいいかも」
　……え？　琉衣くん？

さらにつけたすように言われてドキッとする。
　だけど結局意味がよくわからなくて。それ以上はなんとなく聞いてはいけないような気がして、聞けなかった。

　翌朝。私は言われたとおり5時に目を覚ますと、ドアの前で緊張しながら立っていた。
　——ドキドキ。ドキドキ。
　琉衣くんの部屋。まだ一度も足を踏みいれたことがない。
　だけど私は今、それをしなければならない。
　だって昨日、起こすって約束したから……。
　勇気を出して、ドアノブを下にガチャッと下ろす。
　すると、中から男の子の部屋っぽい匂いがした。
　わぁ……。
　脱ぎ散らかした服に、本が山積みにされた机。
　決してキレイとは言えないけれど、いかにも男子って感じがする部屋。
　うーん。でも、これはちょっと……。
　私は勝手だとは思いながらも、見るに見かねて少しだけ片づけることにした。
　床に落ちた服を拾ってたたむ。
　だけど、机の上に手をつけようとした時、ふと気がついた。
「えっ、これ……」
　机に山積みにされている本。
　数学の問題集に、英語の単語帳に、マンガに……でもそ

れだけじゃない。
　そのうちの半分くらいが、実はパンの本だった。
　私が持ってる本もあったりして。
　すごい……。琉衣くんはマジメにパンの勉強をしてるんだ。
　なんだか少し、彼のイメージが変わった気がする。
　琉衣くんはスヤスヤとまだ寝息を立てている。
　私は片づけを終えると、ベッドにそっと近づいた。
　横を向いて、布団にくるまって、目を閉じている琉衣くん。
　あまりにキレイなその寝顔は、なんだか置きものみたいだった。
　まつ毛、長い……。肌(はだ)もすごくキレイだなぁ。
　こうして寝てると、ぜんぜん怖くなんかないのに。
　むしろ、すごくかわいい。ずっと見ていたいくらい。
　でも、そろそろ起こさなくちゃ。また怒られちゃう。
　そっと琉衣くんの肩に手を伸ばした。
　軽く体を揺する。
「……琉衣くん、琉衣くん。朝だよ。起こしにきたよ」
「んー……」
　眠そうにぎゅっと目をつぶりながら、頭を動かす琉衣くん。
　だけどなかなか目を開けてはくれなくて、私はもう一度体を揺すって声をかけた。
「琉衣くん、ねぇっ……」

すると、急にガシッと腕をつかまれて。
　グイッとそのまま引きよせられる。
「……わっ！」
　そして、もう片方の手が私の頭のうしろにまわされて、上半身が抱きしめられるような体勢になって。
　えっ！　ウソでしょ？　どうしよう……‼
「ちょっ、ちょっとあの……っ！」
　焦って起きあがろうとしたけれど、琉衣くんは寝ぼけているのかなんなのか、ぜんぜん離してくれない。
　そのままぎゅーっと腕に力がこめられて、私はもう頭がまっ白になりそうだった。
「る、琉衣くんっ、私だよ！　亜里沙です！」
　もしかして、誰かとまちがえてるのかな？
　だけどその時、彼がボソッと。
「……んでだよ」
　えっ……？
「なんでいつも、俺ばっか……」
　その声はとても切なげで、胸がぎゅっと締めつけられるようだった。
　琉衣くんはまるで私にすがりつくかのように、ぎゅっと抱きしめてくる。
　私はドキドキして今にも心臓が破裂しそうだったけれど、少しだけ彼のことが心配になった。
　どうしたのかな？　琉衣くん。なにか怖い夢でも見てるのかな？

「だ、大丈夫だよ！　それ、夢だよ!!」

　わけもなく腕の中でそんなことを言ってみる。

　すると、それに反応したのか、琉衣くんの体がピクッと動いた。

「……あ？」

　間の抜けたような声と共に、突然バッと離れる手。

　私が起きあがるとすぐに、目が合ったけれど、琉衣くんの驚いた顔といったらなかった。

　私の姿を見て、めちゃくちゃ動揺しているみたい。

「……は？　え……お、お前……っ。なんでお前がここにいんだよっ!!」

　琉衣くんは慌てたようにベッドから起きあがる。

　だけど、その表情はいつものあのしかめっ面とは違って、耳までタコのようにまっ赤だった。

　彼のそんな顔を見たのは、はじめてなので、ビックリしてしまう。

　琉衣くんが、赤くなってる……。

「ご、ごめんね。あの、昨日起こせって言われたから起こしにきたの。そしたら琉衣くん、なかなか起きてくれなくて……」

「……っ、うるせぇ！　わかってるよ!!」

「えっ？」

　頭をボリボリかきながら立ちあがる琉衣くん。

　そして、ふとあたりを見まわすと、部屋の様子の違いに気がついたのか、また不機嫌そうに小さくつぶやいた。

「チッ、よけいなことしやがって……」
　私が片づけたのが気に食わなかったみたい。
　やっぱりよけいなお世話だったかな？
「……ごめんね。あ、でも引き出し開けたりとかはしてないよ。落ちてた服をたたんだだけで」
「当たり前だろ！　と、とにかく……着替えるから下行ってろ、バカ！」
「は、はい……」
　無事起こしたのはいいけれど、さっそく追いだされてしまった。

　ベーカリーに着くと、今日は畑さんはいなくて、樹さんがひとり先に来ていた。
　朝早くても、すごく元気で明るい樹さん。
「おはよ！　今日も一日頑張るぞー!!　なぁ、琉衣！」
　ビシッと琉衣くんの肩をたたく。
　だけど、琉衣くんはなぜかため息交じりに、
「……そっすね」
　やけにテンションが低い。
　そんな彼を見て、樹さんも少し首をかしげていた。
　私にコソッと聞いてくる。
「ねぇ、あれなんかあったの？　元気なくね？」
　だけど私もよくわからない。起きた瞬間から機嫌が悪かったような気もするし。
　思い当たることといえば……あっ！

「たぶん、怖い夢を見たからじゃないですかね？」
　そう言ったら、樹さんはクスクス笑っていた。
「……ぷっ、マジかぁ～。子どもみてぇ。かわいいな」
　私が朝の作業を行うのは、今日がはじめて。だけど、うちの店の朝の仕事と内容は似ている。
　私は『丸め』と呼ばれる、生地を丸める作業からやることになった。
　今日は琉衣くんも一緒だから少し緊張するなぁ……。
「おっ、亜里沙ちゃん上手じゃーん！　慣れてる感じする！　さすがだね～！」
　樹さんは大げさにほめてくれる。
　だけど、その隣で琉衣くんはやけに静かだった。
　もちろん時々、樹さんと会話したりはするけど、私にはあまり話しかけてこない。
　なんとなく、また怒られるんじゃないかと構えていた私には、それが意外で。
　今日は樹さんがいるからかなぁ？　怒られないのも調子がくるうな。
「あ、そういえば琉衣くん」
「なに」
「今日もお弁当、作る？」
　途中でふと、昨日言われたことを思い出した。
　昨日は作ったお弁当。今日も作ったほうがいいんだよね？
　すると琉衣くんはそっぽを向きながら、

「あぁ。当然だろ」
　目を合わせてくれなくて、やっぱり変……。
「そ、そうだよねっ。じゃあ、あとで渡すね！」
「忘れんなよ」
　そしたら、そんな私たちの会話を聞いていた樹さんが、なぜか横でニヤニヤしていた。
「なになに〜？　琉衣、お前、亜里沙ちゃんに弁当作らせてんの？　ったく人使い荒いな〜。そんなに愛妻弁当食べたいか」
「……はっ!?　愛妻って、こんなやつのどこが」
「『あとで渡すね』だって。いいなぁ〜。亜里沙ちゃん、俺にも作って〜」
「ち、ちげーよ！　こいつは居候なんだから、そんくらいして当たり前だろ。役立たずは居座る権利ねぇよ」
　それを聞いて、やっぱりいつもの琉衣くんかな？とも思う。
　だけど樹さんはどう受け取ったのか、私にこっそり「照れてるね」なんて耳打ちしてきた。
　琉衣くんが私のことで照れるなんて、あるわけないと思うんだけどね。
　私はちゃんと彼に言われたとおり、今日もお弁当をふたり分作ってから学校に行った。

　休み時間、いつもどおり麻実の席に行くと、なにやら女子がウワサ話ですごく盛りあがっていた。

ミーハーな麻実は、いつもそういう話の輪の中にさりげなくいる。
　だから私もなんとなく、その話を麻実の横でこっそりと立ち聞きしていた。
「ねぇねぇ、琉衣くんてさぁ～」
　どうやらまた琉衣くんの話題みたい。
「うん、年上の美人な彼女でしょー？　見たことある」
　えっ…？
「ウソッ！　どんな人～？」
「色白で～、スタイルよくて～、でもあんまハデな化粧とかネイルとかもしてない人だった！　……清楚系？」
「えっ、意外～！」
「仲良く手をつないで歩いてんの、何度か見たよ」
「えー、あたしも見たかったぁ！　でも、なんで別れちゃったわけ？」
「わかんない～。琉衣くん、そういうこといっさい話さないらしいからさぁ。松下とか、琉衣くんと仲いいけど、彼女とか好きな子については、ぜんぜん教えてくれないんだってー」
「へぇ、秘密主義なんだ」
　聞いていいのかわからないけれど、耳をすましてしまう。
　おそらくそれは、琉衣くんの元カノに関する話のようだった。
　そっか……。琉衣くんには、そんな人がいたんだ。
　まぁ、あんなにモテるのにいないほうがおかしいけど。

「それ以来、彼女いないとかさぁ、まだ引きずってたりしてね」
「ウソぉ、やだー！ いくらでもほかにいるじゃん」
「いや、わかんないけどね」

　こうやって自分のいないところで、ふだんから話題にされる人も大変だなぁと思う。

　私は話のキリがよさそうなところで、麻実に声をかけた。
「あ、麻実」

　するとその時、女子たちが急にざわめきだして……。

　えっ？

　なにかと思って見ると、ちょうど今ウワサをしていた琉衣くん本人が、うちの教室に現れた。

　麻実たちはキャーキャーはしゃいでいる。

　私の声はみごとにかき消されてしまって。
「なぁ、お前英語の予習やってねぇ？」

　琉衣くんはうちのクラスの松下くんの席まで行くと、声をかける。
「俺がやってるわけねーじゃん！」
「だよな。聞く相手、まちがえた」
「わりぃな。おい誰か〜、英語のノート、琉衣に貸してくれるやつ〜！」

　すると、松下くんはクラス中に聞こえるような大声でみんなに問いかけた。

　それを聞いた女子グループは、みんないっせいに手を挙げる。もちろん麻実も。

「ハイ！　あたしやってある!!」
「あたしも！　ノートまとめは自信アリ！」
「えっやだ、あたしあたし！　英語の訳はまかせて〜！」
「あたしのどうぞっ！」
　す、すごい。みんなこぞって……。
　だけど琉衣くんはそんな女子たちを見て、困惑したような表情を浮かべてる。
　そりゃそうだ。こんなにいっせいに言われたら、誰かひとりなんて選べないよね。
「琉衣〜、どうすんの？　モテモテじゃ〜ん」
　松下くんはおもしろがってるみたいだし。
　すると、琉衣くんはなにを思ったのか、急にこちらに向かってスタスタと歩いてきた。
　そして無言で私に手を差しだす。
「……えっ」
「ノート」
　……えぇっ!?
　みんなの視線が一気に私に集まる。
「……あ、あの……」
「だから英語のノートだよ。まさかお前、予習やってねぇとか言わねぇよな？」
　……ドキッ。
「や、やってある……けど」
　なんで私なの!?
「じゃあ、貸せ」

「えぇっ！」
　ど、どうしよう……！
　ほかの子たちを差しおいて、私がノートを貸すなんて、できるわけが……。
　だけど琉衣くんは、にらみつけるように私をじっと見おろしてくる。その威圧感にはやっぱり勝てなくて。
　私は女子たちにビクビクしながらも、しぶしぶ首を縦にふった。
「ちょっとー、なにあれー！」
「亜里沙ちゃんって、琉衣くんと仲良かったの？」
「ビックリなんだけどー！」
　ひそひそと話す声が耳にチクチクと刺さる。体中から変な汗が出てくる。
　琉衣くんは私がノートを渡すと、無言で受け取り、教室から出ていった。
　なんだったんだろう……今のは。
　やっぱり彼の考えてることはよくわからない。

　その日の夜。夕飯を食べ終わったあと、私はキッチンで洗い物をしていた。
　静香さんは家事を手伝わなくていいと言ってくれるけれど、それはさすがに申し訳なくて。
　夕食後の洗い物や洗濯物をたたんだりなど、多少の手伝いはするようにしていた。
「亜里沙ちゃんごめんねー、手が荒れちゃうでしょう？」

「いえ、そんなことないですよ」
　静香さんが横で食器をふきながら話しかけてくる。
　まだこの家に世話になりはじめたばかりだけれど、静香さんや俊介さんには、すでにあまり気を使わずに話せるようになっていた。
「亜里沙ちゃんは頑張り屋さんよね。エラいわぁ。私だったらきっと１日で嫌になるわよ、こんな生活」
「えっ！」
「琉衣もあんなだし、嫌になるでしょ？　いいのよ、正直に言ってくれて」
　ニコニコと笑う静香さん。
　正直その質問には驚いたけれど、私のことを気にかけてくれているのは素直にうれしかった。
「いえ、嫌になんてならないです！　嫌われてるのかなって最初は不安だったんですけど……今はそう思わないですし」
「あらそう？　よかった」
「それに、琉衣くんがパン作りが大好きなのは見ていたらわかりますし、そのために努力してるところとか、仕事に対して真剣なところは、私、尊敬してます」
「あら……」
「慣れないことも多いけど、みなさん親切で、むしろ私は恵まれていると思います」
　そうだ。はじめての場所で、こんなにたくさんの人がよくしてくれているんだから、私はむしろ感謝しなくちゃい

けない。

　それにもう、やめたいとか逃げたいだなんて思ったりすることはない。

　それはやっぱり、周りの人たちが温かいから。

　琉衣くんだって悪い人じゃないし、突然やってきた私のことを、みんなが受け入れてくれてるのは、すごくありがたいことで。私だってなにか少しでも返せるようにしたいなぁって思う。

　私がそれを話すと、静香さんは少し感激したような表情で「ありがとう」と言って笑ってくれた。

　そして、しみじみと語りはじめる。
「……琉衣はねぇ、不器用な子なのよ。俊介とは正反対でしょう？　でも、あれはあの子なりのアピールなのよ」
「えっ……」

　アピール？
「うちは小さい頃からパパが俊介を後継ぎとして育てたの。たぶん、琉衣はそれが悔しかったのよね。長男ってだけで一目置かれる俊介に対する対抗意識がすごかった。おかげで一時はいろいろとヤンチャもしてくれたわ～。今はだいぶ落ち着いたけど」

　それを聞いてハッとする。

　……そうなんだ。もしかして、俊介さんと琉衣くんのあの性格の違いはそこから？

　知らなかった。でも、今の話を聞いて、すべて謎が解けたみたいに納得できる。

「そ、そうだったんですか……」
「そうよ〜。だから琉衣は『俺は絶対料理なんかやらない』って言いはってね。でも、ベーカリーの畑さんが琉衣をすごくかわいがってくれてたのよ。琉衣もパパより畑さんには懐(なつ)いてね。そのおかげかしら？　いつからか、パン作りを手伝うようになったのよねぇ」
「へぇ……」
　なんだかまた、琉衣くんのイメージがどんどん変わっていくような気がする。
　とても興味深い話で、私は聞いていて胸がドキドキした。
　琉衣くんはわけもなく反抗的になったり、ひねくれたわけではなかったんだ。
　彼には彼の悩みがあって。葛藤(かっとう)とか、俊介さんへのコンプレックスとか。
　そういったものが今の琉衣くんをつくりあげたんだ。
　ひとりっ子の私には、とうていわからない感情。少し切なくて、胸が痛くなる。
　琉衣くんはきっと、たくさん悔しい思いや、苦い思いをしてきたんだろうなぁ。
　それでも今こうしてお店を手伝ってる。それってなんかすごいなぁって。今度は逆に私がしみじみしてしまった。
　すると、静香さんはニッコリと微笑んで、
「でもね、亜里沙ちゃんのこと、琉衣は本当は嫌いじゃないのよ」
「えっ！」

意外なひと言だった。
「ど、どういう意味ですか……？」
　私はなぜそんなふうに言ってくれたのかわからなくて。
　だけど静香さんはさすが母親というか、琉衣くんのことをよくわかっているみたい。
「琉衣は好き嫌いがはっきりしてるからね。嫌いな人とは基本的に関わらないのよ。お店でもそれが態度に出るから困っちゃうんだけど」
「……へぇ」
　そうなんだ。
「でも、亜里沙ちゃんには、なにかとちょっかい出してるみたいだから安心したわ。亜里沙ちゃん、すごく優しいから。それに素直だし。琉衣のこと、変えてくれそうな予感がするの」
　……どきん。
　えっ、いや……ちょっと待って。変える？
　私が……琉衣くんのことを？
「い、いや……っ、私、そんなたいした人間じゃないです！ ホントに気が利かないですし、あの……」
　自分でもなにを言ってるのかわからなくなってくる。それくらい動揺してた。
　だって、静香さんがビックリするようなこと言うから。
　だけど、そんな私を見て、クスクス笑う彼女。
「ふふふ、そんなことないわよ。亜里沙ちゃんがすごくいい子だってことは、みんなわかってるもの。みんなうちに

来てくれて、よかったって思ってるの。遠慮せず、本当の家族みたいに思って接してくれていいからね」
「……っ」
　その言葉に、私は胸が熱くなった。
　どうしてそんなに優しいことばかり言ってくれるのかな？　涙が出てきそう。
「そんな……っ、ありがとうございます……。私こそよかったです。ここに来られて……」
「あら、うれしいこと言ってくれるわね」
「ホントに……ありがとうございますっ」
　言いながらぽろぽろと涙がこぼれてきてしまって、私は軽く静香さんの前で泣いてしまった。
　そしたら静香さんは、そんな私の頭を優しくなでてくれた。
　……本当は、どこか少し心細かった。
　でも、もう大丈夫。私はひとりじゃない。
　だって、こんなにも温かい人たちに囲まれているから。
　まだまだ頑張ろう。
　そう思えた夜……。

　お風呂から上がると、ほてった体を静めに、なんとなくベランダに出てみた。
　はじめて出るベランダ。外の風がとても心地いい。
　私はぼんやりと夜空を見あげながら、なんだかとても晴れ晴れとした気持ちだった。

さっきの静香さんとの会話を思い出して。
　ふと、琉衣くんのことを考える。
　なんかもう、今までみたいに怖いだなんてあまり思わない。だいぶ自分の中でイメージが変わったかも。
　なにより、嫌われていないとわかって、ホッとしたのもあるし……。
　するとその時、
　──ガラッ。
　ちょうど隣の部屋の窓が開いた。
　……ドキッ。
　まさかと思ってふり返ってみると、現れたのはTシャツにハーフパンツ姿の琉衣くん。
　同じくベランダに涼みにきたのかな？
　私は思いきって声をかけてみた。
「あっ……こ、こんばんは！」
「はぁ？」
　とたんに眉をひそめる彼。
　……あれ？　ダメだったかな？
「こんばんはって、お前……相変わらずよそよそしいやつだな」
　えっ……。
「あっ……そ、そうだよね。ごめんね」
　──シーン。
　すぐにまた沈黙が流れる。
　さっきは新たに琉衣くんのことを知って、勝手に身近に

感じたつもりになっていたけれど、だからと言って、急に会話が盛りあがるほど仲良くなれたわけではなくて……。

　私、少し調子に乗ってみたい。

　いざとなると、なにを話していいのかわからない。どうしよう。

　琉衣くんは隣でぼーっと外を見ている。

　こうして並んでいると、なんだか不思議な感じだった。

　もしかして私、邪魔……？　部屋に戻るべき？

　だんだんと不安になってきた。そして沈黙に耐えられず、ついに、

「あ……それじゃあ、そろそろ私……」

　なんて切りだしてしまった。

　琉衣くんはなにも言わない。こちらを見ない。

　私は自分の部屋の窓に手をかける。

　あぁ、結局なにも会話らしい会話ができなかった……なんて、心の中で地味に落ちこんだりして。

　だけど、その時ふと、ドアを開けようとした手に温もりを感じた。

　……えっ。

　ハッとして見てみたら、なんと、うしろから琉衣くんが私の手首をつかんでいて。

　……ドキッ。

　あれっ？　なんで……。

「待てよ」

　どうやら引き止められたみたい。

思いがけない彼の行動に、心臓がドクンと音を立てる。
「は、はいっ……！　どうしたの？」
　私は慌ててうしろへ向きなおる。
　すると琉衣くんは、なにやら言いづらそうに、
「いや、あー……今朝のことだけど……」
「えっ？」
　今朝のこと？　なんだろう……。
「あれ、べつに……わざとじゃねーからな」
　……え？
　ポカンとして琉衣くんを見あげる。
　すると、なぜか琉衣くんの顔はまっ赤だった。
　あれっ？
「えーとっ……。あれって、なんのこと？」
　いまいち意味がよくわからない。
　そもそも今朝、なんかあったっけ？
　すると琉衣くんはイラついたのか、思いきり顔をしかめて。
「……っ、だから！」
　ひいぃっ！
　そして怒鳴りつけるかのように言い放った。
「わざと抱きついたわけじゃねーっつってんだよっ!!」
　え……。えぇっ!?　抱きついた？
　言われてはじめて、今朝のことを思い出す。
　そういえば琉衣くん、寝ぼけてそんなことしてたかも。
　……なんだ。そんなの私、すっかり忘れてた。

「あぁ、そっか。大丈夫。私気にしてないよ。ぜんぜん！」
　というか、琉衣くんがそんなことを気にしていたとはビックリだ。
「……っ、ならいいけど。まぁとにかく……」
　琉衣くんは横を向きながら、小声でボソッとつぶやく。
「わ、悪かったな。いちおう……」
　え……。
　えぇ～～っ!!?
　それは、頭にタライを落とされたみたいな衝撃(しょうげき)。
　琉衣くんが、あの琉衣くんが、私に謝ってきた……。
　驚きのあまり目を丸くしながら答える。
「う、ううん……。そんな、いいよ」
「っつーことだから！　じゃあなっ!!」
　──バタンッ!!
　そのまま勢いよく窓を閉めて、自分の部屋へと去っていく琉衣くん。
　意外すぎる彼の発言に、私は思わず笑みがこぼれそうになった。
　だって、わざわざこうして謝ってくれるなんて。
　もしかして、ベランダに来たのも、そのためだったのかな？
　そう思ったらなんだか、胸がほっこりしてしまう。
　同時にふと思い出した。静香さんが言ってた言葉。
『琉衣はねぇ、不器用な子なのよ』
　それって本当なのかも……。

顔をまっ赤にして謝ってきた彼は、ちょっとかわいくて。
　琉衣くんって素直じゃないけど、意外と憎めないタイプなのかもしれないなぁ……。
　またひとつ、新しい彼を知った気がした瞬間だった。

＊琉衣くんが笑った

「違う！　カット分厚(ぶあつ)い!!」
「は、はいっ！」
「絞(しぼ)りのサイズちげーだろ、これ！　なに見てんだよ！」
「ごめんなさいっ……！」
「やる気あんの？　お前」
「あります!!」

　宮川家での居候生活がはじまって、今日で約1週間。

　はじめて迎える週末は、それはそれはハードなものだった。

　朝から晩まで立ちっぱなし、琉衣くんに怒鳴られっぱなし。

　平日と違って、土日は丸1日お店に入る。

　やることもたくさんあるし、お店が混むから、みんなピリピリしてる。

　私は要領(ようりょう)よく動くことができなくて、そのたびに何度も琉衣くんのカミナリが落ちた。

　慣れない焼き菓子がうまくできない。いまだに流れがつかめない。

　自分がみんなの足をひっぱっているみたいで、心苦しい。

「はぁ……」

　やっとのことで休憩に入ると、休憩室のテーブルで深くため息をついた。

こんなにレストランの仕事が大変だなんて、思いもしなかった。自分がちゃんと役に立てているのか不安になる。
　みんなに迷惑ばっかりかけて、ヘコむなぁ……。
　──ガチャッ。
　するとその時、中に誰かが入ってきた。
　私はとたんに姿勢を正す。
　だけど、その人物を見た瞬間、少しホッとした。
　……なんだ、よかった。俊介さんだ。
「おつかれ」
　俊介さんはそう言って、微笑みながら私の隣に座る。
　その笑顔に少しだけ癒やされた気がした。
　私が疲れた表情をしてるからか、まじまじと顔をのぞきこんでくる彼。
「あ、あの……っ」
「大丈夫？　グッタリしてない？」
　やっぱり、思いきり顔に出ちゃってるみたい。
　だけど、弱音なんて吐いちゃいけない。
「いえ……だ、大丈夫です！　頑張ります！」
　取りつくろったように必死で笑うと、それを見た俊介さんはクスッと笑った。
「あはは、さては琉衣にやられたな？　あとで説教してやろう。あいつ、ホントうるさくてごめんね。どうしてああ口が悪いんだか」
「いえ……私がミスしてばかりなのがいけないので」
「そんなことない、よくやってくれてるよ。ベーカリーは

ホントに人が足りてないんだから。亜里沙ちゃんはまさに救世主(きゅうせいしゅ)だよ」

　……え？

「前いた子がさぁ、急に辞めちゃって。優秀な女の子だったんだけどね。だから系列店舗からヘルプ頼んだりしてたんだ。そんな時、親父が連れてきてくれたのが亜里沙ちゃん」

　あ、そういえばそんなことをお父さんも言ってた。

「この子ならきっと大丈夫って言われたけど、本当だったね」

「えっ……」

　そう言われて一瞬、その言葉の意味が理解できなくて。

　私は俊介さんにたずねてみた。ずっと気になってたこと。

「あの、前から思ってたんですけど……世界さんは、私のことを知ってたんですか？」

　この家に来る時、たしか世界さんがどうしても私に来てほしいとお父さんに頼んだって聞いた。

　その理由は？　ただ単に人がいないから？

　実はすごく疑問だった。

　すると俊介さんはふふふ、と笑う。

「あれ？　知らないの？　……そっか。実は、うちの親、何気に亜里沙ちゃんちのお店によく通ってたんだよ」

「えぇ～っ、ウソッ!?」

　そうだったの!?

「ホントホント。まぁ親父とか、ふだんメガネかけるか

らわかんなかったかもしれないけど、亜里沙ちゃんがたまに接客してるのを見かけてたらしいよ。うるさい客にもエラそうな客にもひるまず丁寧に対応する、根性のある子だって言ってた」
「えーっ！」
　……なにそれ、知らなかった。
　うちのお店に来てくれてたんだ。
　そう言われてみれば、見たことがあるような気もするけれど、私、レジとかたまにしか入らなかったし……。まさかそれがキッカケで声をかけてくれたなんて。
「……ここだけの話だけど、琉衣はさ、我が強いからヘルプが来てくれても、その人とよくぶつかってたんだよね。好き嫌い激しいし、そういうとこ、まだガキだからさ。でも、亜里沙ちゃんとはうまくやってるみたいじゃん？　ベーカリーの雰囲気がよくなったって、畑さんが言ってたよ」
「ほ、ホントですか……!?」
「ホントホント。だから、まさに救世主って感じ？　琉衣と仲良くしてくれてありがとう」
　そんな……。正直、言うほど仲良くない気もするし、相変わらず怒られてばかりだけど……でもやっぱり私、琉衣くんに嫌われてるわけじゃないみたい。
　そう思ったら、なんかうれしいな。
「……よかったです。なんか、やる気出てきました」
「おう、頑張れ！」

俊介さんはポン、と肩をたたいてくれる。
　するとその瞬間、背後から急に人の気配がして……。
　――ゴツン！
「きゃぁっ!!」
　なにかと思ったら、いきなり誰かにペットボトルのお茶で頭をぶたれた。
　い……痛い。
　ふり返ればそこには、いつの間にか交代で休憩に来た琉衣くんの姿。
　……ドキッ。
「お前、やる気なくしてやがったのかよ」
「ち、違うよっ……！　そういう意味じゃないよ！」
　やだっ、もしかして今の聞いてたの!?
「あの程度でへこたれてんじゃねー！　つーか、そこどけ！俺の席！」
「ご、ごめんっ！」
「あはははは！」
　俊介さんは、なぜかゲラゲラ笑っている。
「なんだよー、けっこうふたり仲いいんじゃん」
「はぁ!?　仲良くねぇし!!」
「なんか最近、このやり取り見るのが楽しくなってきたわ。俺」
「えっ、俊介さん……！」
「亜里沙ちゃん、手がかかる弟だけど、琉衣のことよろしくなっ」

「は……はい」
　なぜかニヤニヤと意味深な笑みを浮かべる俊介さん。
「こいつ、こう見えて、かまってクンだから……ぐふっ！」
　そしたら琉衣くんが彼にシメ技のようなものを食らわせた。
「ンだとぉ!?　寝ぼけたこと言ってんじゃねー！　クソ兄貴!!」
「おぇっ、やめろー！」
　だけど、なんだかんだこの兄弟、仲がいいみたい。
　その光景はとても微笑ましかった。

　その日の夜、無事一日の仕事を終えて、私はまたひとりベランダで涼んでいた。
　最近お気に入りのこの場所。なんだかとても落ち着く。
　天気のいい日は１日１回はこうして外に出て、ぼんやりと考えごとをしたりしてる。
　それにしても私、だいぶこの生活にも慣れてきたなぁ。
　最初は寝る時以外は気が休まらないような毎日だったけれど、今はそうでもない。
　宮川家のみんなとも接し方がわかってきて、だいぶ気を使わなくなった。
　もちろん、琉衣くんにも……。
　相変わらず毎日怒られてばかりだけど、もう恐怖心や苦手意識はない。
　あらためて彼はこういう人なんだって受け入れたら、あ

の毒舌ですら、微笑ましく思えるようになってきた。
　きっと少し、気むずかしいだけ。不器用なだけ。
　優しいところもあるってわかったから。
　夜の風が気持ちよく頬をなでる。背中まである長い髪がなびく。
　思わずご機嫌に、鼻歌なんか歌ってしまった。
　琉衣くんに聞こえたら「うるせぇ！」って怒られそうだけど。
　幸い琉衣くんの部屋の窓は閉まっている。
　そういえば、この前お風呂で鼻歌を歌ってた時も、近所迷惑だって怒られたからなぁ……。
　琉衣くんはいつも私をしっかり見てる。なんだか監視されてるみたいだ。
　でも変なの。もう、そういうのにも慣れてきちゃった。
　──ガラッ。
　すると、その時ウワサをすれば……といわんばかりに、琉衣くんが隣の部屋から出てきた。
　……ドキッ！
　私は慌てて鼻歌をやめる。
　琉衣くんは頭をポリポリかきながら、ベランダの手すりに手をかけた。
「……はぁ」
　ため息なんかついて、どうしたんだろう。
　私はあやうくまた「こんばんは」って声をかけそうになったけど、この前よそよそしいって言われたからやめた。

えーと、なんか話すこと……。
「お、おつかれ！」
　とりあえず、わけもなくそんな言葉をかけてみる。
　すると琉衣くんは私にチラッと目をやると、またため息をついて、すぐにまた目をそらした。しかも無言で。
　やっぱり、なかなか会話が弾まない。
　だけど、あきらかに私がベランダにいるのをわかってて出てくるんだから、べつにうっとうしいとか思われてるわけじゃないんだよね？　たぶん……。
　なんてぐるぐる考えてたら、
「おい」
　……ドキッ。
　急に話しかけてくれた。
「な、なぁに？」
「……お前さ、数学できる？」
「えっ？」
　なにかと思ったらまさかの、勉強の話。
　琉衣くんはもしかして、今宿題でもしてたのかな。
「あの、できるってほどじゃないけど……嫌いじゃないよ」
「じゃあ、ちょっと来い」
　えっ！
　琉衣くんは私の腕をぎゅっとつかむ。
　そしてガラッとドアを開けると、そのまま部屋へとひっぱりこまれた。
　いきなりお邪魔する琉衣くんの部屋。だけど、相変わら

ずものが散らかっていて、足の踏み場がない。
　部屋のまん中に置いてあるローテーブルの上には、数学の教科書とノート。
　今ちょうど宿題の途中だったのかな。
　私は促されるがまま、テーブルの前に座る。
　すると、琉衣くんはノートを手でバンッとたたいた。
「……ここ、俺当たるんだけど。ぜんぜんわかんねぇ。お前数学できんだろ？　教えろよ」
　……えっ。
　勉強を教わるのに、「教えろ」なんて命令する人を生まれてはじめて見た。なんてことは置いといて……。
「あ、うん。いいよ。ちょっと見せて」
　さっそく問題を確認してみる。
　すると、それは最近習ったばかりの、わりと基礎的な問題だった。
　これならわかるかも。よかった。
「あ、これ1問目は公式をそのまま使うだけだよ。この公式なんだけど、最近習ったよね？」
「……は？」
　だけど琉衣くんはナンダソレ？みたいな顔をしてる。
　どうやら公式も覚えていないみたいだった。
「知らねぇ。っつーか寝てた。お前よく寝ないで授業聞けるな。朝はえぇのに」
　それを聞いて、ちょっと親近感がわく。
　琉衣くんもやっぱり授業中眠いんだ。私と一緒だ。

「ううん、私もよく寝てるよ！ 一日ずっと起きてたことなんてないし。ただ、数学だけは聞かないとわからなくなるから、なるべく起きるようにしてるの」
「は？ マジかよ。俺むしろ数学ばっか寝てんだけど。あれこそ眠いだろ。倉田のやつボソボソしゃべるし」
「あはは！ そうだね。倉田先生の話、聞き取りづらいよね」
　めずらしく琉衣くんと会話が続いた。
　なんか、こうして普通に会話することって、今まであまりなかったかも。ちょっとうれしい。
　思わず顔がゆるむ。
　すると、そんな私を見て、琉衣くんがなぜか驚いたように目を丸くしていた。
　……あれ？　私、なんか変なこと言ったかな？
　だけど、琉衣くんの口から出たのは意外すぎるセリフで。
「……お前、俺の前でも笑ったりすんだな」
　……え。
「へぇっ!?」
　思わず声が裏返りそうになる。
　まさか、琉衣くんがそんなことを思ってたなんて……かなりの衝撃だった。
「わ、笑うよっ……！　もちろん！　えっ、私、笑ったことなかったかな？」
「さぁ。たぶん」
「ウソ〜っ！」
　そんなふうに思われてたなんて、ちょっとショックだな。

たぶん、いつも緊張してたせいだけど。
　でも、そんなカチコチだったかな、私。
　私が戸惑っていると、琉衣くんは冷静な顔をして、こちらを見てくる。
　そして、ボソッとこんなことを言った。
「まぁ俺、お前に怒ってばっかだしな」
「えっ……」
　そのひと言もまた、意外すぎてビックリだった。
　だって琉衣くん、怒ってばかりだなんて、自分で自覚してたの？
「いつ嫌になって泣きだすかと思ってたけど、意外と泣かねぇのな、お前」
「……うっ、それは、だって……」
　仕事だもんね。
　いや、もちろん泣きそうになったことはたくさんあるけど。
「……フッ、変な女」
「えぇっ!?」
　変って！　そんな！
　……あれ？
　だけど、その時私は少しだけ、見てしまった。
　それは、はじめての……琉衣くんの笑った顔。
　思わず胸がきゅうっとなるくらいの、優しい顔。
　琉衣くんのそんな表情は今まで見たことがなかったので、すごくドキドキしてしまった。

吸いこまれそうになるまっ黒な瞳。
　キレイ……。
　だけど私がしばらくそれに見とれてぽーっとしていたら、琉衣くんはいきなり私の頭を上からつかんだ。
「えっ……」
　そして顔を近づけてきたかと思うと……。
　――ゴンッ！
「ひゃぁっ!!」
　軽く頭突きされてしまった。
　痛い……っ。
「なに見てんだよ」
「ち、違うっ！　あの、べつに私は……」
「あんまジロジロ見んなよ、キモいな」
「き、キモい!?」
　ひどいっ……。
　でもまさか、琉衣くんが笑ったからだよなんて、言えるわけがない。
　言ったらまた頭突きされそう。本当に容赦ないんだ。
「ご、ごめんなさい……」
「どうでもいいから早く続きやんぞ！」
「はい」
　慌てて教科書に視線を戻す。
　えーと、どの問題だったっけ……あ、これだ！
「あ、琉衣くん、じゃあこれ２問目……」
　……あれ？

だけど、再び琉衣くんに視線を戻してみると、なぜか思いきりよそ見をしている。
　自分からやるぞって言ったのに……。
　私はトントン、と彼の肩をたたいた。
「ねぇ琉衣くん、続き……。るい……」
「あァっ？」
　そこでようやくふり返る琉衣くん。
　だけど、その顔がなぜかすごく赤いのは、どうしてなんだろう。
「えっと……っ、これもさっきの公式なんだけどね」
「さっきのってどれだよ！」
「だから、これ……」
「もうぜんぶ最初から言え！」
「はい」
　……なんだろう。照れたのかな？
　私はこの時心の中で、もしかして琉衣くんはすごくシャイな人なんじゃないかって、樹さんが前に言ってたとおり、この口の悪さは照れもあるのかもしれないなんて、そう思ってしまった。
　乱暴な口調とは裏腹に、まっ赤な耳と頬。
　やっぱり琉衣くんはなんだか、憎めない人。

＊琉衣くんと小川さん

「なんかさー、最近変だよねー」
「えっ？」
「いや、あきらかにそうだよね。これは」
「えっ……な、なんのこと!?」
　お昼休み、麻実が私をまじまじと見つめながら話す。
　その表情から、なにか疑いをかけられているみたいで、ドキッとした。
　なんだろう。もしかしてまた……。
「琉衣くんだよ」
　ほら、やっぱり。
「琉衣くんって絶対、亜里沙のこと気に入ってるよね？」
「えーっ!!　そんなことないって！」
「いや、絶対あるよ!!」
　ここ数日、こんな話を毎日のようにされるんだ。
　なぜなら琉衣くんが最近、頻繁にうちのクラスに来るようになったから。
「昨日も亜里沙の英語のノート持ってった。その前は体育の時、前髪が邪魔だからヘアゴム貸してって。その前は生物の教科書」
「ぜ、ぜんぶ覚えてるの……!?」
「覚えてるよ。あたしを誰だと思ってるの？　みんなウワサしてるんだからね〜。琉衣くんはきっと亜里沙のことが

好きなんだって」
「……はいぃっ!? それはありえないよ!!」
「わかんないじゃーん! 好きな子ほど、イジメたくなるって言うしさ。あの命令口調も、好きだからこその態度なのかもしれないよ?」
「……っ」

　ずいぶんな誤解のされよう。でも、それもこれもぜんぶ、琉衣くんの行動の変化からだ。

　琉衣くんは最近、なにかと私に構ってくる。以前はあまり絡みのなかった学校でも。

　どうやらこの前、私が数学を教えてからというもの、勉強面で当てにしているらしく、ノートから予習からぜんぶ、私を頼ってくるんだ。

　琉衣くんいわく「俺の友達アホしかいないから、お前のほうがよっぽど使える」との理由らしい。使えるってひどい……って感じなんだけどね。

　彼が俺様で命令口調なのは相変わらずだし、悪く言えば利用されてるというか。だから、麻実が言う"好き"とか"お気に入り"なんていうのは、絶対に当てはまらないと思う。

　なのに、なぜかこの言われよう。女子のみなさまの視線が怖くてたまらないよ。
「そんなわけないって! 琉衣くんは、なんとなく私にノートを借りてるだけだよ」
「でも、ほかに貸してくれそうな女子はいくらでもいるじゃ

ない？　同じクラスの子でもいいしさぁ。それをわざわざ亜里沙に借りるって、かなり意味深でしょ」
「えっ、いや、それはただ……」
　一緒に住んでるからだよ！　なんて言えるわけないけど……。
　ホントになんて説明したらいいのかわからないよ。違うのになぁ。
「いーなぁ。あたしもイケメンにノート貸せとか、勉強教えてとか言われたいなぁ～」
「あはは……」
　そんなにうらやましがられてしまうのも、また複雑なんだけど……。
　だからって麻実は「ずるい！」とか怒ったりしないから、本当にいい子だと思う。
　するとその時。
　——ドンッ！
　私と麻実の会話をさえぎるかのように現れた手が、目の前の机に乗った。
　この乱暴な感じはもしかして……。
「おい、亜里沙」
　やっぱり琉衣くんだ。ウワサをすれば。
「あ、琉衣くん。なに？」
「ここ、次、ヤバいんだけど。お前教えろよ」
　琉衣くんは乱暴な字で書き殴ったようなノートを私の机に広げる。

見たらそれは、昨日うちのクラスが習った数学の問題だった。
「あれ？　また当たるの？　数学」
「あぁ。１時間目に思いきり爆睡してたら、倉田のやつ、俺に寝てた罰とかいってこの問題押しつけやがった。５時間目までにやってこいだと。ウッゼー」
「あらら……。琉衣くん、前から２番目の席だもんね」
「マジ、さっさと席替えしてぇんだけど。あんなつまんねー授業で寝るなっつーほうがムリだし」
「あはは、まぁまぁ……」
「それより時間ねぇよ。さっさとしろ」
「あ、はい」
　うちの高校は進学校だし、数学は１日に２回以上ある日も少なくない。
　琉衣くんはどうやら数学の倉田先生に目をつけられているらしく、最近よく当てられる。
　そして、そのたびに私のところに教えてもらいにくるんだ。
　口は悪いし、いつもふてぶてしい彼だけど、問題を解いている時は一生懸命。たまにスラスラ解けると少しうれしそうにしてて、そういうところはちょっとかわいいなって思う。
　それに、前に比べてたくさん会話をしてくれるようになったのが、私としてはとてもうれしい。
　一緒にいて、お互い無言になることがあまりなくなった。

「あ、琉衣くん！　よかったら、この席どうぞ！」

　私の前の席に座っていた麻実は、すかさず立ちあがり琉衣くんに席をゆずる。

「あぁ、どうもな」

　そして、琉衣くんが礼を言ってそこに座ると、頬をポッと赤く染めてどこかへ去っていった。

　なんか気を使わせちゃったかなぁ。

「あ、それじゃ、はじめるね」

「ん」

　私は自分の数学のノートを取りだして、それを見ながら琉衣くんに解き方を教えた。

　琉衣くんは勉強においては私を信用してくれてるのか、素直に話を聞いてくれる。

　最初は「答え、写させろ」なんて言われたこともあったけど、ビビりながらも「それはダメだよ」って断ったら、「クソマジメ！」とか文句を言いつつも、自分で解くようになってくれた。

　琉衣くんはたぶん、根は優しい人だ。

　強引でたまに横暴なところもあるけれど、そこまでムチャな要求はしないし。話せばちゃんとわかってくれるし。

　私もだんだんと、彼との接し方がわかってきた気がする。

「あ、琉衣くん、ここ計算まちがってる」

「……あぁ!?　チッ、消しゴム貸せ！」

「はい」

「クッソ〜、だりぃなマジで。ゲッ、式まで消えたじゃねー

かよ！　なんだ、このクソ消しゴム!!」
「……っ」
　それに琉衣くんと話していると、時々クスッと笑ってしまいそうな時がある。笑わないけど……。
　琉衣くんは少し子どもっぽいところがあって。でもそれをクスッ、なんてやってしまったら絶対にまた……。
「おい、亜里沙……」
「ん？」
「お前、なんで今、口押さえた？」
　あ、やば……。
「えっ、いや……たまたまだよ！」
「ウソつけ、笑ったんだろ」
「わ、笑ってないっ……！　んん～っ！」
　琉衣くんは私の両頬を片手でぎゅっとつかむ。
　そして顔をぐいっと近づけると、
「……失礼なやつだな。人がマジメに解いてやってんのに。今度笑ったら口ふさぐぞ」
　ええっ、口ふさぐ!?
「ご、ごめんなさい……っ」
　またまた脅(おど)されてしまった。
　笑いそうになったの、バレちゃったみたい。
　琉衣くんにとって私は子分(こぶん)みたいな位置づけなのか、言うこと聞けよって態度は変わらないけど。今ではそれも微笑ましいと思えるようになった。

その日も放課後いつもどおり学校から帰ると、そのままお店に向かった。
　最近は直接店の更衣室に行くようにしてる。
　家のカギは渡されているけれど、時間がもったいないから、少しでも早くお店に着けるように制服のまま直行するんだ。
「おつかれさまでーす」
　ガチャッと休憩室のドアを開ける。
　すると、タバコの匂いがふわっと漂ってきた。
　更衣室は休憩室の奥にある。誰かいるみたい。
「おつかれ、亜里沙ちゃん」
　……ドキ。
　誰かと思ったら、調理スタッフの小川さんだった。
　見た瞬間、少し体がこわばる。
　いつだったか樹さんに言われた言葉をどうしても意識してしまって。だけど、いちおう笑顔であいさつした。
「あ、どうもこんにちは！　休憩ですか？」
「うん、ちょっとタバコ吸いにきただけ。亜里沙ちゃん制服じゃん。はじめて見た。かわいいね～」
「あっ、いえ……」
　上から下まで舐めまわすような視線にゾクッとする。
　なんだろう。いつも思うけど、小川さんはすごく色気があるというか、妖艶というか……。
　女の人の扱いに異様に慣れている感じがして、少し戸惑ってしまう。

「ごめんね、煙たかったよね」
　小川さんはそう言うと、まだそんなに短くなっていないタバコを灰皿に押しつける。
　わざわざ私に気を使って消してくれたようだった。
「あ、そんなっ、大丈夫です！　気にしないでください！」
「でもほら、制服に匂いついたらまずいでしょ？」
　ガタッとイスから立ちあがる小川さん。
　そして私に近づくと、スッと胸もとに手を伸ばした。
「リボン、ちょっとずれてる」
　……ドキッ。
　慌てて来たせいか、いつの間にかずれてしまったリボンを直してくれる彼。
「あ、ありがとうございます……」
「ふふ、じゃあ、またあとでね」
　そして手をふりながら休憩室を去っていった。
　……わあぁ。なんか意識しすぎてドキッとしちゃった。
　でもべつに、悪い人ではない気がするんだけど。
　気をつけたほうがいいって本当なのかなぁ……？

「おつかれさまでーす」
　ベーカリーに入ると、今日は畑さんがいなくて、樹さんと琉衣くんのふたりだった。
　琉衣くんはいつの間に来ていたのか、私より早い。
　自分ではかなり急いだつもりだったのに、目が合うなり小声で「おせーよ」と小言を言われてしまった。

畑さんは今日はお休みで、さっきまでヘルプの人が来ていたらしい。
　とにかくギリギリの人数でまわしているこの職場。樹さんも休みが少ないと嘆いている。
　私と琉衣くんは昼間は学校があるし、土日はフルで出られるとしても、やっぱり人手が足りないとのことで、近々また新しく人を入れる予定みたい。これも樹さん情報だけど……。
「亜里沙ちゃん、急いで来た？」
「……えっ、あ、はいっ！」
「帽子がぎゃーく」
「わっ、ごめんなさい……！」
　樹さんは「あはは」と笑いながら、私の帽子を直してくれる。
　なんだか今日は慌てすぎて、こんなのばっかり。
　そそっかしい自分が恥ずかしくなった。
「ありがとうございます」
「いえいえ。亜里沙ちゃんって、けっこードジだよね」
「そ、そうですか？」
「うん。まぁ、そこがかわいいんだけど」
「……えっ！」
　いつもこういうことを、なんの照れもなく言ってくれる樹さん。
　だけどべつにチャラいわけでも、下心を感じるわけでもない。

そのへんが、小川さんとはちょっと違うかもしれない。
　……なんてことを考えていたら、急に目の前にドカンと材料に使うクルミの入ったバットが置かれた。
「おわっ、琉衣！」
「……チッ、ふたりとも、雑談してるヒマあったら手ぇ動かせよ」
「ご、ごめんねっ」
　ジロッと私ににらみをきかせる琉衣くん。ドキッとして背筋が伸びる。
　琉衣くんは、仕事に関してはとにかくストイックで厳しいから、こういう時、私や樹さんはいつも怒られるのだった。
「あーあ、また怒られちった」
「あはは……」
「とか言って琉衣のやつ、実はヤキモチ焼いてんじゃねーの？」
「えっ!?」
　樹さんは小声でつぶやくと、ニヤニヤしながら私の顔を見る。
「ま、まさかっ。そんなわけないですっ」
「どうかな〜。最近俺らが仲良くしゃべってると、いつも邪魔してくるし。そんなわけあるかもよー？」
　えぇ〜っ！
「わ、私、小麦粉取ってきますっ！」
　なんだか恥ずかしくなって、思わずその場から逃げてし

まった。
　琉衣くんが私にヤキモチ？　ありえないよ。
　樹さんはいつもああやってからかうんだから。
　店の奥のケースに入っている小麦粉の袋を、私はよいしょと持ちあげた。
　家でも運んでたから大丈夫だと思ってたけど、やっぱりめちゃくちゃ重い。思わず体がよろけそうになる。
　だけど頑張れ、あと少し……。
「おっと！」
　その時、誰かがとっさに私の体を支えてくれた。
　そして小麦粉の袋を一緒にかかえてくれる。
「大丈夫？　これ女の子ひとりじゃ持てないでしょ」
　誰かと思ったら、助けてくれたその人物は、あの小川さんだった。
「す、すいませんっ」
「いやいや、大丈夫。一緒に持つよ」
　そのまま彼は粉の計量をする場所まで運んでくれて、私は彼にしっかりと頭を下げてお礼を言った。
「ありがとうございます。助かりました！」
「いやいや、こういう力仕事は男にやらせないとダメだぜー？」
　そう言って、ほかのベーカリーメンバーに目をやる小川さん。
　すると、それを見ていた琉衣くんが、すごくムッとしたような表情に変わった。

あっ……なんかこの空気。
「亜里沙ちゃん華奢なんだからさぁ。なぁ？」
　　小川さんはさりげなく、コックコートから出た私の腕をなでるように触る。
　　その感触に私はゾクッとした。
「……おい」
　　するとなぜか急に、琉衣くんが小川さんの腕をつかんで。
「触んな」
　　……えっ!?
　　強引に彼を私から引き離す。
　　その声はいつになく低くて、すごく怖かった。
　　そういえば、このふたり仲が悪いって……。
　　すると、小川さんはそんな琉衣くんを挑発するように、
「ふっ、相変わらずタメ口かい。なに、お前もしや、さっそく亜里沙ちゃんとデキてんのー？」
「ハァッ？　んなわけねーだろ。でも、こいつの専属教育係は俺だから。いちいちよけいな口出しいらねんだよ」
　　ドキッ……。
「ちょっ、琉衣くん……」
　　一触即発みたいな不穏な空気に、冷や汗が出てきそうになる。
　　なにこれ、なにこれ。このふたり、過去になにかあったの？
　　琉衣くんの攻撃的な発言に、小川さんもイラ立ちを見せる。

だけど、そこはさすがに大人だからなのか、ふぅっとため息をつくと、
「……ハハ、わかったよ」
　やれやれとあきれたように笑ってみせた。でもすぐに、
「ったく、成長しねぇガキだな……」
　ボソッと小声でまた、挑発するような発言。
「あァ!?　ンだと!!」
　それを聞いた琉衣くんは、今にもつかみかかりそうな勢いで。
「……琉衣くん!!」
　私は慌てて彼の腕をつかんだ。
　すると、小川さんがさらに意味深なセリフを吐く。
「フン。だってそうだろ？　そんなだから乗りかえられんだよ、バーカ」
　……えっ？
「クッ、てめぇッ!!」
　どうやらそれは、琉衣くんにとって許しがたいひと言だったみたいで。
　琉衣くんはカッとなったのか、私の手をふり払い、小川さんの胸ぐらをつかむと、あろうことか、右手を勢いよくふりあげた。
「っ黙れ!!」
「きゃぁっ……！」
「おい琉衣、やめろっ！」
　う、ウソでしょ！　殴（なぐ）っちゃうの？　こんなところで!?

そんなの嫌だっ……!!
　——ガシッ!!!!
　……それはもう一瞬の出来事だった。
　私は決死の覚悟で琉衣くんの前に飛びこむと、全力で彼の拳(こぶし)を両手でつかんだ。
「だっ、ダメ〜〜ッ!!!!」
　はりあげた大声と共に、広がる沈黙。
　ドキドキして、怖くて、体がふるえた。
　だけど、琉衣くんの手だけは絶対に離さない。
「……っ」
　琉衣くんは私の行動に驚いたのか、目を丸くしている。
　同じく、小川さんもすごく驚いたように固まっていた。
「あ……ありさ、ちゃん……？」
　うしろで間の抜けたような樹さんの声。
「離せよッ！」
　すると次の瞬間、琉衣くんが私からバッと手を引き抜く。
「ダメッ！」
「ッうるせぇな！　なんでお前が……！」
　だけど私はもう一度、琉衣くんの右腕をぎゅっとつかまえた。
　そして彼をまっすぐ見あげる。
「る……琉衣くんの手は、人を殴(なぐ)るためにあるんじゃないでしょ!!」
「は？」
「そんなことしたら、パンがかわいそうだよっ!!」

「……っ」
　思わず口から出てしまった。
　私はべつに、小川さんをかばいたかったわけじゃない。
　とっさに琉衣くんを止めたのは、彼に人を殴ったりなんてしてほしくなかったから。
　いつも一生懸命パンを作っているその手で、人を殴ってほしくなかった。
　琉衣くんの仕事に対するマジメさや、パンを愛する気持ちを知っているからこそ、それだけはしてほしくなかった。
　だから、気づいたら飛びこんでいた。
　琉衣くんは一瞬ハッとしたような顔で私を見ると、そのあとすぐ、うつむいたように目をそらした。
　同時にふぅっとため息をついて。それから静かに手を下におろした。
　私も手を離す。
　その場になんとも言えない沈黙が流れる……。
　すると、そこに誰かが駆けつけてきた。
「おい、どうした？」
　その声は俊介さんで。
　俊介さんは、琉衣くんと小川さんの姿を交互に見ると、なにかを察したのか、琉衣くんのもとにサッと駆けよる。
　そして、彼の肩をポンとたたくと、
「琉衣、落ち着けよ。仕事中だろ」
　小声でそうつぶやいた。
　小川さんにもひと声かける。

「小川さん、藤川さんが探してましたよ」
　それを聞いて、ハッとする小川さん。藤川さんは怖いことで有名な調理長だ
「……ゲッ。あぁ、わりぃな。そろそろ行くわ」
　慌てたように厨房へと戻っていった。
　私はとりあえず、なにもなくて少しホッとする。
　だけど、琉衣くんはすごく悔しそうな表情のまま無言で、
　——ドンッ!
　横にあった冷蔵庫を強くたたいたかと思うと、そのまま休憩室のほうへと去っていった。
「おい、琉衣っ……!」
　俊介さんが呼ぶ声にふり返ることもなく。
　無言でその様子を見送る私。
「ったく。琉衣もバカだな、あいつ……。小川さんも小川さんだし。いい歳こいて」
　困ったようにため息をつく俊介さん。
「ホントホント〜。24歳にもなって、17歳の高校生にケンカ売るってどうなんすか〜」
　それに乗っかるように小川さんの文句を言う樹さん。
「……どっちもどっちだけどな。まぁ、元はと言えば小川さんが原因だけど。ってか、亜里沙ちゃんごめんね。大丈夫だった?」
「あ、いえ。私は……っ」
「いやでも、琉衣を止めたの、亜里沙ちゃんだから!　マジ、すげぇカッコよかったよ!」

樹さんにそう言われて、急に恥ずかしくなる。
「そ、そんなことないですよ……！」
　樹さんと俊介さんは、さっきのふたりの関係についてなにか知ってるみたいだったけど、だからといって詳しく聞くこともできなかった。
　小川さんと琉衣くんの間には、なにかあるんだ。わかったのはそれくらいで。
　それ以上に私は、琉衣くんのあの傷ついたような表情が頭から離れなかった。
　大丈夫かな、琉衣くん。
　私、よけいなこと言っちゃったかな……。

　お風呂あがり、私はドキドキしながら琉衣くんの部屋のドアをノックした。
　静香さんに、琉衣くんもお風呂に入るよう呼んでって言われたんだ。
　だけど、今日のあの件のこともあるし、なんとなく話しかけづらくて。琉衣くんとは、それ以降まだひと言も話していなかった。
　──コンコン。
「琉衣くーん」
　……返事がない。寝ちゃったのかな？
　なんとなく残念なような、ホッとしたような……。
　まぁいいや、とりあえず部屋に戻ろう。
　隣の自分の部屋に入る。

すると、ベランダの明かりがついていることに気がついた。
　あ、そうか。ベランダ……。
　おそるおそる窓からのぞいてみると、琉衣くんの背中が見えた。
　琉衣くんはいつものように、ベランダの手すりに寄りかかって、外を見ているみたいだ。
　私はガチャッと窓のカギを開けた。
　――ガラッ。
　窓を開けると吹きこんでくる涼しい風。ふわっと長い髪がなびいて浮かびあがった。
　琉衣くんは私が現れると、一瞬こちらを向く。
　だけど、すぐに視線を元に戻した。
「……なんだよ。なにしに来たんだよ」
　ふてぶてしい声に、少し緊張する。
　だけど、なんだかそのうしろ姿は少しさみしそうにも見えて。
　なんとなくほっとけないと思ってしまう。
「お、お風呂どうぞって言おうと思って……」
「あっそ」
　うっ……。
　やっぱり冷たい反応。すごく迷惑そう。
　だけど、琉衣くんの表情はいつもどこか儚げで、その態度はいつだって、強がりのようにも見える。
　私はさりげなく彼の隣に立って、手すりに手をかけた。

琉衣くんはそんな私を見て、眉間にシワを寄せる。
「……っ、だからなんだよ。用すんだんなら帰れよ」
「あっ、あのねっ！」
「なに」
「さっきは、よけいなことして……ごめんなさい」
　我ながら、ずいぶん出しゃばったマネをしたなって反省してる。琉衣くんは、さぞ腹が立ったことだろう。
　でも、これだけは伝えておきたい。
「私べつに、小川さんのことをかばいたかったわけじゃないから……」
　もしかして、誤解されてるんじゃないかと思って。
　だけど琉衣くんの反応は意外で。
「……わかってるし。あれだろ。俺があいつを殴ったら、パンがかわいそうなんだろ？」
「えっ!?」
　う、ウソ……。私が言ったこと覚えてたの？　めちゃくちゃ恥ずかしいよっ。
「あ……えーと、あれはっ……」
「まさかお前に説教されるとは思わなかったよな」
「ち、違うよっ……！　説教したつもりじゃ……」
「ホント、クソ生意気なやつだな」
　うぅっ……。やっぱ怒ってるんだ。どうしよう。
　ジロッと鋭い目でにらまれて、思わず縮こまり、下を向く。
　……だけどなぜだろう。次の瞬間、突然頭にポンと琉衣

くんの大きな手のひらが乗っかった。
「でも……負けた」
　……えっ？
　同時に彼の口から出てきた、意外すぎるセリフ。
　あれ？　怒ってない？　どうして……。
「負けたわ、お前には……。お前のパンへの気持ちに負けた」
「えっ……」
　……どきん。
　あの琉衣くんがまさか、そんなことを言うなんて思わなくて、思わず心臓が飛びはねた。
　おそるおそる、琉衣くんの顔を見あげる。
「ホント、変な女」
　そう言い放った顔は、少し笑っていた。
　あきれているような、でもどこかスッキリしたような、優しい顔……。
　私はそれを見たら、なんだかドキドキして、胸がじーんと熱くなった。
　琉衣くんは、わかってくれた。私が必死で彼を止めた理由を。
　それはきっと、私たちが、同じ気持ちを持った者同士だから。
　パンが大好きだって気持ち。パン作りを愛する気持ち。
　私の気持ち、琉衣くんに伝わった。
　琉衣くんは私の言葉をちゃんと受け止めてくれたんだ。
　なんかうれしくて涙出ちゃいそう……。

さらに彼は続ける。
「俺だって、バカだったと思ってるし。あんなやつの挑発に乗るとか。でも、あいつには言われたくなかった」
　えっ……？
「自分でもガキだってわかってんだ。だけど俺は、兄貴みたいに冷静になんてなれねぇし、ムカつくこと言われて我慢するとかムリだし。結局いつもそれでケンカばっかして、敵ばっか作って……」
「琉衣くん……」
　はじめて聞いた琉衣くんの弱音とも取れる本音に、私は彼の心の中を少しのぞいた気がした。
　琉衣くんはいつも俊介さんを引きあいに出す。
　それはきっと、彼の劣等感からだ。
「……そんなこと、ないよ」
「は？」
「け、ケンカするのはよくないけど……熱くなるのは悪いことじゃないよ。それに、あとでこうしてちゃんと反省するなんて、琉衣くんは優しいじゃない」
「……お前になにがわかんだよ」
「……っ」
　そう言われてドキッとして、またまた出しゃばってるような気もしたけれど、それでもなにか励ます言葉をかけたかった。
「わ、わからないけど……みんながみんな、俊介さんみたいになれればいいってわけじゃないと思う……」

「……あ？　なんだよ、それ。お前、兄貴のこと好きなんじゃねぇの？」
「えっ」
　……あれ？
「ッえぇっ!?　はぁ!?　なんで……っ」
「違うのかよ。デレデレしまくってたじゃねぇかよ」
「ち、違うよっ!!　ぜんぜん好きとかじゃないよっ!!」
「……は？　そうなの？」
　ちょっと待って、なにそれ！　私ったら、なんていう誤解をされてたんだろう。
「ち、違うっ!!　私が言いたいのはっ……る、琉衣くんはそのままでも、いいところがたくさんあるってことだよっ!!」
「…………」
　一瞬、場がシーンと静まり返る。
　なんだかものすごく声を荒らげてしまった。琉衣くんが変なこと言うから……。
　ハァハァと呼吸を整えながら彼を見あげる。
　すると、琉衣くんはなぜだかプッと笑いだした。
「えっ……！　な、なにっ!?」
「……ククク」
「なんで笑うの!?」
　というか、琉衣くんってこんなに笑うんだ。
「プッ、お前さぁ……なんでそんないつも必死なの？　説教はするわ、急にムキになって主張するわ、マジウケる」

う……ウケる？
「だ、だって……っ！」
「いや、でもなんかもう、どーでもよくなってきた」
「え……？」
「お前としゃべってると調子狂う」
　琉衣くんはそう言って近づいてきたかと思うと、私の髪をわしゃわしゃと手でかき乱す。
「……ひゃぁっ！」
　そして顔をのぞきこんで。
「つーか、さっきからずっと思ってたんだけど……」
「な……なに？」
「お前、すっぴんだと眉毛ねーのな」
「……なっ！」
　ひゃーっ!!　ウソ、やだっ！　恥ずかしい！
　慌てて額を両手でかくしたら、琉衣くんはそれを見てまたゲラゲラと笑っていた。
　なんだか話が思いきりそれた気がするけど……これはこれでよかったのかな？
　さっきとは違って、元気そうな琉衣くんを見て安心する。
　それにあの彼が、こんなふうに素で笑ってくれる日が来るなんて……。ちょっとうれしいな。
　琉衣くんは思ってた以上に不器用で、人間味のある人だ。
　そして、ホントはすごく優しい人……。
　だけど、そんなふうにホッとしてたら、
「……ゲッ！　つーか、もうこんな時間じゃねぇかよ！

お前のせいで風呂遅くなったろーが!」
「えぇっ！　私のせい!?」
「くそっ、俺のパジャマ用意しとけよ。あとバスタオルも。じゃあな！」
「あ……はい」
　そのままバタンと部屋の窓を閉めて、急いで去っていく琉衣くん。私は急にぽつんと取り残される。
　やっぱり人使いが荒いところは相変わらずみたいだけど……少しだけまた、彼との距離が縮まった気がした夜。

＊彼女のフリ？

　とある日の食卓にて。
「亜里沙ちゃん、たまには休みほしいと思わない？」
「えっ？」
　いきなり俊介さんが、ニコニコした顔で問いかけてきた。
　……お休み。たしかに、今のところあまり休みはない。
　この忙しい毎日にもだいぶ慣れてはきたけど。
　するとそこで、すかさず琉衣くんがツッコむ。
「はぁ？　なんでこいつだけ？　こいつが休むんだったら、俺にも休ませろよ」
「ああ、いいよ。琉衣も一緒に」
　えっ、ウソ！　一緒にって言った？　今。
　いいのかな？　ふたりも休んで。
「今週の土曜日、ふたりで休み取れよ。店はなんとかするから。そんでもって、ちょいと頼みたいことが。なぁ？　親父」
「ん？　あぁ。実はな……」
　世界さんはそうつぶやくと、どこからか雑誌を取りだして、ワケありな感じで語りはじめた。
「ちょっと偵察に行ってほしい店があってな」
「「……偵察!?」」
　琉衣くんと声がカブったと同時に、目を見あわせる。
「最近話題になってるこの店、知らんか？」

世界さんが指をさしたのは、グルメ系雑誌の特集ともいえるページ。
　そのお店は、写真つきで1ページにでかでかと載っていて、今かなり話題のお店のようだった。

　──リーズナブルな限定メニューが大人気！
　──おしゃれな内装。女子会にも！

　たしかに、おしゃれな感じのお店で、料理もおいしそう。
　もしかして、琉衣くんとふたりでここに行くってこと？
　すると琉衣くんが声をあげる。
「は？　このヒロセって店、わりとちけーじゃん」
「そうなんだ。隣駅の近くだよ。次期出店予定のうちの系列店の参考にと思ってな」
「おいおい、また店出すのかよ……」
「まぁ、まだ企画段階だがな」
　わぁ、すごい……。世界さんって、やっぱりやり手なんだ。
「つーか自分で行けよ、そんなの！　それか兄貴。なんで俺なんだよ。俺、料理人じゃねぇし」
「いや、それが親父はこの辺じゃ、けっこう顔知られてるしさ。なによりこの話題のランチ、カップル限定で……」
「はぁぁっ!?」
「えぇっ!?」
　その言葉に一瞬固まった。

な、なにそれ。カップル限定!?
　もしかして……だから琉衣くんと一緒にお休みを取れって。
「いや、それこそ俺じゃねぇだろ！　なんで俺がこいつなんかと!!」
　琉衣くんは思いきり拒否してくる。それはそれでなんか悲しい……。
「か、カップル限定ですか……」
「そうなんだ。カップルもしくは夫婦限定で提供してるランチが人気でさ、行列もできるらしいよ。だからふたりにカップルのフリして偵察に行ってもらえないかなって。あ、もちろん亜里沙ちゃんに彼氏がいるっていうなら、ムリにとは言わないけど」
「うぅ、いません……」
　俊介さんに聞かれてしょんぼりしながら答える。
　というか、男の子と付き合ったことすらないよ、私。
「じゃあ、問題ないね！　決まり！」
「ええっ!?」
「はぁぁ!?　勝手に決めんなよ!!」
「とか言って〜、琉衣だってまんざらでもないんだろ？　これはオーナー命令だから。なっ、親父！」
「ああ、よろしく頼む」
「ってことで、シフト調整しとくね〜」
「おいッ!!」
「…………」

というわけで、なぜだか土曜日に琉衣くんと"ニセデート"をすることになってしまった。
　どうしよう……。男の子とふたりきりで出かけるなんて、はじめてだ。
　しかも、その話のあと、さっそく琉衣くんにつかまって、「土曜日、変なカッコしてくんじゃねぇぞ」なんて言われてしまった。
　琉衣くんいわく、「俺の隣を歩くんだから、ちゃんとおしゃれしてこい」とのことらしい。
　琉衣くんも仕方なく引きうけはしたみたいだけど……ただでさえ私、デートなんてしたことがないのに、琉衣くんみたいなカッコいい男の子とカップルのフリだなんて、大丈夫かなぁ？　ドキドキするよ……。
　いったいどんな服着ていけばいいんだろう？

　そして迎えた、約束の土曜日。
　久しぶりに朝はいつもより遅めに起きた。
　だけどなんだかそわそわして、落ち着かない。
　昨日の夜もなかなか寝つけなくて、ずっと今日のことを考えていた。
　おかしいよね。本当のデートってわけじゃないのに。
　琉衣くんはどんな気持ちでいるんだろう。めんどくさいって思ってるかな？
　朝ごはんを食べにダイニングへ。
　すると、まだ琉衣くんは起きてきていなかった。

「あら、亜里沙ちゃん、おはよう」
　静香さんが声をかけてくれる。
「おはようございます」
「今日は琉衣と出かけるんでしょう？　聞いてるわよ～」
「えっ！」
「パパが偵察なんか頼んだみたいで、ごめんね」
「いえ、大丈夫です」
「でも、琉衣もよく引きうけたわよね。いつもそういうの協力しないのに」
　た、たしかに……。そう言われてみれば。
　琉衣くんが嫌々ながらも引きうけたのは、私も意外だった。
「きっと亜里沙ちゃんと一緒だからよね！　あんな気むずかしい琉衣と仲良くしてくれてありがたいわ～」
「いえ、そんなことないです……！」
「そんなことあるわよ～！　そうそう、だからちょっと琉衣をドキッとさせてやろうと思ってね」
「ど、ドキッとですか？」
　静香さんはなにか企（たくら）んでいるのか、ニヤニヤと意味深な笑みを浮かべる。
「うん！　あとで私の部屋に来てね！　いいもの用意してあるから！」
「は、はいっ」
　思わず勢いで返事をしてはみたものの、なんのことだかすごく気になった。

ドキッとさせるって、いったいなんだろう？　いいものって……？

　そして、やってきた静香さんの部屋。
　私は鏡に映(うつ)った自分の姿を見て、目を疑った。
　だ、だって……。
「これね、亜里沙ちゃんに似合うと思って買ってきたの！　かわいいでしょ〜？　私、本当は女の子がほしくてね。ほら、うち男ばっかりだから。こんなお洋服着せたかったのよ〜」
　目の前にはあなた誰？って言いたくなるような、ガーリーな白いレース仕立てのワンピースを着た自分の姿。
　メイクまで施されて、どこかの避暑地(ひしょち)のお嬢様みたい。
「あ……っ、あのでも私、これ……」
「似合ってるわよ〜！　すっごくかわいい！　亜里沙ちゃん、色白で華奢だからからピッタリだわ〜！　メイクも、このくらい目もとを強調したほうがモテるわよ。もちろんそのままでも、十分かわいいけどね！」
　しかも静香さんはどこでそんな研究をしたのか、メイクが私よりもずっと上手で、まるで美容師さんみたい。
　自分でするより、ずっとキレイになってる。
　すごい……。自分じゃないみたい。
　でも、こんなはりきった格好して行って大丈夫なのかな？
　いつもの自分と違いすぎて、琉衣くんの反応が怖いよ。

「琉衣もきっと驚くわよ〜！ 亜里沙ちゃんに惚れちゃうかもね〜」
「ま、まさか！」
　そんなことあるわけない！
　あるわけないけど……逆に引かれたらどうしよう。
　不安な気持ちで静香さんとリビングに戻る。すると、
「ふぁ〜、よく寝た」
　ちょうど琉衣くんが起きてきたところだった。
　スウェット姿で目をこすりながら冷蔵庫を開ける。
　そして、ミネラルウォーターを取りだしてひと口飲んだ。
「なぁ、俺、コーヒー飲みたいんだけど」
「あら、おはよう琉衣。コーヒーくらい、自分でいれなさい？」
「あァ？ んだよ、ケチだな。じゃあ、亜里沙いれて。俺、ミルクなし砂糖ありで……って」
　……ドキッ。
　その瞬間、今日はじめて目が合った。
　琉衣くんは私を見るなり、目を丸くして黙りこむ。
　うぅ……この格好、やっぱり変だったかな？ 引かれてる？
「お、おはようっ！ コーヒーだよね？ 私、作るよ！」
　ドキドキしながら声をかけてみる。
「まぁ、亜里沙ちゃん、甘やかさなくていいわよ！ ていうか琉衣、見てよ、これ！ かわいいでしょう？ 私が見立てたのよ〜」

静香さんはうしろから私の肩に手を置いて、琉衣くんに
ほら、と見せびらかす。
　だけど、琉衣くんの口から出た言葉は……。
「は？　誰、お前」
　……ガーン。
　誰って……そんなに変!?
「誰ってあんたね〜、またまた照れちゃって」
　静香さんにそう言われて、琉衣くんは私を一度上から下
までじっくり見下ろすと、シブい顔をしながらふいっと背
を向ける。そして、
「つーか、スカート短けぇし」
　ボソッとそれだけつぶやくと、そのままキッチンに戻っ
ていった。
「…………」
　なんか、ショック……。
　べつになにかを期待していたわけじゃないけれど、そん
なふうにシラけたような態度を取られると、さすがに凹む。
　やっぱりやりすぎだったかな？
　私には似合わないよね、こんな格好……。

「いってらっしゃ〜い！　ゆっくりしてきてね！」
　静香さんに見送られて、ふたりで家を出る。
　だけど私は妙に落ちこんでいた。
　だって、さっきから琉衣くんは、ぜんぜんこっちを見な
い。あまり話しかけてこないし……。

たぶん私の格好のせいだと思う。
　私がこんな不似合いな格好して、バカみたいに着飾ってきたせいだ。
　琉衣くんはきっと恥ずかしいんだ。私と一緒に歩くのが。
　流れる沈黙がすごく気まずい。
　琉衣くんは、今日はシャツにベストを着たキレイめなスタイルで、すごくおしゃれ。
　ただでさえイケメンなのに、サラリと着こなす私服までおしゃれなもんだから、まるで芸能人の隣を歩いているみたいで、よけいにこんな自分が恥ずかしかった。
　私なんかでごめんなさいって気持ちになる。自然と一歩下がってしまう。
　だけど、その時琉衣くんがようやく口を開いた。
「なぁ、お前さ……」
　ドキッ……。
「な、なにっ？」
「なんでそんな離れて歩くわけ？」
　えっ!?
「そ、そんなつもりじゃ……」
「そんなに俺の隣歩くの嫌なのかよ？」
　えぇ～っ！
「ち、違うよっ！　琉衣くんこそ、私の隣歩くの嫌なんじゃないかって。私、こんな格好してるし……」
　そうだよ。私はむしろ琉衣くんにそう思われてるんじゃないかと思って不安で……。

「はァ？　なに言ってんの、お前」
　だけど、琉衣くんは急に立ち止まったかと思うと、あきれたような顔をして、私を見おろす。
　そして私の片腕をぎゅっとつかむと、そのままひっぱってスタスタ歩きだした。
　……どきん。
　わぁぁっ。なんか、手をつながれてるみたい。
「べつに……けなしてねぇだろうが」
「えっ？」
　琉衣くんは前を向いたままボソッとつぶやく。
「俺はべつに、似合わないとは言ってない」
「……っ」
　……ウソ。そうだったの？
　予想外のセリフに、心臓がドキドキと音を立てる。
　琉衣くんはてっきり、私の格好に引いてると思ってたのに。違うんだ。よかったぁ……。
「ほ、ホント？」
　なんだか急に気持ちがパアッと明るくなる。
「……べ、べつに、めちゃくちゃ似合うとも言ってねーけどな！」
　すると、琉衣くんは少し焦ったようにつけたす。
「あ……うん。でも、ありがとう」
「……っ。い、いつもよりはマシってレベルだよ!!」
　そう言いながらチラッとこちらをふり返ったその顔は、なぜかまっ赤だった。

そんな彼を見て、思わず頬がゆるむ。
　琉衣くんはきっと、人をほめたりするのが苦手なんだ。前からそんな気はしてたけど。
　そんな琉衣くんが、私のことを少しほめてくれた。
　それってなんだかすごく、うれしい……。

　目的のレストランまでは電車でひと駅。はじめて琉衣くんと一緒に電車に乗った。
　誰か知り合いに会わないかな、なんてキョロキョロして。
　道行く人や乗客の女の子が、みんな琉衣くんを見てた。
　琉衣くんには人並み外れたオーラみたいなものがある。
　誰もがふり返るくらいのルックスで、立ちふる舞いも堂々としていて。
　その隣でオドオドしてる自分が、すごく不似合いに思えて落ち着かない。
　だってみんな琉衣くんに目をやったあと、すぐに私を見る。
　そして時にはヒソヒソと話す声が聞こえてきたりして。
「きゃーっ！　ヤバい！　あの人、超カッコいい〜！」
「ホントだ！　隣の子、彼女かな？　いいなぁ〜」
「あんな彼氏、超うらやましい！　でも、なんで手つながないのかな？」
　なんて、まるで観察されているみたいで。
　琉衣くんと一緒にいると、私までジロジロ見られる。
　こんな人の彼女になったら、さぞ大変だろうなぁと思う。

だけど、今は彼女がいないっていうんだから不思議だ。
　べつに彼女のフリだなんて、私じゃなくても頼める子はたくさんいそうなのにな。
　電車を降りて駅から少し歩くと、すぐにお店は見つかった。
　レンガ造りのかわいらしい外観で、『ヒロセ』という名前のお店。
　まだお昼前の11時過ぎだっていうのに、もうすでに軽く行列ができている。
「はっ？　なんだ、あれ。オープン11時半だろ？　もうこんな並んでんのかよ」
　私と琉衣くんは、その最後尾(さいこうび)に並ぶことにした。すると、すぐにまたうしろに何組も続く。
　みんなカップルばかりで、それはそれはにぎやかだった。
「雑誌に載るくらいだもんね。やっぱり人気なんだね」
「チッ、なんかムカつくな。ホントにうまいのかよ。どうせ今だけだろ？　こんなの」
　同じレストランとして対抗意識を感じてるのか、琉衣くんは少し気に食わなそうにしてる。
　だけどそうは言いながらもすぐに、スマホをかざし外観の写真を撮っていた。
　なんだかんだちゃんと偵察の仕事をしててエラいなぁ。
　目の前では一組のカップルが、さっきからずっとイチャついている。
「ねぇタクちゃん、今日泊まってもいーい？」

「あぁ、もちろん。帰さねぇから覚悟しとけよ」
　う、うわぁ……。
　聞いてるこっちまで赤面(せきめん)しそうな会話だ。
　おそらく大学生くらいで、そんなに自分と歳が変わらない感じなのに、ずいぶんと大人に感じる。
「やだぁ、タクちゃん。うふふ」
「お前がかわいすぎんのがいけねぇの。なぁ、こっち向けよ」
　──ちゅ。
　ひゃ～～っ！　ウソ、キスした！
　あまりのベタベタっぷりに、視線のやり場に困ってしまう。
　キス現場なんてものを生まれてはじめて目の当(ま)たりにした私は、恥ずかしくなって思わず下を向いた。
　すごいなぁ、こんなところで。カップルってこういうものなの？
　しかも、琉衣くんといる前でこんな……。恥ずかしすぎるよ～！
　ドキドキしながらチラッと隣の琉衣くんに目をやる。
　すると彼は、スマホでパズルゲームをやっている最中だった。
　よかった。琉衣くんはまさか見てないよね、今の。
　なんて思ってたら、突然、
「なにジロジロ見てんだよ。変態」
　ボソッと小さな声でつぶやいてきて。
「みっ、みみ、見てないよっ……！」

慌てて否定する私。
　いや、思いきり見てたけど……。
　そしたら琉衣くんは、無表情のまま私に問いかけた。
「なに。お前もああいうことしたいの？」
「えっ……！」
　はぁぁっ!?　なにそれ、そんなつもりじゃ！
　思いきりブンブンと首を横にふる。
　だけどなぜか琉衣くんは、突然スマホをポケットにしまったかと思うと、片手をトン、と私の肩に乗せてきて。
　そのまま上からのぞきこむように、顔をゆっくりと近づけてきた。
　——ドキドキ。ドキドキ。
　う……ウソ。近い。どうしよう。まさかホントに……。
　私は思わずぎゅっと目をつぶる。だけど次の瞬間、
　——ゴツン！
「いたっ！」
　……あれっ？
　触れたのは唇ではなく、彼の額だった。
　いつかの頭突き、再び……。
「プッ、バーカ」
「……っ」
　あぁ。私ったらなにをカン違いして……。
　琉衣くんは急にクスクスと笑いだす。
「お前があんなキスに興味津々とは意外だったわ」
「……なっ！　ち、違うよっ！　そんなんじゃないよ！」

「今、されると思った?」
「……っ!?」
　やっぱり、からかったんだ。
「お、思って……ない……」
　なんだかもう恥ずかしすぎて、涙目になってくる。
　琉衣くんって、けっこうイジワルなんだ。
　私の反応がおもしろいのか、今度は吹きだすように笑いだす彼。
　やだもう、ホント私ってバカすぎるよ……。
　だけどそう思って下を向いた瞬間、急に右手がなにか温かいものに包まれた。
　……ドキッ。
　それは、ほかでもない、琉衣くんの左手。
　う、ウソ……。
「まぁ、このくらいならしてやってもいいけど?」
「へっ?」
　思わず声が裏返りそうになる。だって、あの琉衣くんが……手をつないでくるなんて!
「だって付き合ってるフリ、すんだろ」
　そう言って不敵に笑う彼の顔は、とても優しかった。
　どうしよう……私。
　さっき見たキス以上に、ドキドキが止まらないよ……。

「ご注文は以上でよろしいですか?」
　白シャツに黒いソムリエエプロン姿の美人なウエイトレ

スさんがたずねる。
　私たちは俊介さんに言われたとおり、カップル限定ランチなるものを、ふたりで頼んでみた。
　前菜からデザートまで、数種類ある中からそれぞれ選ぶことができて、たしかにお得な感じ。
　注文はぜんぶ琉衣くんがテキパキとこなしてくれた。優柔不断な私はかなり迷ってしまったけれど。
「はー。女ってホント決めるのに時間かかんのな」
「う……ごめんね」
　琉衣くんは私の隣に座り、テーブルに頬づえをつきながらこっちを見る。
　だけど私はさっきから、あまりに彼との距離が近くてドキドキしっぱなしで。
　だってこのテーブル、なぜか片側にしか席がない。
　いわゆるカップルシート的なものらしくて、向かいあってではなく、隣りあわせに座らなければいけないのだ。
　しかも、各席個室っぽく隔ててあって、周りを気にせず食事ができるようになってる。
　琉衣くんの隣で食べるとか、考えただけで緊張するよ。
　まるで部屋にふたりっきりみたい。……落ち着かないなぁ。
　琉衣くんは緊張する私の隣で、相変わらずスマホ片手にゲームをやっている。
　私だけひとりでモジモジと手持ち無沙汰にしていた。
　わけもなくスカートの裾を直したりして。

こんな短いワンピース、着てくるんじゃなかったな。
　──ピロン。
　するとその時、スマホのメッセージ音が鳴った。
　ハッとして、カバンからスマホを取りだす。
　誰かと思って画面を開いてみると、なんとそのメッセージは、俊介さんからだった。

【おつかれ！　どう？　楽しんでる〜？】

　今日彼はたしか、お店で仕事のはずだけど、わざわざ気にかけて送ってくれたみたい。
　私は報告も兼ねて返事をしておいた。

【おつかれさまです。すごく並んでたけどオープンと同時になんとか入れました。料理の写真また送りますね。そちらもランチこれからですね。頑張ってください！】

　よし、送信……っと。
　俊介さんの連絡先はいちおう知っているけれど、やり取りをすることはほとんどない。
　だから、こうしてメッセージを送ったりするのは新鮮で、不思議な感じだった。
　琉衣くんとだってめったにやり取りしないし……。
　するとその時、急にバッと手もとからスマホを奪われた。
「……あっ！」

琉衣くんだ。
「誰とメールしてんの？」
　ドキッ……。
「あっ、えーと……」
「相手、男？」
　えぇっ!?
　なんかまるで、探りを入れる彼氏のセリフのよう。
「い、いや……ちょうど今俊介さんから『どう？』ってメッセージが来たから……」
「はぁ？」
　私が正直に答えると、なぜか琉衣くんは不機嫌そうに顔をしかめる。
　そして私のメッセージ画面を開きながら、チッと舌打ちをした。
「俺にはそんなの来てないんだけど。なんだよ、兄貴のやつ。人がせっかく協力してやってんのによ」
「あ……べ、べつに、たまたまだと思うよ！」
「たまたま？　なわけねぇだろ。お前も『頑張ってください！』じゃねーよ！　ちょっと貸せ！」
「えっ、ちょ……っ」
　琉衣くんはなにやら私のスマホから文字を打ちこむと、あっという間にそれを送信して。それからようやく私にスマホを返してくれた。
「……ん。仕事しろって送っといた」
「えっ！」

なんて打ったんだろう？
　心配になって見てみたら、そこにはあきらかに私が送ったようには見えないメッセージが……。

【うるせーな！　黙って仕事しろ！　クソ兄貴!!】

　しかもキレマークのついたクマのスタンプまで送信されてる。
「え〜っ！　ちょっと、これっ……!!」
「なんだよ。文句あんの？」
　……いや、文句があっても言えるわけがない。
「ない……です」
「クソ兄貴の相手なんてしなくていいから。ほっとけ」
　そう言って脅しをきかせると、琉衣くんはまた強引にスマホを私の手から奪って、カバンに押しこむ。
　さらには、私の頭にポンと手を置くと、髪をわしゃわしゃとかき乱して。
「……きゃっ！」
「今は俺の相手だけしてりゃいいんだよ。バカ亜里沙」
「えっ……？」
　思いがけないセリフに、なぜか少しだけドキドキしてしまった。
　……なんだろう。琉衣くんは、そんなに俊介さんと私がメッセージのやり取りをするのが気に食わなかったのかな？

まるで、俺以外に構うなって言われてるみたい。
　でも、不思議と悪い気がしないのは、なんでなのかなぁ？

　しばらくすると、最初の料理が運ばれてきた。
　私たちはそれを写真におさめてから口にする。
　どれも見た目から素敵で、味もすごくおいしかった。
「わぁ、このキッシュおいしいね。なんかおしゃれな味がする」
「は？　おしゃれな味ってなんだよ。まぁ味は今のとこ、そこそこなんじゃね？　値段のわりに」
　琉衣くんは素直においしいとは言わないけれど、いちおうほめている。私よりもずっと舌が肥えてそうな彼のことだから、辛口批評が当たり前かもしれないけれど。
　気になるパンの味も、とてもおいしかった。
　やはり私、どうしてもよそのパンが気になってしまう。
　私も琉衣くんも、ライスとパンが選べるところ、ふたりしてパンを選んだ。
　味調べ的なのもあるけれど、やっぱりパンが好きだから。
　こういう時、いつもパンばかり食べてるにもかかわらず、結局パンを選んでしまうんだって琉衣くんも言っていた。
　そういう共通点が、なんだかとてもうれしい。
「このバケット、中はモチモチだよ！　琉衣くん」
「うーん、たしかに……。意外とちゃんとしてんのな」
「さすが人気のお店だね」
　偵察とはいえ、ふたりで料理の話をしたりするのはとて

も楽しくて。食べるまでは緊張してたけど、食べてるうちにいつの間にか、私のほうがテンションが上がってしまっていた。
「お待たせしました。こちらがイチゴのミルフィーユになります。こちらは洋梨のタルトです」
　デザートはふたり別のものを頼んだ。
「うわぁ～、おいしそう！」
　琉衣くんは、ミルフィーユを前に目をキラキラさせている私を見て、あきれたように笑う。
「……なんかお前、楽しそうだな」
「えへへ、うん。実は私、甘いものに目がなくて」
「へぇ。だからいつも焼き菓子の失敗作をうれしそうに食ってんのか」
　そう言われてみればそうかもしれない。琉衣くんは、やっぱり人のことをよく見てるなぁ。
「つーか、それうまそう」
　彼はふと、私のミルフィーユに目をやる。
「えっ……。あ、交換する？」
「いや、いい。その代わり、あとでひと口よこせ」
　……ドキッ。
「わ、わかった。いいよ！」
　急にひと口よこせなんて言われて、驚いた。琉衣くんが私のデザートをほしがるなんて意外だ。
　なんだか口をつけたら悪いような気がして、ひと口目からさっそくあげることにした。

「琉衣くん、じゃあよかったら最初のひと口どうぞ」
　そう言って、お皿ごと彼に差しだす。
「ん？　あぁ」
　するとなぜか、あーん、と軽く口を開ける琉衣くん。
　えっ？　まさかこれは……。
「えっと、あの……」
「なに。くれるんじゃねぇの？」
　……どきん。
　うん。これはあきらかにそうだ。"食べさせろ"ってことだよね？
「あ、あげます……」
　思わぬ要求にドキドキしながら、ミルフィーユをフォークに乗せて琉衣くんの口に運ぶ。
　だけど、あまりの恥ずかしさから手がふるえて、落っことしてしまいそうで。
　やっぱり男の子に食べさせるなんて、私にはハードルが高いよ。
「……っ、なにモタモタしてんだよ」
「わっ！」
　すると琉衣くんは、私の手首をガシッとつかむと、みずから自分の口へと運んだ。
　——ぱくっ。
「……うまいじゃん」
　至近距離でそうつぶやいた彼と目が合って、一気に顔が熱くなる。

こんなふうに食べさせたりするなんて、フリとはいえ本当のカップルみたいで恥ずかしい。
　琉衣くんって、たまにこうして大胆(だいたん)なことを平気でやる気がする。
　それはやっぱり女の子と付き合うのに慣れてるから？
　慣れてない私はいちいちドキドキしちゃうよ……。
「お前も食ってみれば？」
　琉衣くんは私から手を離すと、ミルフィーユを指差す。
「あ、うん。食べる！」
　だけど私はまだドキドキがおさまらなくて、口にしてみたものの、味がよくわからなかった。
　それにこのフォーク、今琉衣くんが食べた……って、わぁぁ！　なに考えてるんだろう私、変態みたい。
　間接キスとかバカなことを考えて、またひとり赤面する。
　そしたら横から肩をトン、とたたかれた。
「おい、亜里沙」
「えっ？」
　呼ばれるがままふり返る。すると、
「ん」
　突然タルトを乗せたフォークが口に運ばれてきて。
　——ぱく。
　私はそれを無意識にくわえてしまった。
　……えっ。あれっ……？
　わあぁ〜〜っ!!
　口の中に広がる洋梨の味。琉衣くんの頼んだタルト。

今度はなんと、琉衣くんがそれを私に食べさせてくれた。信じられない。
「る、琉衣くん……っ!?」
　まっ赤な顔で口を押さえながらテンパる私に、琉衣くんは涼しい顔で言う。
「食いながらしゃべんじゃねぇよ、アホ。どう、うまかった？」
　コクコク、と頭を上下にふって答える私。そしたら彼は少し笑って。
「だろ？　仕方ねぇから分けてやったんだよ。感謝しろ」
　どきん……。
「……っ、あ、ありがとう」
　それはたぶん、二度目の間接キス……。なんて、あぁ私ったら本当になにを考えてるんだろう。
　ドキドキしすぎて恥ずかしくて、心臓がどうにかなってしまいそうだった。

＊こいつはダメ。

　お腹いっぱい食べて、写真もたくさん撮って、無事お店の偵察は終了。
　お会計は経費で落とすとのことで、琉衣くんがすべて支払ってくれた。
　店を出ると時刻は午後1時前。まだまだ入口から行列が続いている。
「ゲッ、さらに並んでるし」
「わぁ、ちょうど今がピークなのかもね」
「マジかよ。すげぇな」
　琉衣くんはそのまま来た道とは逆方向へと歩きだす。
　私はどこへ向かっているのか気になったけれど、なんとなく聞きだせず、彼にただついていった。
　せっかくだから、このまま帰るのももったいない気がするし、寄り道もいいかなぁなんて。
「でも、おいしかったね。お店」
「んー、味は悪くねぇんじゃん？　あのカップルシートはビビったけど」
「あ、たしかに。あれが人気の秘密なのかなぁ？」
「さぁ、どーだろ」
　琉衣くんはポケットに手をツッコんだままスタスタと歩く。
　歩くペースの速い彼に置いていかれないよう、私は必死

で早歩きしていた。
「でもぶっちゃけ、俺的にはデザートが一番うまかったけどな」
「うん、そうだね！　あのタルトおいしかったよ……って、あっ」
「……ん？」
　自分で言いながらドキッとする。さっきのことが頭に浮かんで。
　琉衣くんに食べさせてもらったことを思い出したら、急に顔が熱くなってきて、思わず口に両手を当てた。
「なんだよ？」
　琉衣くんは不思議そうに眉をひそめながら、私の顔をのぞきこんでくる。
「う、ううん！　なんでもないっ！」
「はぁ？」
「ホントになんでもないの！　どんな味だったかなって思い出してただけよ！」
「……変なやつ」
「そ、それより、これからどうする？」
　慌てて話を切り替える。
　結局「どうする？」なんて自分から聞いてしまった。
　だけど琉衣くんは、私を見て眉をひそめたまま。
「帰る」
「……えぇっ！」
　思いがけない返事に、驚いた声を出してしまう私。

だって、あきらかにこれは帰る方向に向かってないような……。
　もしかして、今ので機嫌をそこねちゃったのかな？
　少し不安になる。
　すると、琉衣くんは急にプブッと吹きだした。
「……えっ、なんで笑うの!?」
「フッ、だってお前、今、俺が帰るっつったら、すげー顔したろ。そんなに帰んの嫌なの？」
　……ドキッ。
「ち……違うっ！　そうじゃなくて、琉衣くん、駅と逆方向に向かってるし、これからどこかへ行くつもりなのかと思ってたから……」
「べつに～。なんとなくだろ。こっちからでも帰れるし」
　あ……っ。そっか。そうだよね。
　私はいったいなにを期待してたんだろう。
　まだ帰りたくないなんて思ったのがまちがいだった。琉衣くんはそんなことを思ってるはずがないよね。
「そ……そっかぁ」
「ウソだよ」
「えっ!?」
「……ぷっ、バーカ。帰んねぇよ」
　琉衣くんは、またしてもクスクスと笑いはじめる。
　ウソって……。からかわれてるのかな？
　なんだかふりまわされてるみたい。
　すると、琉衣くんはなにを思ったのか、急にまたぎゅっ

と手をつないできた。
　どきん……。
「お前って、ホントおもしれーな」
「えっ……。あ、あのっ……」
「いいから黙ってついてこいよ」
　そう言いながら私の手を引いて、またスタスタと歩きだす彼。
　私はもう、琉衣くんの考えてることがよくわからなくて。
　だけど、めちゃくちゃドキドキしてた。
　心臓がうるさい。つながれた手が熱い。
　琉衣くんは本当に気まぐれで、わがままな猫みたいだ。
　だけど、どうしてかいつも目が離せなくて、ほっとけなくて。たまに見せる優しい顔は、私をドキドキさせる。
　ふりまわされてばかりなのに、どうしてなんだろう。
　彼を嫌いになれない。
　それどころか、いつの間にか誰よりも気になっている自分がいて。
　変だよね。なんだろう。この気持ち……。

　そのまま私は琉衣くんに連れられて、近くにある大きなショッピングモールへとやってきた。
　土曜日のショッピングモールは混んでいて、家族連れやカップルなんかで大にぎわいだ。
　琉衣くんはふだんからよく来てるのか、迷うことなくスタスタと自分の行きたいフロアへと向かう。

私はこういうところは、麻実やお母さんとたまに一緒に来る程度なので、なんだか新鮮だなぁと思いつつも、少し緊張した。
　だって、琉衣くんはさっきからずっと手をつないだままだし……。こんなところに来て、本当にデートみたい。
「おい亜里沙、本屋行くぞ」
　琉衣くんはそうつぶやくと、3階にある本屋へと向かう。
　本屋もまた、立ち読みする人やレジに並ぶ人でいっぱいだった。
　コミックコーナーの前に来ると、なにやら足を止める彼。
「あった、これ」
　そして少年マンガの新刊を手に取ると、なぜか私にポンと手渡してきた。
「お前ちょっとこれ持ってろ」
「えっ」
「俺まだ見たいのあるし。次、雑誌」
　そう言って、次は雑誌のコーナーへと連れていかれる。
　そして、グルメ雑誌や地域情報誌をパラパラとチェックしたかと思うと、今度はファッション誌のコーナーへ来た。
　琉衣くんはおしゃれだし、やっぱりなにか雑誌とか買ってるのかな。
　なんだか彼のプライベートをのぞいているみたいで興味深い。
　男もののファッション誌は読んだことがないけれど、どれもおしゃれなイケメンばかりが表紙を飾っていた。

琉衣くんもこんなのに載ってたってぜんぜん違和感ないよなぁ、なんて思う。
「な、なんか読んでる雑誌あるの？」
「んー、２、３冊？　そん時の気分だけど」
　へぇぇっ！　そんなに？
　ファッション誌をろくに読まない私からしたら、すごいなぁと思ってしまった。
　やっぱり流行とかに敏感なんだ。
「お前は？　なんか読むの？」
　琉衣くんは雑誌に視線を向けたまま聞いてくる。
「あ、あんまり……」
「へー。まぁお前、パン以外に興味なさそうだもんな」
「うっ……」
　冗談とも皮肉とも取れる言葉に、地味に落ちこんでしまった。
　たしかに私、流行とかにはうといほうかもしれないけど、あらためてそう言われると……。
「……ぷっ、なにヘコんでんの？　間に受けんなよ」
「えっ!?」
　だけど私が暗い顔をしていたら、それに気がついたのか、すかさずツッコんできた。
　なんだ、今の冗談だったんだ。
　琉衣くんのイタズラな笑顔にまた胸がどきんと音を立てる。
　なんだかさっきから私、琉衣くんの言葉に一喜一憂して

ばかりだなぁ。
　本当にふりまわされてばっかり。
「わっかりやす」
「……っ」
「コロコロ顔変わんな、お前」
　琉衣くんはそう言うと、急に私の頬をぷにっとつまむ。
「わっ……！」
　そんなちょっとしたスキンシップにすら、私はいちいちドキドキして赤くなってしまう。
　はじめは、ただ男の子に慣れてないからだと思ってたけれど、だんだんとそれが、琉衣くんだからなんじゃないかって思えてきた。
　琉衣くんは、誰にでもこういうことをするのかな？　ほかの子にも笑ったりするのかな？
　そんなことを考えたりして。
　本当にどうしちゃったんだろう私……。

　そのあとも琉衣くんはいろいろお店をまわりたいと言いだして、私はそんな彼の買い物にずっと付き合っていた。
　だけど、べつに退屈じゃない。むしろ楽しくて。
　琉衣くんがふだんどんなお店に行くのかすごく興味があったし、意外と普通のものを選んだりするところとか、変なところで吟味したりするところとか、見ているだけで楽しい。
　琉衣くんは私と違って基本迷わない。すべて即決だ。

だけど時々私に「どっちがいい?」なんて聞いてくる。
　さっきも靴下を選ぶ時にボーダーとチェックどっちがいいか聞かれて。
「えっと……琉衣くんにはチェックが似合うと思うよ」
「はぁ?　マジかよ」
「あっ、いや、ボーダーも似合うと思うけど……っ」
「どっちだよ」
「る、琉衣くんなら、なんでも似合うよ!」
「それ、答えになってねーし。お前の好みでいいよ」
「うぅ。じゃあチェック……」
「わかった。じゃあ、ボーダーにする」
「えぇっ!?」
「……ぶっ、ウソだよ。仕方ねぇな、チェック履いてやるよ」
　こんな感じでまたイジられたりして。
　琉衣くんは最初の頃に思ってたよりもずっと優しい。けど、ちょっとイジワルだ。
　私のことをからかっておもしろがってる。
　そんな一面があることも、つい最近知ったんだ。
　最初は怖いとか苦手なんて思ってたのに、不思議。
　いつの間にか彼をもっと知りたくて、一緒にいると楽しくて。
　彼がイタズラっぽく笑うたびに、胸の奥がキュッと痛くなる。
　はじめてのこの感覚。
　なんて呼んだらいいんだろう……。

ひととおり買い物を終えると、ふたりでカフェに入ってひと休みした。
　私はなにも買ってないけれど、琉衣くんはたくさん買い物できたみたいでよかった。
「お前、ホントになんも買わなくていいの？」
「うん。私は大丈夫。買い物に付き合うの好きだから」
「へぇ〜、変わってんな」
　琉衣くんはいつもコーヒーに砂糖だけ入れる。ミルクが入ってるのは苦手だって、前に言っていた。
　だけど、ブラックでは飲めないんだとか。
　そういった琉衣くんの好みや嗜好も、だいぶ覚えた。
「お前、ブラックで飲むとか生意気だな。亜里沙のくせに」
「ふふ。甘いもの好きだから、コーヒーは苦いほうがいいの」
「似合わねー」
「うん、よく言われるかも」
　こういう何気ない会話も、たくさんできるようになった。
　なにを話していいかわからなかった頃が懐かしい。
　琉衣くんは無口そうに見えて、意外とよくしゃべる。
　私は人の話を聞いてるほうが好きなタイプなので、彼からお店の話や料理の話をいろいろと聞けてうれしかった。
　だけど……。
「そういえば、畑さんがまたベーカリーの人、増やすって」
「あぁ、言ってたな」
「辞めちゃった女の子に声かけてるって聞いたけど、本当かな？」

「……はっ、ウソだろ？」
「ほら、7月にさらに私も抜けるから、その穴を埋められるのはやっぱり彼女しかいないって。優秀な人だったんだってね」
「…………」

　琉衣くんは急にしゃべらなくなった。この話をふったとたんに。

　考えこんだような表情に、ドキッとしてしまう。
「……覚えてない」
「えっ……」
「俺は辞めたやつのことは忘れんだよ。いちいち覚えてない」

　そう言い放つ琉衣くんの顔は、少し怒っているようにも見えた。なのにどこか切なげで。

　思わず胸がぎゅっと締めつけられる。
「そ、そっか……。じゃあ私が辞めたら、私のことも忘れられちゃうのかな……？」

　……はっ！

　口にしたあとに気がついた。私ったら、なに言ってんだろう。
「あっ……いや、ごめんっ。今のはなんでもな……」
「お前は別」
「えっ」

　今、なんて……。
「お前のことは忘れねぇよ」

……どきん。
　琉衣くんはそう口にすると、私をまっすぐ見つめる。
「だって会わなくなるわけじゃねえし。話がちげぇだろ」
「そ、そっか」
　その言葉がすごくうれしかった。
　7月になったら、私はMiyakawaを辞めてしまうけれど、そしたら学校でしか琉衣くんとは会わなくなるけれど、琉衣くんは私のことを忘れないでいてくれるんだ。
　これからも友達でいてくれるんだ。
　考えただけでさみしいけれど、その言葉が頭のすみに強く残った。
　琉衣くんが先ほど見せた、切なげな表情の意味は少し気になったけれど……。それについて、あまり深く考えることはしなかった。

「そろそろ帰るか」
　カフェでゆっくりしたあとは、エスカレーターで一緒に1階まで下りた。
　たくさん買い物もしたし、ブラブラしたし、すっかり満喫したな。
　ふたり並んで出口へと向かって歩く。
　琉衣くんは片手にショップ袋を下げて、もう片方の手はポケットの中。
　それを見て、さっきまでその手をつないでたんだって思ったら、やっぱりドキドキした。

きっと気まぐれなんだろうけど。

今日こうしてここに来てくれたことだって、もしかしたらただの気まぐれかもしれない。

それでもなんだか今日1日で、琉衣くんとの距離が、またぐんと縮まった気がする。こんなに楽しく過ごせるなんて思ってもみなかった。

するとその時、
「うわっ、琉衣！ 琉衣だよな？」
「マジだ！ 琉衣がいる！」

前方から歩いてきた男の子ふたりが、琉衣くんに声をかけてきた。

ふたりともかなりハデな茶髪とハデな服装で、どちらかといえば不良っぽい、チャラい感じの人たち。
「久しぶりじゃーん！ 元気してんのー？」
「うへっ！ なになに、新しい彼女？ かわいくね？」
……ドキッ。

彼女なんて言われてしまって、思わず心臓が飛びはねた。

まぁ、こうして一緒に歩いてたら、そう見えるのかもしれないけれど。私じゃ釣りあわないよね……。

琉衣くんはなんて答えるんだろう。

ドキドキしながら彼を見る。すると、
「は？ べつに、そんなんじゃねーし」

アッサリ否定されてしまった。
「なにやってんだよ、お前ら野郎ふたりで。久しぶりじゃん」
「えー？ ちょっと、なんつーかヒマつぶし？」

どうやら知り合いみたいだけど、中学の同級生とかかな？　ずいぶん仲良さげに話している。
「お前ら工業行ったんだっけ？　どうよ」
「えー、ぜんっぜん楽しくねーよ！　なんつっても女子がいねーし！　いてもモサいし！　マジ勘弁」
「だよなぁ？　マジ女に飢えてんだよ。琉衣、お前誰か紹介してくんね？」
「は？　やだよ。めんどくせぇ」
「いいよなー。琉衣は西園だろ？　頭いいし、かわいい子たくさんいるし、うらやましー。もしかして、その子も同じ学校？」
　再び私に視線が注がれる。
　だけど、そうたずねられても琉衣くんはシブい顔をするだけで、なにも答えなかったので、私は自分でコクリとうなずいた。
「……あ、ハイ」
　するとふたりが勢いよく話しかけてきて。
「おぉっ！　どうも、俺ら近くの工業高校行ってまーす！　琉衣くんの中学時代の悪友でーす！」
　悪友……？
「はじめまして！　かわいいね〜。超清楚！　歳は琉衣とタメ？　名前なんてゆーの？」
「あ……っ。えーと……」
　あまり男子と話すのに慣れてない私は、ノリも見た目もすごい彼らの勢いについていけず、かなり萎縮してしまっ

た。
「に、西村……亜里沙です。琉衣くんとは同い年で……」
　それでもふたりはお構いなしで、
「マジー!?　タメじゃん！　アリサちゃんていうの？　仲良くしようぜ！　よかったら今度うちの学祭来ない？　友達も誘っていいから！」
「あ、ズリぃぞお前！　アリサちゃん、俺も俺も！　なぁ、よかったら連絡先とか教えてよ！　琉衣とは付き合ってるわけじゃないんでしょ？　よければ俺と……」
「あっ！　てめーズリぃぞ！　なぁアリサちゃん、俺にも連絡先教えてよ！」
「えっ……。あの……っ」
　しまいには、ふたりしてスマホを差しだしてくる。
　私はなんだかもう圧倒されてしまって、うっかりその勢いに流されてしまいそうだった。
　ど、どうしよう……。怖くて断れない。
　連絡先くらいなら教えても大丈夫？　でも……。
　するとその時、
　　──グイッ！
　いきなり背後から腕が伸びてきて、体がうしろへ強く引きよせられた。そのままその中に閉じこめられる。
「……きゃっ！」
　驚いてうしろをふり返ると、そこにはなぜかものすごく不機嫌そうに顔をしかめる琉衣くんの姿があった。
　えっ、ウソ……。

「おい。テメェら、いいかげんにしろ」

　琉衣くんは低い声で言い放つと、友達ふたりをにらみつける。

　そして、もう片方の手で私の頭を軽く押さえると、

「……こいつはダメだから。手当たり次第ナンパすんのは構わねぇけど、こいつには手ぇ出すんじゃねぇよ。もしなんかしたらぶっ飛ばす」

　ドキッ……。

　思いがけない琉衣くんの言葉に、全身がかぁっと熱くなった。

　琉衣くんが私のことを……こいつはダメって。手を出すなだって。どうして……？

　彼女じゃないって否定したのに……。

　友達ふたりもビックリしたのか、一瞬ギョッとして固まる。

　だけどすぐ慌てたようにスマホをしまうと、申し訳なさそうに謝ってきた。

「あ、わりぃわりぃ！　冗談だよ！　あれ？　でも今、お前、彼女じゃないって……」

「うわ、バカ！　お前、察しろ！　だ、だよなっ！　アハハ、アリサちゃんごめんね～！」

　ふたりとも琉衣くんのことが怖いのか、なぜか少しビビり気味。

　ハデな見た目のわりに、意外と弱気な態度で驚いた。

「つーか、そんな女に飢えてんだったら、うちの学祭来いよ。

同じく飢えてる女なんてたくさんいるけど」
「うぉッ、マジぃー!? 行く行く! ちょー行きて～!」
「マジか! 西園も学祭もうすぐ? 俺も行くー!! いつやんの?」
「来月20日」
「キターッ! 行こうぜ、アキラ! 俺らだけで!」
「だな! 学祭でかわいい子ゲットしよ!」

　そして、うちの学校の学祭に来る話で盛りあがったところで、満足したようにニコニコしながらふたりは去っていった。
「じゃあな! また遊ぼーぜー!」

　だけど私はドキドキしたまんま。

　恥ずかしくて、琉衣くんの顔をまともに見られない。今のはいったいなんだったんだろうって。

　これもただの気まぐれなのかな……?

　すると、

　――ビシッ!

　いきなり本屋の袋で頭をたたかれた。
「ひゃっ!」
「アホか、お前! なに自分から自己紹介してんだよ!」
「え……っ。ご、ごめんなさいっ。だって……」
「あのなぁ、ああいう女とヤることしか頭にねーやつらの誘いに乗ろうとしてんじゃねーよ」
「ええっ……!」

　そ、そうなの?

「お前よく今まで変なのにダマされなかったな。ナンパもろくに断れねーくせに」
「……っ」
　もしかして、だから今助けてくれたの？　私が断れなくて困ってたから。
「うぅ、ごめんなさい……。ありがとう」
　琉衣くんは、ふぅっとあきれたようにため息をつく。
　そして再び私に視線を向けると、ぶっきらぼうに右手を差しだした。
「ん」
　えっ……？
「手ぇ出せよ」
　……どきん。
　思わぬセリフに少し戸惑いながらも、私は言われるがまま手を差しだす。
　すると、琉衣くんはその手をぎゅっと握ってきた。
「帰んぞ」
　またしても、今日何度目かの琉衣くんの手の感触に包まれる。
　そこから熱が伝染するみたいに、体中に広がっていく。
　つながれた手が、顔が、胸が熱い……。どうしようもないくらいにドキドキしてる。
　琉衣くんはやっぱり、優しい。
　ぶっきらぼうだけど、イジワルだけど、でも本当はすごく優しいんだ。

その優しさに触れるたびに、胸が熱くなって、苦しくなって、ときめいてしまっている自分がいること。
　気づかないフリなんてもうできない。
　どうしよう。なんだか胸がいっぱいだよ……。

*ムカつくんだよ。

　文化祭を1週間後に控えた6月のある日。
　学校中が学祭モードの中、授業はいつもどおり行われていた。
　数学の倉田先生は相変わらずボソボソとしゃべる。
「えーこのグラフが〜、え〜すなわちですねぇ……」
　私は必死に眠気をこらえながらノートを取っていた。
　だけど、だんだんと意識が朦朧としてくる。
　おかしいなぁ、ちゃんと早く寝たのに……。
　気がついたら頭がどんどん落ちてきて、いつの間にかペンケースにずしんと乗っかっていた。
　うぅ、眠い。もうダメ……。
　だけどその時、
「……西村、西村！」
　隣の席の小高くんの声がして。ハッと目を覚ます。
　どうやら彼は、私が寝てるのに気がついて起こしてくれたみたいだった。
「……わっ、ごめん！」
「ハハ、思いきり寝てたぜ今。起こそうか迷ったけど、最近倉田のやつ、居眠りにうるさいからヤバいと思って」
　わあぁ、恥ずかしい。見られてたんだ。
　けど、わざわざ起こしてくれるなんて、感謝しなきゃ。
「ご、ごめんね！　ありがとう」

最近私は、授業中眠気をこらえきれないことが多くて。
　するとたまに、こうして隣の小高くんが起こしてくれる。
　彼、小高有志くんとは、この前の席替えで隣になった。
　一見ハデでチャラそうに見えるけど、話してみると、とてもフレンドリーでいい人。
　彼とはこの席になってはじめて話したけれど、以来少し仲良くなって、今ではよく話す。
「西村ってしっかりしてそうに見えて、意外と抜けてるよな～」
　休み時間になったとたん、小高くんにまた笑われる。
　どうやらさっきの居眠りのせいで、額に跡がついてたみたいで。さらには前髪が軽くはねてしまい、私は恥ずかしくて、必死で元に戻るように手でひっぱりつづけていた。
　だけど、なかなか戻らない。
「あははっ！　大丈夫だって！　べつにそのままでもかわいいし」
　小高くんは笑いながら立ちあがると、ノートを持って私の前の席に座りなおす。
　そして鏡とにらめっこする私の前に、そのノートを広げた。
「ていうかさ、明日たぶん俺当たるんだけど……ここ教えてくんない？」
　彼はこうして、私に数学を聞いてくることもめずらしくなくて。
　琉衣くんがよく私に数学を教わりにきてるのを知ってた

みたい。そのせいか、いつの間にか"数学の得意な西村"のイメージが私についていたようだった。
「えーっとね、これはここを代入して……。うん。あ、そうそう！」
　小高くんはたぶん、けっこう頭がいいと思う。
　教えてもすぐ解けるようになるし、そこまで数学が苦手なようには見えない。
　だけど毎回すごく感謝してくれるから、お役に立てるならそれでいいやと思って、頼られてもそんなに悪い気はしていなかった。
「やっぱり西村の解説、わかりやすいよな〜」
「そ、そんなことないよっ！　小高くんが飲みこみが早いだけだよ」
「えーっ、ちげーよ。絶対西村の教え方がうまいからだって。いや、でもそれだけじゃねぇな。西村に教えてもらうと、俺がやる気出るってのもあるかも」
「えっ……」
　小高くんはニッと八重歯を見せて笑う。
　それはどういう意味？　なんて一瞬思ったけれど、その場ではあまり深く考えないことにした。
「そ、そっかぁ。それはよかった……」
　だけどその瞬間、
　　──バサッ！
「……きゃっ！」
　突然目の前に、日本史の資料集が降ってきて。小高くん

のノートの上に落ちた。
　ビックリして見あげると、そこにはまさかの琉衣くんの姿が。
　……ドキッ。
「わりぃ。手がすべった」
　しかもなぜかその表情はめちゃくちゃ険しくて、あきらかに不機嫌そうな感じ。
　さっき貸した資料集を返しにきてくれたみたいだけど……なんか、怒ってる？
「あ、琉衣くん！　どうもありがとう！」
「うぉっ、誰かと思えば宮川じゃん！　相変わらずイッケメン！」
「は？」
　うっ……。なんか怖い。なんだろうこの黒いオーラは。
　琉衣くんは、小高くんがフレンドリーに話しかけても、ニコリともしない。
　むしろにらみつけているみたいで、なんだかとても気まずかった。
「つーかお前、なにその前髪。なんのギャグだよ」
　かと思えばしかめっ面のまま、私の前髪についてツッコんでくる。
「……えっ！」
　私は言われて急にまた恥ずかしくなって、慌てて両手で額をかくした。
　やだ、すっかり忘れてた！

「ブッサイク」
　……ガーン。
　ひ、ひどい……。そこまで言う？
「イチャついてるヒマがあったら、それ直してこいよ、バーカ」
　えっ、イチャついてる!?
　琉衣くんはそう言って背を向けると、スタスタとその場を去っていく。
　私はあらためて居眠りしたことを激しく後悔した。
　ブサイクって……そんなにひどいかな？　この前髪。
　しかも、小高くんとイチャついてるなんて思われてたんだ。ちょっとショック……。
　たまたま機嫌が悪かったのかなぁ？

　そのあとは体育の授業だったので、いつもどおり麻実と一緒に着替えて体育館に向かった。
　相変わらず佐藤先生の監視は甘くて、女子はみんなしゃべってばかり。男子はいつものように熱い試合をくり広げていた。
　麻実がバスケの試合を見ながら、バレーボール片手に話しかけてくる。
「ねぇ、最近亜里沙さー、小高くんと仲良くない？」
「えっ!?」
「小高くんいいよね〜。優しいし、ムードメーカーって感じで人気者だし」

「い、いやっ、そうだけど私はべつに……。隣の席だからよく話すだけだよ」
「えー、ホントにそれだけ〜? でも、小高くんも亜里沙のこと気に入ってそうじゃん」
　えぇっ!　気に入ってる!?
「そそそ、そんなわけないって！」
「どうかな〜」
　そう言いながら、麻実の視線はバスケをプレーする小高くんのほうへ。
　小高くんは元バスケ部だったらしく、背も高くてうまい。
　うちのクラスの女子の間でも人気があるみたいで、いくつもの熱い声援を受けていた。
「小高くーん！　頑張って〜！」
「有志くん、カッコいい〜!!」
　たしかに小高くんはイケメンだし、いい人だし、最近よく話しかけてくるけど。だからって気に入られてるとか、そんなことはありえない。
　ほかにも仲良くしてる女子なんていくらでもいるし。
「ほらまた、シュート決めたぁ！」
「わぁっ」
　——スポッ。
　ボールがリングをくぐり抜ける音と共に、女子たちがざわめく。
　見てみたら、ホントにそれはみごとなシュートだった。
　すごいジャンプ力。もう少しでダンクだって決められる

郵便はがき

104-0031

東京都中央区京橋1-3-1
八重洲口大栄ビル7階

スターツ出版(株) 書籍編集部
愛読者アンケート係

お手数ですが
切手をおはり
ください。

(フリガナ)
氏　名

住　所　〒

TEL　　　　　　　　　　　携帯／PHS

E-Mailアドレス

年齢　　　　　　　　　　　性別

職業
1. 学生 (小・中・高・大学(院)・専門学校)　　2. 会社員・公務員
3. 会社・団体役員　　4. パート・アルバイト　　5. 自営業
6. 自由業 (　　　　　　　　　　　　　　　　)　7. 主婦　8. 無職
9. その他 (　　　　　　　　　　　　　　　　　　　　　　　　　　)

今後、小社から新刊等の各種ご案内やアンケートのお願いをお送りしてもよろしいですか?
1. はい　　2. いいえ　　3. すでに届いている

※お手数ですが裏面もご記入ください。

お客様の情報を統計調査データとして使用するために利用させていただきます。
また頂いた個人情報に弊社からのお知らせをお送りさせて頂く場合があります。
　　　　個人情報保護管理責任者:スターツ出版株式会社 販売部 部長
　　　　　　　　　　　　連絡先:TEL 03-6202-0311

愛読者カード

お買い上げいただき、ありがとうございました！
今後の編集の参考にさせていただきますので、
下記の設問にお答えいただければ幸いです。よろしくお願いいたします。

本書のタイトル（　　　　　　　　　　　　　　　　　　　　　　　　　　　　）

ご購入の理由は？　1. 内容に興味がある　2. タイトルにひかれた　3. カバー（装丁）が好き　4. 帯（表紙に巻いてある言葉）にひかれた　5. 本の巻末広告を見て 6. ケータイ小説サイト「野いちご」を見て　7. 友達からの口コミ　8. 雑誌・紹介記事をみて　9. 本でしか読めない番外編や追加エピソードがある　10. 著者のファンだから　11. あらすじを見て　12. その他（　　　　　　　　　　　　　　　　　　　　　　　　　　　　　　）

本書を読んだ感想は？　1. とても満足　2. 満足　3. ふつう　4. 不満

本書の作品をケータイ小説サイト「野いちご」で読んだことがありますか？
1. 読んだ　2. 途中まで読んだ　3. 読んだことがない　4. 「野いちご」を知らない

上の質問で、1または2と答えた人に質問です。「野いちご」で読んだことのある作品を、本でもご購入された理由は？　1. また読み返したいから　2. いつでも読めるように手元においておきたいから　3. カバー（装丁）が良かったから　4. 著者のファンだから　5. その他（　　　　　　　　　　　　　　　　　　　　　　　　　　　　　　　　）

1ヵ月に何冊くらいケータイ小説を本で買いますか？　1. 1～2冊買う　2. 3冊以上買う　3. 不定期で時々買う　4. 昔はよく買っていたが今はめったに買わない　5. 今回はじめて買った

本を選ぶときに参考にするものは？　1. 友達からの口コミ　2. 書店で見て　3. ホームページ　4. 雑誌　5. テレビ　6. その他（　　　　　　　　　　　　　　　　　　　　　）

スマホ、ケータイは持ってますか？
1. スマホを持っている　2. ガラケーを持っている　3. 持っていない

学校で朝読書の時間はありますか？　1. ある　2. 今年からなくなった　3. 昔はあった　4. ない

ご意見・ご感想をお聞かせください。

文庫化希望の作品があったら教えて下さい。

学校や生活の中で、興味関心のあること、悩みごとなどあれば、教えてください。

いただいたご意見を本の帯または新聞・雑誌・インターネット等の広告に使用させていただいてもよろしいですか？　1. よい　2. 匿名ならOK　3. 不可

ご協力、ありがとうございました！

んじゃないかっていうくらい、小高くんのジャンプは軽やかだ。
　だけど、それに見とれていると……。
　──グイッ！
「……きゃっ！」
　急にうしろからポニーテールをひっぱられる。いつかみたいに。
　ふり返ればそこには、試合を控え休憩中の琉衣くんが立っていた。
　な、なんで……！　いつの間に？
「なに見とれてんだよ、アホ」
　またしてもその顔はなぜか怒っている。今日は本当に機嫌が悪い。
「み、見とれてないよっ！」
「兄貴の次はあいつかよ。ホントお前、趣味わりぃな」
　は、はい!?
　しかもなぜか、私が小高くんのこと好きみたいな言い方。
「ちょっと待って、違うよ！　私はべつに……」
「ウソつけ。さっきからデレデレしやがって」
　否定しようにも信じてくれない。
　そこにちょうど、試合を終えた男子たちがぞろぞろ戻ってきた。
　次はたぶん琉衣くんたち１組のAチームの試合だ。私は慌てて声をかける。
「あ、試合終わったよ！　琉衣くん次出番……」

「西村！」
　……ドキッ。
　するとその時、急に誰かに呼び止められて。
　ふり返ると、そこにはタイミングよくか悪くか、小高くんの姿が。
「なぁ、今の俺のシュート見てた？　決まってたっしょ？」
　小高くんは琉衣くんがいるのも気にせずに、ニコニコ話しかけてくる。
　うわぁ、どうしよう。でも……。
「み、見てたよ！　すごかったね！」
　内心焦りながらも笑顔で返す。
「マジ？　見ててくれたんだ～！　すげぇうれしい」
　そしたら、急に目の前をさえぎるように琉衣くんが立ちはだかって、小高くんをジロリとにらみつけた。
「ハッ、お前あの程度でなに言ってんの？」
「えっ」
　ドクン……。
　ちょっ、ちょっと待って。なんか……。
「言っとくけど、俺のほうがうまいから」
　はい～～っ!?
　まるで対抗してるみたいな言い方。
　やだ、どうしちゃったんだろう琉衣くん。
　ポカンとする小高くんをよそに、琉衣くんは今度はこっちをふり返る。
　そしてガシッと私の頭に手を置くと、じっと目を見つめ

ながら、
「じゃあ、今から俺がもっとすげぇの見せてやるよ」
「……えっ」
「見てろよ、ちゃんと」
　そうつぶやいて、スタスタとコートのほうへ去っていった。
　私は呆然と立ちつくす。
　い、今の……なに……？
　琉衣くんは、そんなに小高くんのことが気に入らないのかな？
　女子にチヤホヤされてるから？　でも、そんなこと言ったら琉衣くんのほうが、もっとチヤホヤされてるはずなんだけど。
　思いがけない展開に、なぜかものすごく胸がざわざわする。
　琉衣くんはどうして私に見とけなんて言うんだろう。
　変だよね……。

　──ピーッ！
　それから間もなくして、琉衣くんたちチームのバスケの試合がはじまった。
　開始早々周りはギャラリーで埋めつくされ、黄色い声援が飛びかう。
　相変わらず琉衣くんの人気はすさまじく、小高くんにわざわざはりあう必要なんてないくらいだった。

それに、はじめてまともに彼の試合を見たけれど、めちゃくちゃうまい。
　バスケのことがよくわからない私でもすごいと感じる。
　とにかくスピード感がほかの男子とは比べものにならなくて、琉衣くんがボールを持つと、誰も奪うことなんてできないんじゃないかと思うくらいだった。
「うっわぁ～！　やっぱり琉衣くんダントツ！　カッコよすぎ！」
　隣にいる麻実も釘づけになってる。
　私もなんだか目が離せなかった。見てるだけでドキドキして、興奮してしまう。
　パンを作っている時とはまた違う、琉衣くんの真剣な表情に目を奪われる。
　カッコいい……。
「なんか今日やけに気合い入ってるね～。やっぱりさっきのあれのせい？」
「えっ！」
　麻実にひじで小突かれてふり向くと、彼女はニヤニヤしていて。
　さっきの琉衣くんと小高くんのやり取りを見てたせいかな。おもしろがってるような。
「そうなの？　いつもと違うの？」
「違うよ～。いつもはもっと手ぇ抜いてる感じだし。それでもうまいけど。今日の琉衣くん、けっこーガチじゃない？　よっぽど負けたくないんだねー」

ドキッ……。
「そ、そうなんだ」
「だってほら、みんな言ってる」
　麻実が指差すほうを見ると、琉衣くんのファンらしき女子たちが騒いでる。
「キャーッ！　ねぇ、なんか今日の琉衣くんヤバくない？　いつにも増してヤバいんだけど！」
「どうしたのかなー？　超ガチだよね？　現役バスケ部員も相手じゃないって感じ！」
　……ホントだ。みんなそう思うんだ。
　まぁ琉衣くんの性格からしたら、負けず嫌いなのはわからなくないけど。
　でもどうして、そんなに小高くんにはりあったりするんだろう？　あのふたり、あんまり面識ないはずなのに。
　うーん……。
「あれ、絶対ヤキモチ焼いてるんだよー」
「えっ！」
　麻実の言葉に衝撃が走る。
　ヤキモチ？　今、ヤキモチって言った？
「ちょ、ちょっと待って。それはどういう……」
「えー亜里沙、わかんないの？　琉衣くんのさっきのセリフ聞いたでしょ？　すげぇ見せてやるって。あれ、亜里沙に言ったんだよ？」
「う……うん。それはそうだけど……」
「亜里沙が小高くんのシュートをほめたのが気に食わな

かったんでしょ？　小高くん、亜里沙に好意丸だしだし。小高くんに亜里沙を取られたくないんだよ～」
　えぇ～っ!?　な、なにそれ！　そんなことって……。
「ありえないよっ！」
「えー、ありえるでしょ！　琉衣くんが亜里沙を気に入ってるのは一目瞭然(いちもくりょうぜん)だし。それで亜里沙が急にほかの男と仲良くしはじめたもんだから、ヤキモチ焼いて怒ってるんだよ。独占欲丸だしでかわいいよね～」
「ど、独占欲!?」
「いいなぁ。イケメンふたりに取りあわれるなんて」
「ちょ、ちょっと待って！　そんなんじゃないよ！」
　いやいや、ホントに……どういうこと!?
　あの琉衣くんがそんな、ヤキモチとか……そんなことあるわけないって！　よりによって、私のことを取られたくないとか！
　ドキドキうるさい胸を押さえながら、琉衣くんに再び視線を戻す。
　そしたら一瞬、バチッと目が合ってしまった。
　……どきん。
『見てろよ、ちゃんと』
　さっきの言葉がよみがえる。
　どうしよう。まさかだよね……？
　ヤキモチなんて、気のせいだよね、きっと。

　そして放課後。

今日はお店のシフトはお休み。琉衣くんも私も今週は午後たくさんお休みをもらったので、それぞれ自分のクラスの学祭準備を手伝っていた。
　看板作りやポスター作り、装飾作りで大忙し。
　だけど、ワイワイ話しながら作業していると意外とあっという間で、ふだん放課後みんなと一緒にいることがない私はとても楽しい。
　いつもまっすぐ帰っちゃうからなぁ。
「あ、ヤバい！　ガムテ切れちゃった！」
　看板作りの途中、ひとりの女子が声をあげた。
「えー誰か持ってないかなぁ？　ガムテある人〜……って、いないし」
「1組から借りてきたら？　なんかたくさん使ってたよ、さっき」
「あっ……、じゃあ私借りてくるよ！」
　比較的私は手が空いていたので、みずからガムテープを取りにいくのを申しでた。
　1組はすぐ隣。廊下に出てドアの前まで行くと、さっそく入口に試しに貼ったらしい看板が、かわいく飾られている。
　どうやら学祭ではパンケーキ屋をやるみたいで、みんなパンケーキの絵が描かれたクラスTシャツを着ながら作業をしていた。
　中をのぞくと、ワイワイ楽しそうな声が聞こえてくる。
「琉衣く〜ん、ここの色塗りお願いしてい〜い？」

「あー、了解」
「あっ、ずるーい！ 琉衣くん、こっちもやって〜」
「おいっ、お前ら琉衣にばっか頼むんじゃねー！ 俺にも仕事よこせや〜！」
「きゃはは！」

　案の定、琉衣くんは大人気で、みんなに囲まれながら楽しそうに仕事をしていた。

　こうやってクラスメイトと仲良く戯（たわむ）れる琉衣くんの姿って、なんだか新鮮だ。

　だけど、１組にあまり知り合いのいない私は、ガムテープを借りようにもなかなか声がかけられない。かといって琉衣くんに言うのもなんか変だし……。

　なんて思ってたら、ちょうど私の存在に気がついたひとりの女子が、立ちあがってこちらへやってきた。
「なにー？ なんか用？ 琉衣くんなら、今手いっぱいだから空いてませんけどー」

　……ドキッ。

　どうやらその子は私が琉衣くんに会いにきたと思ったみたい。ちょっと表情が怖い。
「ち、違うのっ！ うちのクラス、ガムテープ切れちゃって、貸してもらえないかと思って……」
「あぁ、そーいうこと？」

　慌てて否定すると、ならいいけど、とでも言わんばかりにガムテープを取ってきて、渡してくれる。
「ありがとう！ 助かります！」

丁寧にお礼を言って受け取ったら、なぜかバカにしたように笑われた。
「……プッ。っていうか、アナタ西村さんでしょ？　はじめて間近で見たけど、ぜんぜんたいしたことないね」
「えっ!?」
　な、なにそれ……。
「琉衣くんと仲いいからって、あんま調子乗らないほうがいいよー？」
　嫌味な視線を向けながらクスクス笑う女の子。あきらかに敵視されている感じ。
　今まで話したこともなかった子なのに。
　それを見たら、以前麻実に「琉衣くんとのことをみんながウワサしてる」って言われたことを思い出して。いつの間にか、こんなふうに一部の女子から反感を買っていたんだと思い、少し怖くなった。
「そ、そんな……っ。べつに私は……」
「あ、大丈夫だよ？　べつにひがんでるわけじゃないしー。ただ、釣りあわないって言いたかっただけ」
「…………」
「アハハッ！　じゃあね〜っ！」
　女の子はそう吐きすてると、満足したように手をヒラヒラさせながら戻っていく。
　私はその場に固まって、しばらく動けなくて。当たり前のことを言われただけなのに、そう思われていたことが想像以上にショックだった。

そうだよね。普通はそう思うよね……。
　私なんかが琉衣くんと一緒にいたらおかしいよね。
　あらためて人気者と関わるリスクというものを思い知る。
　元は無縁の存在だったのに、いつの間にか琉衣くんのことを誰より身近に感じていた私は、やっぱり調子に乗ってたのかな……。
「……西村？」
　だけどそんな時、ふと頭上から声をかけられて。
　見あげると、そこにいたのは小高くん。
「どした、元気なくね？」
　心配して声をかけてくれたのかな。
　小高くんはなんだかずいぶん奇抜な格好をしている。
　はだけたグレーのシャツに、黒のスーツみたいな。これはいったい……。
「う……ううん、大丈夫っ。それよりどうしたの？　その格好」
「あぁ、これ？」
　私がたずねると、小高くんはニッと笑ってポーズを決める。
「学祭でやる仮装だよ。俺の衣装、ホストだから」
「あ、そっか」
　なるほど、仮装だったんだ。
「西村も仮装やんだろ？　俺、楽しみにしてるから」
　そう言われて思い出した。

うちのクラスの出しものは仮装喫茶で、私も当日は仮装をしなくちゃいけないんだった。
　ちょっと恥ずかしいけど……。
「ありがとう。うん、恥ずかしいけど頑張る。小高くんもそれ似合ってるよ」
「マジ？　西村にそう言われたら、俄然(がぜん)やる気出るわ～。ぶっちゃけ俺も、この衣装少し恥ずかったんだよね」
「ウソっ、小高くんでも？」
「マジマジ。ホストはさすがに恥ずいっしょ～。でもまぁ実行委員だし、盛りあげないとだからさ」
「そっかぁ」
　それを聞いてエラいなぁと思った。
　小高くんってやっぱりすごくいい人だ。話してると心があったかくなるような。
　おかげで不思議と、さっきの嫌な気持ちも少しだけ忘れることができた。

「おつかれ～！」
「疲れた～。帰ろ～！」
　夕方、少し暗くなってきたところで、みんなぼちぼち帰りはじめる。こんな時間まで学校に残っていたのは久しぶり。
　麻実はバイトがあるからと、途中で帰ってしまったので、私はひとりで教室を出た。
　下駄箱のあたりは人がいっぱいで、みんなクラスTシャ

ツを着てわいわいしゃべっている。
　そんな集団を見て、ちょっといいなぁなんて思いながら、静かに靴を履き替えた。
　暗くなってきたからなんとなくひとりで帰るのは心細い。だけど誰かを誘うのは苦手だし……。
　そんなことを考えていたら、ふとうしろから肩をトン、とたたかれた。
「よっ、おつかれ！」
　誰かと思ってふり返れば、またしても小高くん。
　今日はよく会うなぁ、ホントに。
　ちゃんとホストの格好から制服に着替えてる。
「おつかれ。小高くんも今帰り？」
「うん、そうだよ。西村は誰か待ってんの？」
「ううん、私はべつに。ひとりで帰るとこだよ」
「マジ!?　じゃあ一緒に帰んない？　俺、送ってく！　西村も駅まで行くだろ？　たしか」
　そう言われてドキッとした。
　一緒に？　私と？
　男の子と放課後一緒に帰るなんて、はじめてかも。
　小高くんは、友達とか大丈夫なのかな？
「えーと、そうだよ。私も駅……」
　だけど、そう言いかけたところで気がついた。駅じゃない。
　いや、本来なら私は電車通学のはずなんだけど……今は徒歩通学。

なぜなら琉衣くんちに住んでいるから。
「あ、いや、べつにムリならいいんだけど。でも外暗くて危ねぇしさ。心配で」
　小高くんはわざわざ私の帰りを心配してくれたんだ。優しいなぁ……。
　そう言われるとやっぱり、断れなくなる。
　べつに駅まで行っても、また引き返せばいいかな。琉衣くんちは駅から５分くらいだし。
　そう思って返事をしようとした瞬間……なぜか、うしろから思いきり腕をひっぱられた。
　――グイッ！
「……きゃっ！」
「帰んねーよ」
　ドキッ……。
　聞き覚えのある低い声にふり返る。
　すると、いつの間にか私のすぐうしろに琉衣くんが立っていて、ものすごく怖い顔で小高くんをにらんでいた。
「えっ、琉衣くん……!?」
「み、宮川!?」
　私も小高くんも驚いて声をあげる。
　どうして。なんでまた琉衣くんが……。
　琉衣くんは私の腕をつかんだまま、私を隠すように前に出る。そして、
「こいつは俺と一緒に帰るから、お前の心配とかいらない。行くぞ、亜里沙」

「……えっ!」
　そのままグイグイひっぱって、私は外へ連れていかれてしまった。
　もうなにがなんだかよくわからない。
　だけど小高くんにやっぱり申し訳なくて、すぐにうしろをふり返る。
「あ……ご、ごめんね、小高くん!　あの、またね……きゃっ!!」
　すると、すかさずまた琉衣くんにひっぱられた。
　まるでうしろを見るなとでも言われてるみたいに。
「またね、じゃねーよ、バカ亜里沙!　お前の家はどこだよ」
「へっ?」
「へっ?じゃねーし!　お前んちは今俺んちだろーが!　とぼけてんじゃねー!」
　あ……っ。
　それはもしかして、今の小高くんとの会話、聞いてたの?
「ご……ごめんなさい。でも、いっしょに住んでるなんて言えなくて……」
「チッ、言えなくてじゃなくて、言いたくなかったんじゃねーの?」
　……えっ?
　琉衣くんはふいに立ちどまって、私をジロリとにらみつける。
　その表情はあきらかに怒っていた。
　どうして今日は、こんなにも機嫌が悪いんだろう。

「そ、そんなことないよっ！」
「ウソつけ」
　だけどやっぱり、私のいいわけは信じてもらえない。
　べつに小高くんと一緒に帰りたかったわけじゃない。彼の親切な気持ちを無下にしたくなかった。それだけなのに。
「ウソじゃないよ」
「あ？」
「ど、どうして……そんなに怒るの？」
　正直こんなことを聞くつもりじゃなかった。
　だけど、琉衣くんの気持ち、琉衣くんの考えてることを知りたい。
　そう思ったら、いつの間にか口にしていた。
　琉衣くんは一瞬黙りこむ。
　そして、困ったように眉をひそめると、ため息をひとつついて。
「……お前がほかの男と話してるとムカつくから」
　えっ……？
　それは、あまりにも衝撃的なセリフだった。
　う、ウソ……。ウソでしょ？
　それじゃあまるで……
「数学教えてんのもムカつく。ほめんのもムカつく。笑いかけてんのもムカつく」
「……っ」
「ムカつくんだよ」
　琉衣くんはそれだけ言い放つと、くるりと向きを変え、

またスタスタ歩きだす。
　私はしばらくその場から動けなくて、固まったまま。ドキドキしすぎて心臓が止まりそうだった。
　だって、そんな……。琉衣くんがそんなことを言うなんて。
　じゃあ小高くんに怒ってたのは、対抗意識を燃やしてたのは、にらみつけてたのはそのせいなの？
　麻実のセリフが頭をよぎる。
『ヤキモチ焼いてるんだよー』
　本当にそうなのかなって思ったら、体が熱くなってきた。
　ありえない。ありえないよ。どうしよう……。
「……っ、なにやってんだよ！　早く来いよ！」
　琉衣くんは向こうでふり返って私を呼んでいる。
　その声にハッとして、すぐに走って追いかけた。
　追いついたらまたガシッと腕をつかまれて。そのままいっしょにうちへ向かう。
　琉衣くんはそれ以上はなにも話さなかったけれど、私はしばらく胸のドキドキがおさまらなかった。

* ドキドキの文化祭

「早くお湯沸かしてー！」
「机、こんな感じで大丈夫～？」
「紙ナプキンセットしたー？」

　いよいよ文化祭の日がやってきた。私たち２組も朝から準備で大忙し。

　うちのクラスは仮装喫茶をやるので、スタッフは全員仮装が義務。私はみんなからのリクエストで、なぜか不思議の国のアリスの仮装をやることになった。

　名前が"アリサ"だから"アリス"って、なんかシャレみたいだけど。

　水色のワンピースに白いフリフリのエプロンは、とても恥ずかしい。
「ど、どうしよう。ねぇ麻実、変じゃない？」

　ドキドキしながら婦警姿の麻実にたずねると、麻実はニッコリ微笑む。
「ぜんぜん大丈夫！　超かわいいよ！　亜里沙スタイルいいんだから、そのくらい足出さなきゃ！　それにそのオーバーニーは男子が喜ぶことまちがいなし！」
「ええっ！」

　そう言われるとますます恥ずかしくなってくる。

　まるでメイド服みたいなデザインで、靴下は白のオーバーニー。頭には水色のリボンのカチューシャ。

そしてなにより、この短いスカート丈。ヘタにしゃがんだりできない。
「早く琉衣くんに見せたげなよっ」
　麻実はニヤつきながら耳もとでボソッとささやく。
　その言葉に、私は一瞬にして顔がボッと赤くなった。
「な、なに言ってるの！　関係ないよ！」
「関係ありまくりでしょー？　それとも、あそこのホストさんに見せる？」
　……うっ。
　麻実が指差した先は、ホスト姿の小高くん。相変わらずおもしろがってる。
「やめてよ～っ！」
「大丈夫。安心して。もしもなにかヤラシイことしてくる輩がいたら、このあたしが逮捕してやるから！　……なんてね」
　麻実は案外ノリノリだ。
　それもそのはず。今回の学祭には、バイト先で気になってる他校生の田中くんが来てくれるみたいで、一緒に見てまわる約束をしてるんだとか。
　ミニスカの婦警姿も見てもらうんだってはりきっていた。
　恋する乙女な麻実は、とってもイキイキしててかわいい。
「それより田中くんは？　何時頃来るの？」
「ん？　あぁ、田中くん？　朝から来るって言ってたけど、あたし今からシフトだし……って、あーっ！　電話来た！」

麻実はそう言ってスマホを取りだすと、慌てて電話に出る。
　そんな麻実を見ていたら、クスッと笑みがこぼれた。
　ちょっぴりうらやましいかも、なんて。
　私のこの格好も、琉衣くんが見たらどう思うかな？　また、『お前、誰？』なんて言われちゃうのかな。
　ふとした瞬間に、また琉衣くんのことを考えてる自分に驚く。
　そう。あの日、琉衣くんにヤキモチを焼いたようなことを言われて以来、私はずっと意識してばかりで。顔を合わせるたびにドキドキしてる。
　麻実が言うように、琉衣くんが私のことを……なんてそんなことあるわけないけど。
　相変わらず琉衣くんの態度にふりまわされっぱなしなのだった。
「うわっ、西村そのカッコ！」
　すると、その時ふいに声をかけられて。
　ふり向いたら、そこにはワックスで髪をバッチリセットした小高くんがいた。
　シルバーのネックレスやピアスなんかもつけて、本物のホストみたい。
「あ、小高くん……っていうかやだっ、ごめん！　似合わないよね、こんなの……」
　どうしよう、恥ずかしい。さっそく小高くんに見られちゃった。

だけど小高くんは、なぜかひどくうろたえた様子で。
「……っ、いやいや、ぜんぜんそんなことねぇし！　むしろ超似合ってる！　ってかヤバい！　いろんな意味で……ってあぁ、なに言ってんだ俺！」
　……ん？　どうしたんだろう？　なんだかすごく顔が赤いような……。
　すると、ちょうど隣にいた同じホスト姿の松下くんが、小高くんをどついた。
「バーカ！　お前、なにヤラシイ目で見てんだよ〜、西村のこと。悪いね、西村。こいつ、けっこームッツリでさ〜。てか、その格好超かわいいじゃん！　ふだんの制服のスカートもそのくらいで頼むよ」
「えっ……！」
「おいっ、なに言ってんだコラッ！　松下！」
　小高くんは慌てた様子で、松下くんの頭をたたく。
「ち、違うからな！　今のは！　松下が勝手に言ってるだけだから！　俺が言いたいのは……っ、西村はその格好似合ってるから、自信持てってことだから！」
　……どき。
「あ、うん。ありがとう……」
　なんだかよくわからないけれど、とりあえず小高くんたちにもほめてもらえたみたいでホッとした。
　よかった。そこまで似合わないわけでもないのかな？　琉衣くんにもそう思ってもらえるかな……？
　これから迎えるオープンに向けて、心の準備をする。

緊張もするけど、なんだか少しワクワクしていた。

「いらっしゃいませ〜！」

オープン時間になると、ポツポツ客が教室へ入ってくる。

席は自由で、注文はそれぞれのテーブルにて受け付け。

私は接客担当だったので、入口で呼びかけをしたり、席で注文を受けて運んだりなど、ウエイトレスのような仕事をしていた。

「メイドさん、コーヒーふたつ〜。あとキミがほしい、なーんてね」

「お姉ちゃんかわいいね！　俺とお茶しない？」

中にはやたらと絡んできたり、ナンパまがいの客もいて。

そんな時は、同じ接客担当の小高くんが上手に対応してくれた。

「お客さ〜ん！　すんません、ここキャバクラじゃないんで！　あっ、お前ホストじゃねぇかって？　俺でよければサービスしますよ〜！」

彼は持ち前のコミュニケーション力で、私たち女子に負担がかからないように気を使ってくれる。

そのほかにも、手間取っているところをさりげなく助けたり、全体を見てサポートしているのを見て、すごいなぁって思った。

さすが、文化祭実行委員。それだけじゃなく、小高くんの人柄もあるだろう。

いつもクラスのムードメーカーなだけあって、人当たり

がよくて、気が利いて、彼と同じ時間にシフトが入っていてよかったなぁなんて、人見知りで気の弱い私は思ってしまった。

　私、断るのが苦手なタイプだからなぁ……。

　だけど、喫茶店は大繁盛(だいはんじょう)で。みんなが仮装をしているせいか、それ目当てでちらっとのぞいてくれる人もたくさんいて、メニューのドリンクも予想していた以上にたくさん売れた。

　忙しいけれど、それがうれしい。みんなこの状況を楽しんでいる感じ。

　私もせっせと案内したり、飲み物を運んだり、あまり接客は得意なほうではないけれど、楽しく仕事することができた。

　それからバタバタすること約１時間。

　ようやく客足も少し落ち着いてきて、ホッとひと息。

「そろそろ食い物系に人が集まる時間だなー」

　小高くんもちょっとお疲れ気味の様子で、見たらスーツから出たシャツの襟(えり)が折れ曲がっていた。

「あっ、小高くん」

　私はそれが気になって、隣にいる彼の首もとに手を伸ばす。

「えっ、どした？」

「シャツの襟が曲がってる」

「マジ？」

私が直してあげると、わずかにポッと頬を赤く染める彼。
「あ、直ったよ」
「お、おう！　サンキュ！」
　なんだか急に照れくさいムードになる。
　そんな彼を見て、ふと麻実の言葉を思い出した。
『亜里沙に好意丸だしだし』
　まさかね……なんて思いながらも、自分まで少し恥ずかしくなってしまった。
　照れてるのかな。そんなわけない？　私の考えすぎかな。すると、
「おい、そこのメイド」
　……ドキッ。
　背後から聞き覚えのある低い声がして、背筋がピンと伸びた。
　怒りを含んだようなその声は、聞きまちがうはずがない。だって……。
「はいっ！　いらっしゃいませっ……」
「コーヒーふたつ。席まで持ってこい」
　……やっぱり。
　そこにいたのは琉衣くんと、連れの友達の姿。
　私は突然の彼の登場に心臓が飛びはねながらも、あらためて、自分がまだシフト中だということを思い出して、慌てて接客モードで返事をした。
「は、はい、かしこまりました……！　コーヒーふたつですね？　お持ちします！」

琉衣くんはなぜかまた、すごく不機嫌そうな顔をしている。
「チッ、お前なんだよ、そのカッコ」
　えっ……。
　しかも、私の仮装姿を見るなり舌打ち。
　やっぱり似合わないのかな？　変なものを見るみたいな目をしてるし……。
「ご、ごめんね。でも仮装だから……」
　だけど、私が自信なさげにそう答えたら、すぐうしろにいた琉衣くんの友達が大声をあげた。
「うぉーっ！　ミニスカのアリス!?　やっべ～！　超かわいいじゃん！　なに、琉衣の友達なん？　俺にも紹介……ぐへっ！」
　そんな彼にすかさずケリを入れる琉衣くん。
「黙れ。さっさと席取んぞ」
「う……いってぇ～。お前、今本気で蹴ったろ！」
「べっつに～」
　そして、そのまま友達をグイグイ席までひっぱって連れていく。
　私はそのやり取りに驚きつつも、仮装にダメ出しされてしまったことがショックで、急にまた自信がなくなってきた。
　すごい微妙な顔されちゃった……。やっぱりやりすぎだったのかなぁ？
「お、お待たせしました。こちら、ホットコーヒーふたつ

になります」
　トレーに乗せたコーヒーを、琉衣くんが座る席まで運ぶ。
　たったそれだけのことなのに、すごくドキドキした。
　琉衣くんの連れの友達は、いつの間にか向こうで知り合いの女の子ふたりとしゃべっている。
　だからその時、席には琉衣くんしかいなかった。
　私がカップを机に置くと、こちらをじっと見あげる彼。
　その顔はやっぱり不機嫌そうで……。
「お前さ、そのカッコ自分で選んだの？」
　……ドキッ。
「ち、違うよ！　これはたまたま……」
「スカート短すぎんだろ。マジふざけんな」
「えぇっ!?」
　う、ウソ。そんなに短い？　どうしよ……。
　ていうか、なんでそんな怒ってるのかな。
「はぁ……」
　だけど、そこで琉衣くんはいきなりため息をついたかと思えば、意外なことを聞いてきた。
「つーか、何時までシフト？」
「えっ？　えーと、もうすぐ。11時までだよ」
「じゃあ、終わったら1組来い」
　えっ、1組に？
　思わぬセリフに胸が高鳴る。
「う……うん。わかった」
　なんだろう。なにかあるのかな。お客で来いってことか

な？
「言っとくけど、着替えて来いよ。ちゃんと」
「も、もちろんだよ……！」
「絶対だぞ」
　なぜかしつこく言いつけられて。
　やっぱりこれ、そうとう似合わないんだ……なんて落ちこんでたら。
「ったく、男を挑発するようなカッコしてんじゃねぇよ」
　えっ？
「そういうの、ほかのやつに見せんな」
　……どきん。
　頬づえをつきながら、ボソッとつぶやく琉衣くん。
　私はそう言われてはじめて、彼が不機嫌だった理由が少しわかったような気がした。
　も、もしかして……さっきからすごく怒ってるように見えたのも、ケチつけるように言ったのも、そのせい？
　まるで、またヤキモチを焼かれてるみたいだよ。
　急に体中が熱くなってくる。
　──ドキドキ。ドキドキ。
　どうしよう……。琉衣くんは、どうしてまたそんなこと言うのかな。どうして私をこのあと呼んだりするの？
　考えたら私、うぬぼれてしまいそうで。
　ダメ。またカン違いしちゃうよ……。
　騒がしい教室の話し声も、物音も、聞こえないくらいに自分の心臓がうるさい。

琉衣くんが今言った言葉が頭から離れなくて、しばらくの間ずっとうわの空だった。

「おつかれさま〜」
　無事にシフト時間を終えて交代したあとは、言われたとおり、制服に着替えてから１組へと向かった。
　みんなには「アリスの服脱いだらもったいない！」なんて言われちゃったけど、やっぱり恥ずかしいし。
　なにより、さっき琉衣くんにああ言われたから。
　どうしてか、いつも彼の言うことだけは素直に聞いてしまう。体に染みついてるのかな？
　それを嫌だとか、ムリ強いだとか思わない私は、感覚がマヒしているのか、それとも……。
「きゃははっ！」
　１組の教室のドアの前まで来ると、パンケーキのいい匂いがしてくる。
　同時ににぎやかな笑い声も聞こえてきて、少し緊張した。
　教室の中をのぞくと、入口からレジ、パンケーキを焼くホットプレートが２台、そして受け渡しのカウンターと続いている。
　カウンターには何人ものお客さんが列を作っていて大盛況。
　ちょうどシフト交代の時間なのか、生徒たちは入れ替わったばかりのようでバタバタしていた。
　かわいらしい衣装に身を包んだウエイトレスの女の子た

ちが接客をしていて、男子はウエイター姿だったりコックコートを着ていたり、いろいろだ。中には呼びこみらしきキャラクターの着ぐるみまでいる。
　琉衣くんはやっぱり調理係らしく、お店でいつも着ているコックコートの上から首もとにスカーフを巻いて、どこかのパティシエみたいな格好をしていた。
「ちょっとー！　なんかリュウが焼いたやつ、ぺったんこじゃない？　まずそー。これ、売れないよ」
「あぁっ!?　なんだって？」
「ちょっと琉衣くん、見本見せたげてよー」
「はぁ？　ったく、こんなん失敗する要素ねぇだろ。チッ、仕方ねぇな。貸せよ」
　同じ調理係の男の子のパンケーキにみんながダメ出しをして、それを琉衣くんが焼きなおしている。
　その手際のよさにはお客さんまで見とれていて。
　琉衣くんが料理上手なのは知ってたけど、こうして目の当たりにすると、やっぱりカッコよくてドキドキした。
　すごい、なんでも作れちゃうんだ……。
　あっという間に生地が焼けたかと思うと、次はそれを皿に盛りつける。
　上から生クリームにハチミツに粉砂糖。
　盛り方もすごくキレイで、できあがった瞬間、周りから拍手が巻きおこった。
「おいリュウ、見てたか？　こうやってやんだよ。あとはお前やれ」

「キャーッ！　あたし琉衣くんが焼いたやつがいい〜！」
「あたしもーっ！　おいしそう！」
「いやいや、お前ら琉衣のシフトは午後だから！」
「「えーーっ」」
　どうやら琉衣くんは、今はべつにシフト時間ではないみたい。てっきり私、買いにこいって言われたのかと思ったのに。
　それにしてもなんで、あんな格好してるの？
　不思議に思っていると、バチッと目が合う。
　そしたら琉衣くんは、すぐにみんなの輪を抜けだした。
「んじゃ、俺呼びこみあるから、あとはよろしく」
　そう言って大きな手持ち看板を手にすると、こちらへ歩いてくる。
「えーっ！　行っちゃうの〜？」
「やだーっ！」
　私は1組の女子が怖いので、とっさにドアの外へと身をかくした。
　そしたら、すぐ琉衣くんに腕をつかまえられて。
「なにかくれてんだよ。行くぞ」
　えっ？　行くぞって……。
　そのまま私をグイグイひっぱりながら、廊下を進んでいく彼。
　なんだか状況がよくつかめなかった。
「琉衣くん、あの、どこへ……」
「どこって宣伝。これ持ってブラブラしてたら、客呼べん

だろ。お前も手伝え」
　えっ、手伝え!?
　看板には、
"２−１　パンケーキカフェhoney　みんな来てね！"
って書いてある。
　そもそも私は１組じゃないし、手伝うことなんてなにかあるのかな、なんて思ってたら、
「んー、でもとりあえず腹減ったな」
　まさかの腹減った宣言。
　あれ？　宣伝は？
「……な、なにか食べる？」
「うん。俺、たこ焼き食いたい」
　そして結局、宣伝はあとまわしにして、なぜかふたりでたこ焼きを食べることになった。

「琉衣くん、買ってきたよ！」
　中庭のベンチに駆けよると、看板で顔をかくすようにして座っていた琉衣くんが、ひょいと顔を出す。
　その姿は見つからないようかくれているみたいで、ちょっとおかしかった。
「おっせーよ」
「ごめん、混んでて」
「はぁ。うぜぇのに絡まれた。マジ女子校のやつら、めんどくせー。看板あってよかった。顔かくせるし」
　それを聞いて、待ってる間にナンパでもされたのかな？

と思う。
　さっきも歩いてる時、女子からキャーキャー騒がれてた。
「そっか、モテるのも大変だね。でも、無事解放されたならよかった」
「彼女待ってるっつったからな」
「えっ!!」
　その言葉にドキッとする。
「まぁ、ウソだけど。お前もナンパ断る時はウソくらいつけよ」
　……な、なんだ。って当たり前だけど。
　ウソでもそう言われて、今うれしかった。
　やだ、私ったらまたカン違いしそうになっちゃった。
　たこ焼きは並んだだけあって、味にうるさい琉衣くんも認めるくらいにおいしかった。
　琉衣くんはよほどお腹がすいていたのか、自分のを食べ終わると、私のたこ焼きを1個つまむ。
「足りね。1個もーらい」
「あっ」
　そして、勝手にぱくっと食べてしまった。
　そんなことにも、いちいちドキドキしてしまう。
「なに、勝手に食うなって？」
「う、ううん……！　いいよ、べつに！　お腹すいてるんだもんね」
「朝からあんま食ってねぇから。つーか、なんでお前のには青のりついてねーの？」

琉衣くんは私のたこ焼きにじっと目をやる。さすが目ざとい。
　実は私、自分の分だけ青のりナシにしてもらったんだ。嫌いなわけじゃないんだけど……。
「あ、えーと……、歯についたら恥ずかしいから……」
「はぁ？」
　琉衣くんはナンダソレ？みたいな顔をする。
　だけど私は、琉衣くんの前で歯に青のりなんて絶対に嫌で、気になって。カッコ悪いところを見られたくないって思ったから。
「べつに誰も見てねーだろ。そこまで」
「で、でもっ、笑った時、歯に青のりがついてたら嫌でしょ？引いたりしない？」
　あぁ、私ったら、なに聞いてるんだろ。
「べっつにー。そんなんで嫌いになんねぇし。じゃあなに、お前は俺の歯に青のりついてたら嫌いになんの？」
「えっ!?」
　なんだか話が変な方向へ行ってしまった。
　私は慌てて全力否定。
「な、ならないよっ!!　琉衣くんのこと嫌いになんて、絶対に!!」
「……プッ」
　すると琉衣くんは急に吹きだして、いつもみたいにクスクスと笑いはじめる。
「なんだよ、やけに必死だなお前。そんなに俺のことが好

きだったの？」
「……っ!?　えっ、あ……っ」
　そう聞かれて、顔がまっ赤になってしまう私は、いったいなんなんだろう。
　いつだって冗談を冗談と受け止められない。だからいつもからかわれてばかりで。
「ふ〜ん」
　琉衣くんはそう口にすると、不敵な笑みを浮かべながら私の頭に手を置く。
「じゃあ、仕方ねぇから、もう少し付き合ってやるよ。よかったな」
「えっ？」
　その表情はなぜか、とても機嫌がよさそうに見えた。
　やっぱり俺様なのに。イジワルなのに。
　どうしてなんだろうって思う。
　琉衣くんといるとドキドキして、楽しくて、もっと一緒にいたいって思ってしまうんだ。
　今だってこうして触れられただけで、どうしようもなく胸がぎゅっとなる。
　なんだろう。どうしてだろう。
　やっぱり、私……。

　たこ焼きを食べたあとも、琉衣くんに連れられていろんな模擬店をブラブラした。
　琉衣くんはそうとうお腹が空いていたのか、ほかにもク

レープを買ったり、アイスを買ったりしてて。
　本人いわく、午後からのシフトに備えて食いだめしてるとのことだった。
　だけど、肝心(かんじん)の宣伝はまったくやる気なしで、看板は片手にぶら下げたまま。
　いいのかな？なんて思いながらも聞けない。
　これじゃあ、ただ一緒に学祭をまわっているだけだ。
　私はそれでもぜんぜん構わないんだけど。むしろうれしかったりして。
　だけど琉衣くんはいったいどういうつもりなのか、やっぱりわからない。
　そんな時、ちょうど１年生のクラスの前で声をかけられた。
「どうもー！　１年２組お化け屋敷ですっ！　そこのカップルいかがですかー？」
　……ドキッ。
　カップルだって。そんなふうに見えるのかな？
　おそるおそる琉衣くんに視線をやると、彼もまたこちらを見る。
「お化け屋敷だってよ。入りたいの？」
「う、ううん。べつに……」
　むしろ怖いのは苦手。
「なに、怖いの？」
「……うん」
　すると、数秒間沈黙が流れて。

「じゃあ、入るしかねぇな」
「えぇっ!?」
「ありがとうございまーす‼」
　無理やり琉衣くんに手を引かれ、中へ入った。
　ど、どうしよう……！　お化け屋敷なんて。
　琉衣くん本気なの？　からかってるのかな？
　足がブルブルとふるえてくる。
　やだ、怖いよ〜！
　教室の中は暗幕でまっ暗だった。
　どこからともなく笑い声が聞こえてくる。
　ククククク……。
　ふふふふふ……。
　不気味な空気に体がこわばる。
　だけど琉衣くんは、平然とスタスタ歩いていって。
　──ドキドキ、ドキドキ。
　すると、いきなり正面からなにか飛びだしてきた。
「う〜ら〜め〜し〜や〜」
「きゃぁぁぁ〜〜っ‼‼」
　私は思わず大絶叫。必死で琉衣くんの腕にしがみつく。
　そしたら、そんな私を見て琉衣くんが笑いだした。
「ぶっ、すっげーリアクション。お前、ホントに怖いのかよ」
「だ、だだだって……」
「うらめしや〜」
「いやぁぁぁ‼」
　ムリムリ！　ただでさえ暗いところ、苦手なのに！

クラスの出しものだってわかっていても怖い。
　そのあとも追いかけられたり、コンニャクをくっつけられたりして、終始大絶叫のままで。なんとか出口までたどり着いた時には、もう涙目だった。
　あぁ、やっと出られた。怖かった……。
「おい」
　ん？
「いつまでくっついてんだよ」
　……はっ！
　頭上から聞こえた声に、慌ててバッと手を離す。
　どうやら私、ずっと琉衣くんにしがみついてたみたい。
　やだ、なにやってんだろう。彼氏でもないのに。
「わわっ、ごめんね！　ホントにごめ……っ」
「べつにいいけど。ビビってるお前、おもしろかったし」
「えぇっ！」
「ぶふっ」
　琉衣くんは、またしてもゲラゲラ笑いはじめる。
　……そんなに笑う？
「怖いっつーから入ってみたら、マジみごとにビビってんのな。ケッサクだったわ。あーおもしろかった」
「……っ」
　ひどい……。またからかわれたみたい。
　琉衣くんは怖がる私を見て、おもしろがってたんだ。やっぱりイジワル。
　だけど、こうしてふたりで文化祭を楽しめてることが、

なんだか不思議で、夢みたいだ。
　あの人気者の琉衣くんと一緒にまわってるんだもん。
　一緒にお化け屋敷に入ったりできるなんて思ってもみなかった。
「なんなら、もう一回入る？」
「む、むむムリっ……！」
「冗談だっつーの。俺そろそろシフト時間だし。まぁ、いいヒマつぶしになったわ。そんじゃあな」
「えっ？」
　言われて、もうそんな時間か、と気がつく。
　なんだ、もう行っちゃうんだ……なんて。
　そんなふうに思ってしまった自分にまた驚いた。
「あ、うん。そっか、そうだね」
　……あれ？　でも……。
「そういえば琉衣くん、宣伝はよかったの？」
　そうそう、肝心のクラスの宣伝、忘れてるような。
「あー宣伝？　べつにいいんだよ、あんなん。そもそも俺、最初から宣伝とかどうでもいいし」
「えっ？」
　う、ウソ。じゃあいったいなんで……。
「じゃあ、どうして私のこと……」
　付き合わせたりなんてしたのかな？
　ほかに一緒にまわる人なんて、たくさんいたはずなのに。
　ドキドキしながらたずねると、琉衣くんはそっと私の長い髪をすくう。

「そんなん決まってんだろ」
「えっ」
「お前と一緒にまわりたかったから」
　……どきん。
　え、ウソ……。そんな……。
　ほ、ホントに!?
「ウソッ!?」
「ウソ」
「……っ！」
　あ、なんだ……。
　そうだよね。やだ私ったら。
「……ププッ。っあはは！」
　なに真に受けてんだといわんばかりに笑いだす琉衣くん。
　……ひどい。もう、そういうのばっかり。
　だけど、一瞬でも期待した私は、やっぱりうぬぼれてるのかも。
　琉衣くんがもしかしたらって、今、本気で思ってしまった。
　バカだなぁ……。
「お前、ホントおもしれーな」
　琉衣くんはクスクス笑いながら、ポンと私の頭に手を乗せる。
　うぅ、恥ずかしい。
「でもまぁ、楽しかったのはマジだけど」

ドキッ……。
　ほ、ホント？
「んじゃ、またな」
　そのままポンポン、と頭をなでるように跳ねた手は、すぐにバイバイのサインに変わった。
　琉衣くんの表情はとても優しくて。私はそれをぼーっと見つめる。
　顔が、体が、じわじわと熱くなってきて。去っていく背中をじっと見送った。
「あの……っ、頑張ってね！　シフト！」
　慌てて声をかけたら、一瞬だけこちらを向いて、また手を挙げる彼。
「はいよ」
　――ドキドキ。ドキドキ。
　心臓の音が鳴りやまない。どうしてなんだろう。
　琉衣くんといるとドキドキして、その言葉ひとつひとつに、いつだって一喜一憂して、舞いあがったり落ちこんだり。
　だけど、どんなにムチャぶりされたって、ふりまわされたって、琉衣くんに会えるとうれしくて。一緒にいると楽しくて。
　こんな気持ちはじめてだ。
　こんなに胸が熱くなるのはきっと、はじめて。
　もしかしたら、これが……。ううん。きっと、気のせいじゃないよね。

ずっとずっと確信するのが怖かった。自分の気持ち。
　自覚するのが怖くて、だけど、やっぱりもうごまかせないから。
　気のせいなんかじゃない。
　私……琉衣くんのことが好き。
　この気持ちはきっと、恋なんだ……。

＊帰ってきた彼女

　文化祭は大盛況のまま終わり、クラスの打ち上げもすごく盛りあがった。
　６月ももうすぐ終わり。
　そして７月になれば、いよいよこの居候生活にも終わりがやってくる。
　お父さんたちが帰国して、迎えにくるのが７月の頭。
　あと１週間半で宮川家ともお別れかと思ったら、少しさみしかった。
　いや、かなりさみしい。
　だって私、気づいてしまったから。自分の気持ちに。
　琉衣くんとこうして毎日いられなくなるんだと思ったら、たまらなくさみしい気持ちになる。
「おい亜里沙、リモコン取って」
　琉衣くんはソファにドカンと腰かけながら、テレビを見てる。
　その横で、私は単語帳を見ながら英語の単語を覚えていた。
　だけど琉衣くんに言われてすぐ、リモコンに手を伸ばす。
　ハイ、と手渡したら、こちらを見もせず受け取られた。
「ん」
　この「ん」しか言わないところが、また琉衣くんらしいけれど。

ちょっとはこっちを向いてほしかったな、なんて、期待しすぎだよね。
　　ダメだなぁ……私ったら。すぐ顔に出ちゃうし、一喜一憂しちゃうし。
　　琉衣くんはいつもどおりなのになぁ。
「んー、テレビつまんね。消そ」
　　──ブチッ。
　　琉衣くんはそうつぶやくと、テレビの電源を切る。
　　リビングにはふたりきりだったので、とたんに部屋が静かになった。
「ねっむ〜。なんか眠いんだけど。お前よく勉強なんかしてられんな」
「う、うん。だって、もうすぐテストだし」
「お前はテストなんて余裕だろ。俺と違って」
「そんなことないよっ」
「まぁいいや。俺寝るわ。おやすみ」
　　そう言って、急にゴロンとソファに横になる彼。
　　相変わらずマイペースで気まぐれだなって思った。
　　だけど、あれ？
　　なんか違う。なにかが……。
　　だって、彼が寝そべったのは……ほかでもない私のひざの上。
「えっ、ちょっ……あ、あのっ」
「なに。なんか文句あんの？」
　　ジロリとこちらを見あげる大きな瞳。

この距離の近さ……どうしよう。
　今にも顔から火が出そうだった。
「な……ないです」
　ないけど……でも、恥ずかしいよ～！
　私がそう答えると、琉衣くんはニッと満足そうに笑う。
「だよな？　んじゃ、1時間したら起こせよ。おやすみ」
　そして、そっと目をつぶって。
　ホントに寝る気なのかな？
　お腹の上で両手を重ねて、気持ちよさそうに呼吸する琉衣くん。
　なんだか身を預けられているみたいで、すごくドキドキした。
　動けない……。
　いつからこんなに私に気を許してくれるようになったんだろう？
　ホントに最近の琉衣くんは、まるで距離感がなくて。私はドキドキさせられっぱなしだ。
　でも、それがとてもうれしかったりして。
　やっとこんなに仲良くなれたのに……。
　家に帰りたい気持ちより、むしろ琉衣くんと離れたくない気持ちのほうが大きいなんて。私、変だよね？

「それにしても、琉衣のやつ、変わったよなぁ」
　粉の計量をしながら樹さんがつぶやく。
「そうなんですか？　変わったんですか？」

「変わったよ〜。変わったっつーか、なんか丸くなった」
　あ……それは言われてみれば、そうかも。
「なんか一時は荒れてたし、誰彼構わず噛みつく狂犬みてぇだったけど、落ち着いたよな。実に」
「狂犬……」
「だはは！　言いすぎか？　でも亜里沙ちゃん、みごとに飼いならしちゃった感じじゃん？　琉衣のこと。完全に手なずけたよね〜」
「ぇぇっ!?　て、手なずけただなんてそんなっ……！　私なにもしてませんよ！」
　いやむしろ、私のほうが琉衣くんに飼われてるみたいなものなのに。
「いやー、完全に亜里沙効果でしょ〜、あれは。琉衣もすっかり立ちなおったみたいでよかったな」
「えっ……？」
　そう言われて、頭にハテナマークが浮かぶ。
　立ちなおった？　ということは、なにか落ちこんでたってことなのかな？
「もう俺はずっとこのまま、亜里沙ちゃんにはここにいてほしいよ。なんかもうすぐいなくなっちゃうと思ったら、さみしいなー」
「……樹さん」
　樹さんはさみしそうに笑う。
　その表情に胸が苦しくなった。
　あぁ、そうだ。私がここで働けるのもあとわずか。

あと1週間と少しで、みんなともお別れ。
　いつの間にか、毎日こうしてるのが当たり前になってたけど、これがずっと続くわけじゃないんだ。
　そう思ったら本当にさみしい。
　私、いつの間にかすっかりMiyakawaに馴染んでたんだなぁ……。
「そう、それで実はさぁ、いよいよ明日から例のベテランの子が来てくれることになってね。いや、正確には戻ってきてくれるっつったほうが正しいかな」
「えっ！　あぁ……」
　そういえば、そうだった。
　もうすぐ私がいなくなるから、その代わりに、半年前に一度辞めた社員さんを呼びもどしたとのことで、明日からその人が来ることになってるんだとか。
　樹さんと同い年の21歳。女の人だって言ってた。
　どんな人なんだろう。ドキドキするなぁ。
「でも優しい子だから安心して。ついでに美人だし。いいお姉さんって感じだぜ。たぶん仲良くなれると思うよ」
「わぁ、よかったです。正直どんな人かなってドキドキしてました」
「だよな〜、女の先輩といえば、いわゆるお局みたいなこえーのも、たまにいるからなぁ。でも沙良ちゃんはぜんぜんそんなことないから大丈夫」
　それを聞いてホッとした。沙良さんっていうんだ。
　たしか以前も何度か名前が出てきたような気がする。

短い間だけど、仲良くできるといいな……。
　ただ素直にそう思った。

　そして、翌日。
「えー、おはようございます。以前から話してたとは思うが、今日から新しいスタッフが入ることになった。いや、正確には復帰してもらうことになりました。みなさんもご存知、そして亜里沙ちゃんははじめましての、木下沙良さんだ。みんな今日からよろしく」
　畑さんの紹介で、前に立ったコックコート姿の女性が深く頭を下げる。
「みなさん、お久しぶりです。今日から再び一緒にお仕事させていただくことになりました。木下沙良です。どうぞよろしくお願いします」
　凛とした空気を漂わせる彼女は、顔を上げたとたん、ニッコリ笑い、私はそれを見た瞬間、思わずドキッとしてしまった。
　だって、女の私でもドキドキするくらいの美人だったから。
　まさか、こんなにキレイな人だったなんて……。
　だけど、その時背後からボソッと。
「……っ、マジかよ」
　えっ？
　ハッとしてふり返ると、そこには、なんとも言えないシブい顔をした琉衣くんの姿が。

その表情は、彼女をあまり歓迎しているようには見えなくて。むしろ嫌そうにしている感じで、とても気になった。
　……なんだろう?
「いっよぉー!　沙良ちゃん、おかえりー!　待ってましたぁ!　また一緒に頑張ろうぜ〜!」
　盛りあがる樹さんをよそに、黙りこむ琉衣くんの様子はなんだかワケありな感じ。どうしたのかな。
　だけど、そんな彼に沙良さんはみずから声をかける。
「琉衣」
　……ドキッ。
　えっ、琉衣?
　そしてゆっくりと近づいて。
　私はその時の琉衣くんの表情を見逃さなかった。
　……ドクン。
　あきらかに動揺してる。なんで……。
「久しぶり」
　そう言って微笑みかける彼女を、無言のまま見おろす琉衣くん。
「…………」
　私はそれを見てすぐに、このふたりにはなにかあるんだとわかった。
　同時に胸がぎゅっと締めつけられる。
「……久しぶり、じゃねぇだろ」
「うん、ごめんね。こんな形で戻ってきて。でも私、また新たな気持ちで頑張るから。もうみんなに迷惑かけたりし

ない。だから、あらためて"同僚として"よろしくね」
　沙良さんは遠慮がちにスッと右手を差しだす。
　だけど、琉衣くんはそれを拒否した。
「握手とかいらねぇし」
　そして鋭い視線を彼女に向ける。
「そう思ってんなら、行動で示してくださいよ。"木下サン"」
「……っ」
　ピシッと場の空気が張りつめるのがわかった。

「はぁ……」
　朝からずっとため息ばかりで、なにも手につかない。
　授業中も居眠りはしないものの、考えごとをしてばかりで、まったく授業の内容が頭に入らなかった。
　よりによってテスト１週間前だっていうのに、なにやってんだろう私。
　それもこれもぜんぶ、今朝の出来事が原因だ。
　沙良さん登場後、琉衣くんは非常にテンションが低くて、私は話しかけることもできなかった。
　結局お弁当も渡し忘れちゃったし、だけど催促にも来ないし……。
　よほど彼女との再会がこたえたんだろうと思うと、なんだか苦しい。
　琉衣くんにとって、彼女はいったいなんなんだろう。そのことが気になって、落ち着かなくて。
　だけど、正直知るのが怖い……。

ひとりでずっと悶々としている。
　あぁ、やっと自分の気持ちに気がついたのに。やっとはじめての恋を見つけたと思ったのに。
　やっぱり自分には、琉衣くんみたいな人を好きになる資格なんてないんじゃないかと思う。
　沙良さんはとてもキレイな人だった。初日から、ブランクを感じさせないくらいテキパキ仕事をしていた。
　そしてなにより琉衣くんのことを"琉衣"って呼び捨てで呼んだんだ。
　もしあのふたりの間になにかあるっていうんなら、私なんて出る幕がない気がする。
　私なんて琉衣くんと、たったの２カ月一緒に過ごしただけの存在だし。
　それなのに自分のこと、どこか特別だってカン違いしてたのかも。うぬぼれていたんだ。
　本当はまだ琉衣くんのこと、なにも知らないのに。
　そう。私、琉衣くんのこと、実はなにも知らないんだ。
「大丈夫？　西村。なんか元気ねーけど」
　休み時間になると、隣の席の小高くんが声をかけてくれた。
「あ、ううん、大丈夫だよ。ちょっとテスト勉強で疲れちゃった」
「マジで？　あんまムリすんなよ」
「ありがとう」
　相変わらず、彼はとても優しい。なんか心配かけちゃっ

て申し訳ないな。
　すぐ顔に出る自分が嫌になる。
　もう次は４時間目。そしたらお昼休みだ。
　ウジウジ考えてる場合じゃないのに。
　とりあえず気を取りなおして、お弁当だけでも渡しにいかなくちゃ。
　──ガタッ。
　席を立って、サンドイッチの入った手さげの紙袋を手に持つ。
「おっ、どうした？」
「ちょっと、行ってくるね」
「お、おう！　よくわかんねーけど、頑張れ！」
　小高くんの声に見送られて教室を出た。

　１組のドアの前に来ると、さっそくいつかの女子につかまった。
　今日はその友達も数人いて、軽く取り囲まれる。
「あれー？　西村さんじゃん。やだ、また来たのー？　もしかして琉衣くん呼びにきた、とか言わないよね？」
　ドキッと心臓が飛びはねる。
　今日はそのまさかの琉衣くん……だなんて言えない。
「あ、えーと、あの……」
「あははっ。でも、うちら親切じゃないから呼んであげないよー？　っていうか、琉衣くん今友達といて忙しいみたいだし、出なおしてきたら？」

「そうそう。今ムリだよー。西村さんなんかの相手してるヒマないって」

あきらかにバカにされている感じだ。いつの間に私、こんなに嫌われてたんだろう。

「キャハハ！　だよねだよね！　っていうか、なんか持ってるし！　なにその紙袋？」

……うっ、ヤバい。見つかっちゃった。

「やだ、もしかしてそれ、手作りのお弁当とか言わないよね？」

「ウソ〜っ！　キモ〜い！」

「……っ」

心ない言葉の数々に、ひ弱な心が打ちのめされそうになる。

だけど本当に中身がお弁当なもんだから、言いわけだってできないし……。

私にもっと自信があれば、勇気があれば、なにか言い返せたりするのかな。

言い返したところで、意味があるのかわからないけれど。

「マジで!?　ウソ〜！　ちょっと自意識過剰じゃない？なにその彼女気取り〜！」

「やだ〜、迷惑だからやめときなよ〜！」

あぁ、やっぱり渡しにこなきゃよかった。取りにきてもらえばよかったかな。なんて、今さらのように後悔して。

うつむきながら、手さげ袋のひもをぎゅっと握りしめた。

その時……。

「誰が迷惑だって?」
　……ドキッ。
　突然、前方から聞き覚えのある声が。
　……えっ?
　顔を上げると、そこには、まさかのウワサの主が、にらみをきかせて立っていた。
「……わっ!?」
「きゃーっ!　ウソッ!　琉衣くん!?」
　とたんに慌てる女子たち。
　琉衣くんはそんな彼女たちをかきわけて、こちらにやってくる。
　そして、私の横に並び肩にポンと手を置くと、またふり返って彼女たちをにらみつけた。
「手作り弁当だったら、なんか問題あんの?　こいつには俺が頼んだんだけど。そもそもお前らにカンケーねぇし」
　……えっ!　ちょっ、琉衣くん!?
「キモいのはどっちだよ。男の前で媚びてるかと思えば陰でコソコソ悪口吐きやがって。お前らのがよっぽどキモいんだよ!」
　……ひぃぃ〜っ!
「る、琉衣くん!　もういいよ!　もうやめ……」
「行くぞ、亜里沙!」
　すると、そのままガシッと腕をつかまれて。私は彼にその場から連れさられた。
　――ドキドキ。ドキドキ。

心臓の音が鳴りやまない。どうしよう。
「よ、よかったの？　あんなこと言って……」
　廊下の端で琉衣くんと向かいあった。
　私はなんだかもう、胸がいっぱいだ。さっきまでの憂鬱(ゆううつ)が吹きとんだみたいに。
　だって、琉衣くんが私をかばってくれた。助けてくれた。
　私のために怒ってくれたんだ。
「いいんだよ。くだらねぇことしてるあいつらが悪い」
「……っ、ありがとう。ごめんね、私が朝渡すの忘れちゃったせいで」
「べつに。お前のせいじゃねぇだろ」
「えっ？」
　その時、ふと思った。
　なんだろう。なんか今日の琉衣くんは優しい。
　いつもだったらもっと、なんでも私のせいなのに。
　なんか調子狂っちゃいそう。
「あ、それじゃ渡しとくね、これ。今日もサンドイッチだけど」
　私がやっとのことでその手さげ袋を彼に渡すと、琉衣くんは中をチラッとのぞく。そしてボソッと。
「ちなみに俺、今日はパストラミビーフにハニーマスタードの気分なんだけど」
　そう言われてちょっとうれしくなった。だって……。
「ホント？　よかったぁ！　実はそう言うんじゃないかと思って、今日それにしたの。琉衣くん、そのサンドイッチ

好きだから」
　ニコニコ顔で答えたら、琉衣くんはそんな私を見てクスッと笑った。
「ふっ、マジかよ。さすが俺の好みわかってんじゃん」
　そう言って、私の頭にポンと大きな手を乗せる。その感触にまたドキドキして。
　ほめられちゃった。うれしいな……。
「うん。琉衣くんの好みはもう、だいぶ覚えたから」
　じわりと顔が熱くなるのを感じながら下を向く。
　きっと今、私の顔はまっ赤だ。
　琉衣くんに喜んでもらえるならなんでもしたい、そんなことを思っちゃうよ。
「ふーん。じゃあ、これからもっとほかの好みも覚えてもらわねぇとな」
　えっ……？
　ドキッとして顔を上げると、不敵な表情で笑う琉衣くんと目が合う。
　相変わらず、その表情はイタズラな子どもみたいだった。
「う、うんっ。いいよ！」
「ぷっ、マジで言ってんのかよ」
　琉衣くんは迷わずうなずいた私を見て、また笑う。
　そしてふいに、私の頬に触れたかと思うと、
「……お前ってさぁ、なんか、ホント素直だよな」
　そんなことをつぶやいた。
　まっすぐな瞳にとらわれて動けなくなる。

——ドキドキ。ドキドキ。
　なんだろう。なんかやっぱり、今日の琉衣くんは優しい？
　妙に素直っていうか、ちょっといつもと違うような……どうしたのかな？
　指先から伝わる熱に浮かされて、頭の中がぼんやりしてくる。さっきまでの不安が一気にかき消されていくようだった。
　やっぱり私、うぬぼれてしまいそう。
　あきらめるなんてムリだ。もう遅い。
　たとえ私なんかじゃ手が届かないほどに遠い存在で、身のほど知らずだったとしても。
　今さらどうしようもないくらいに、私……琉衣くんが好き。

　学校から帰ってお店に出ると、樹さんと沙良さんが残っていた。
　畑さんは、今日はもうあがったみたい。
「亜里沙ちゃん、おつかれ！　あれ？　琉衣は一緒じゃないの？」
　樹さんがたずねる。
「琉衣くんは今着替えてます。今日は私のほうが先に着いたので」
　さっき更衣室のところでバッタリ会った時、「クソ、なんでお前のがはえぇんだよ」なんて言われたことを話したら、樹さんたちは笑っていた。

「ふふ、負けず嫌いだね。相変わらず」
　そんなふうに話す沙良さんを見ると、少し胸が痛い。
　なぜか琉衣くんのことをよく知ってる感じ。
　だけど、いちいちそんなことを気にしていたら、きっと身がもたない。
「亜里沙ちゃんっていうんだよね。朝はあんまり話せなかったけど、仲良くしてね。琉衣とは同じ学校なんでしょ？」
　突然、彼女のほうから話しかけてきた。
　やっぱりどこから見てもキレイな人でうっとりする。
「は、はいっ！　よろしくお願いします！　琉衣くんとは隣のクラスなんです。ここで働くまでは話したことなかったんですけど……」
「そうなんだ〜。ふふ、かわいい。私にはぜんぜん気を使わなくていいからね。ぜひとも下の名前で呼んでね。沙良です。こちらこそよろしく」
　笑顔はまた格別だった。
　今朝は琉衣くんにあんなふうに言われてたし、見ててヒヤヒヤしたけど、それでも笑顔を絶やさない彼女はやっぱり大人だ。すごいや。
　フレンドリーな人柄も、また素敵だし。
　だけど、素敵な人だと思えば思うほど、なぜか胸の奥がモヤモヤして、そんな自分がすごく嫌だった。
　なに沙良さんと自分を比べてるんだろう。
　おかしいよ……。

そのあと琉衣くんも遅れてやってきて、さっそくみんなそれぞれの作業に取りかかった。
　琉衣くんは計量、沙良さんは解凍、樹さんは発注を。私は洗い物にゴミ捨て。
　なんだか急に仕事が減ったような気がしたけれど、人数が増えたのだからそれは当たり前で。それでも、今までやっていたことを急にやらなくてよくなったのには変な感じがした。
　琉衣くんは、沙良さんには必要以上に話しかけない。
　お互いの気まずい空気は、なんとなくそばにいるだけでわかる。
　だけどそれを察してか、樹さんがいつも以上によくしゃべってくれて、おかげであまり嫌なムードにはならずにすんだ。
　ふたりの関係は、やっぱり気になるけど……聞けない。
　知りたいけれど、知りたくない。
　モヤモヤした気持ちをかかえたまま、時間が過ぎていく。
　だけど、とある瞬間にそのモヤモヤは爆発した。
　ちょうど冷蔵庫の前に沙良さんがいて。
「おい、沙良」
　琉衣くんがふと彼女を呼んだのだ。しかも呼び捨てで。
　えっ？　沙良……？
　胸になにかがグサリと刺さったような衝撃を受ける。
「……じゃねぇや。木下さん、イースト取って」
「あ、うん。ハイどうぞ」

沙良さんは冷蔵庫からイーストの入ったタッパーを取りだして、琉衣くんに手渡す。
　そして、どこか切なげな表情で、こう言った。
「名前……」
「え？」
「名前で……いいよ？　ムリしないでよ」
　それはつまり、たぶん、琉衣くんがムリに苗字で呼ぼうとしてる、という意味で。
「……っ、うるせぇな。ムリなんかしてねぇよ」
「意地っぱり」
「はぁっ!?」
「ホント変わんないね、そういうとこ」
「……っ」
　あきれたように笑う沙良さんを見て、黙りこむ琉衣くん。
　まるで返す言葉に詰まった子どもみたいに。
　それを見て、このふたり実は、元はすごく親しかったんじゃないかって、そんな気がして。たまらなく胸が苦しくなった。
　わけのわからない焦りに包まれる。なんだろう。
　やっぱり変だ。なにかある。
　それが気になって仕方ない。だけど、知るのが怖い。
　どうしてお互い呼び捨てで呼ぶの？　4つも歳が離れてるのに。
　どうして琉衣くんは沙良さんを避けてるの？
　ねぇ、ふたりの間には、いったいなにがあったの……？

なんだかその場にいるのがつらくなってきて、思わず先にゴミを捨てにベーカリーを出た。
　裏口から外に出てゴミ置場に放りこむ。よからぬ想像ばかりが膨らんでいく。
　急に自分の居場所がなくなったような気持ち。
　琉衣くんが、沙良さんを呼び捨てで呼んだことが、なぜかものすごくショックだった。
　まるで、特別な人みたいな。"特別だった"みたいな。そんなふうに聞こえて……。
「おっと、どうした？　亜里沙ちゃん」
　バタン、と裏口のドアを閉めて中に入ると、聞き覚えのある声がした。
　誰かと思えば、久しぶりに顔を合わせた小川さん。
　悪い意味で少しドキッとした。
「……あ、お久しぶりです」
　軽く頭を下げると、そっとなでられる。
「なんか元気ないね〜。また琉衣にイジメられた？」
「いえっ、そんなことは……」
「ベーカリー、新しい子入ったんでしょ。聞いてるぜ？」
「えっ？」
　小川さんはすでに、沙良さんが入ったことを知っているみたいだった。
「もしかして、それが元気ない原因だったりしてー」
「……えっ！　ま、まさか！」
　思わぬことを言われて焦る。でも図星だ。

「ふふふ。なるほどね〜。俺ちょっと、あいさつしてこよっかな」
　……ドキッ。
　小川さんはそう言ってベーカリーまで着いてきた。
　なんか、嫌な予感がする……。
　私はふと、この前のことを思い出して、すごく胸騒ぎがした。
「どーもー、みんな仲良くやってる？」
　小川さんがベーカリーに足を踏みいれると、案の定、場の空気が張りつめた。
　樹さんはギョッとして、琉衣くんは眉間にシワを寄せ、さっそく噛みつく。
「てめぇ、なにしに来たんだよ」
　だけどそれ以上に、もっと顔をゆがめたのが……まさかの沙良さんだった。
「……ちょっ！　ウソ……っ。なに⁉」
　少し慌てた様子の彼女に、小川さんがニヤつきながら話しかける。
「ひっさしぶりだなぁ、沙良。まさか戻ってくるとはね〜」
　……えっ？　沙良？
　それはあきらかに彼女を知ってる言い方だった。
「なに、俺に会いたくなっちゃったの？　それとも……」
「ふ、ふざけないでよっ！　誰があんたなんか！　二度と顔も見たくない！　持ち場に帰って‼」
　えっ？　えっ？　これは……。

なぜかケンカ腰の沙良さんと、おちょくるような態度の小川さん。
　ますますわけがわからなくなった。
　それにしても、小川さんの嫌われっぷり。いったい彼はなにをしたんだろうか。
　以前の琉衣くんとの一触即発シーンといい、この人とベーカリーの人たちとはなにかあるみたい。いったいなにが……。
「あーあ、かわいくねーの〜。いつからそんな口きくようになっちゃったわけ？　沙良ちゃんよぉ」
　小川さんは沙良さんに近づくと、ぽんと彼女の頭に手を置く。
「……っ、触らないで！」
　だけど沙良さんは、それを思いきり拒否した。
「ふっ、嫌われたもんだね。まぁいいや。女の子はやっぱハタチまでがかわいいよな〜。なぁ、亜里沙ちゃん？」
　ドキッ……。
　今度は急に私に向かって、獲物を見つけたような視線を送る小川さん。
　思わずパッと目をそらした。
「え……あの……」
　そんなこと言われても、なにを言ったらいいのかわからない。
　すると、目の前にサッと誰か現れて。
「黙れ」

……えっ！
　気がつけば琉衣くんが、小川さんと私の間に立ちはだかるようにして立っていた。
「仕事の邪魔すんなっつってんのが、わかんねぇのかよ。いいかげんにしろ」
　どきん……。
　琉衣くんはなぜか、手に生卵を持っている。
「これ、頭にブチ当てられたくなかったら、10秒以内に消えろ」
　えぇっ！　ウソ！　やだ、またケンカ……？
「ククク ッ」
　だけどそんな彼を見て、またおちょくるように笑う小川さん。
「あはははは！」
　しまいには大笑いしはじめた。
　なにこれ……。バカにしてる？
「いや〜、相変わらずこえーのなんの！　過激だなー！お坊ちゃんはよぉ〜」
「……ッてめぇ」
「でもさ〜、ちょっと聞きたいんだけど……今のはお前、どっちに腹が立ったわけ？」
「はっ？」
　小川さんはそう言い放つと、意味深な笑みを浮かべる。
　そして、チラッとまた沙良さんのほうを見たかと思うと、急に背を向けておとなしく戻っていった。

「…………」
 なんだったんだろう、今のは。
 ますます混乱してくる。
 小川さんはただおもしろがっているようにしか思えない。
 なにをしにきたのか、よくわからなかった。
 だけど、その時の沙良さんの表情は、心なしか曇っているように見えて。
 それだけが、私は少し気になった。

「おつかれさまでーす」
 その日の仕事終わり、更衣室で沙良さんと一緒になった。沙良さんはやっぱりフレンドリーで、私にたくさん話しかけてくれる。
「ねぇねぇ、亜里沙ちゃんは今、彼氏とかいるの？」
「えっ！ 彼氏ですか？ い、いません！ いるわけないです！」
「そうなんだぁ〜、かわいいのに。じゃあ、好きなコとかいるのかな？」
 ……ドキッ。
 これは……言っていいんだろうか？
 でも、誰か聞かれたわけじゃないし。
「い、いちおう……」
「同じ学校のコ？」
「はい」

「ふーん。いいなぁ〜。青春だね！」
　４つも年上なのに、それを感じさせないくらい親しみやすい彼女。
　私もわりと気を使わずに話すことができた。
「っていうか、さっきはなんかごめんね。春馬……いや、小川さんがさ、ホントに嫌なやつでね。亜里沙ちゃんも気をつけたほうがいいよ。女好きで最低な男だから」
「そうなんですか……」
　沙良さんまでそんなこと言うんだ。
「ちなみに亜里沙ちゃんは、私のこと、どこまで知ってるの？」
「えっ……？」
　そう聞かれた時は驚いた。どこまで？
　それはどういう意味なんだろうって。
「どこまでって……半年前に辞めた優秀な社員さんだってことと、樹さんと同い年だってことと……」
「それだけ？」
「あ、はい」
「そっかぁ。じゃあ、なにも聞いてないんだね、よかった」
　……よかった？
　沙良さんは少し考えたように黙りこむ。そして次の瞬間、
「じゃあ、琉衣は……」
　ドキッ。
「琉衣はなにか、私のこと言ってなかった？」
　そうたずねる顔は、やっぱりどこか切なげだった。

急に心臓がドキドキしてくる。
　だけど、そう言われて考えてみた時に、ふと思い出したことがあった。
　前に琉衣くんとふたりでショッピングモールに行った時、カフェで琉衣くんがつぶやいたこと。
『俺は辞めたやつのことは忘れんだよ』
　その時の彼の表情が、すごく印象的だったこと。
　だけど、まさかそれを沙良さんに言えるわけがなくて、
「なにもないです」なんて言ってしまった。
「そっか……そうだね。話すわけないよね、琉衣が」
　沙良さんは悲しそうにそうつぶやく。
　だけどそれを見たら、どうしても気になってしまった。
　いや、無性に知りたくなって。
　これは、もしかしてチャンスなんじゃないかって。
　琉衣くんと沙良さんの関係を、知るチャンス。
　だから私はうっかりたずねてしまった。
　あんなに聞くのが怖かったくせに。
「あの……、もしかして、琉衣くんと昔、なにかあったんですか？」
　でも、これを自分から聞いたのがバカだった。
「え……っ。知りたい？」
　沙良さんは少し驚きながらも、しんみりした顔のまま、そう聞いてくる。
「は、はい」
　私は迷わずコクリとうなずいた。

すると次の瞬間、衝撃的なひと言が。
「私が……フッたの」
「えっ!?」
　一瞬意味が飲みこめなかった。頭がまっ白になる。
「ううん、正確にはね……付き合ってたの。だけど、琉衣のことフッちゃった。私のせいで傷つけちゃった。だから琉衣はあんなふうに私のこと避けてるのよ」
「……っ」
　それは頭に鉛を落とされたような衝撃。
　息がうまく、吸えなくて。
　私はそのあと自分がなにを話したのか覚えていない。
　琉衣くんと沙良さんが、付き合ってた？
　じゃあ沙良さんは、琉衣くんの……元カノ？
　その事実がものすごくショックでたまらなくて。
　だけど、どこかで"やっぱり"なんて。
　一番こうだったら嫌だと思う予感が的中した、そんな感じだった。
　彼女が"琉衣"と呼ぶ理由。そして、琉衣くんが"沙良"と呼んだ理由。
　すべての疑問がつながって。
　琉衣くんの動揺した顔、つらそうな顔を思い出したら、そのせいだったんだって。
　一気に彼が遠くへ行ってしまったような気がした。

*かなわない

　もしも、昔好きだった、自分をフった彼女が、再び目の前に現れたら?
　そしてその彼女がもし、またやりなおしたいと考えていたとしら……どうする?
　授業中もうわの空で、そんなことばかり考えていたら、あっという間にお昼休みになった。テスト勉強どころじゃない。
「亜里沙、お昼食べいこー!」
　麻実の元気な声がして、ハッとする。
　今日はお弁当を作りそこねた私。だから久しぶりに、ふたりで学食のランチを食べようと朝から約束していた。
　実は、昨日の沙良さんのカミングアウトがショックで、なかなか眠れなくて。
　そしたら、朝思いきり寝坊してしまったのだ。
　いつもは私が起こす役なのに、逆に琉衣くんにたたき起こされて。
　でも琉衣くんは意外なことに、私に怒ったりしなかった。
　たぶんそれは、私が泣きそうな顔をしてたから。朝起きて彼の顔を見たら、思わず泣きそうになってしまったから。
　昨日のことを思い出したうえに、寝坊なんかして自己嫌悪が止まらなくて。
　そんな私の様子に気がついたんだと思う。

お弁当も作ってあげられなかった。

ホントに私、なにやってんだろ……。

やっぱり琉衣くんは優しいんだ。だけど、だから、つらい。

彼を好きだと思えば思うほど、自分にはやっぱり届かないような気がしてつらくなってくる。

勝手な被害妄想(ひがいもうそう)かもしれないけど、沙良さんに会って、琉衣くんは態度こそ冷たいものの、やっぱり彼女をどこか意識していて。

あからさまに避けているのだって、もしかしたら過去にフラれた傷がまだ残っているからなのかもしれないし。

そう思ったら、急に自分が琉衣くんの特別でもなんでもないような気がして、今までうぬぼれていたのがバカみたいに思えて、虚(むな)しくなった。

「んーっ！　やっぱりAランチおいしい！」

麻実が学食でランチのオムライスを頬ばりながら言う。

その幸せそうな笑顔に少し癒やされた。

「あはは、ホントだね。久しぶりに食べたかも」

本当に、学食のごはんを食べるのは久しぶりだ。ここ最近は毎日お弁当だったから。

たまには、こういうのもいいなって思う。

「亜里沙は毎日ちゃんと自分でお弁当作ってるからエライよね～。マメだし、料理上手だし、そのうえ女の子らしくて頭もよくて……そりゃ琉衣くんに気に入られるわけだ」

「そ、そんなことないよっ！　私なんて……」

「そんなことあるでしょー！　亜里沙はもっと自分に自信持っていいと思うよ？　恋愛は強気でいかなきゃ！　じゃないと、すぐライバルに取られちゃうんだからね！　琉衣くんなんてライバルいっぱいだよ！」

うっ……。

いつの間にか、まだ言ってもいないのに、私が琉衣くんを好きだってことになってる。

まぁ、本当だからいいんだけど……。

そのとおり、ライバルなんて星の数ほどいそうな相手。

どこかでもしかして……なんて思ったのが、まちがいだったかもしれない。

「そうだね。あれで彼女いないのがおかしいくらいだもんね」

ぼーっと、学食の人の群れを見つめながらつぶやく。

すると、遠くからふと視線を感じた。

……ドキッ。

あれ？　琉衣くんがいる。

そっか、お弁当ないから、彼も学食に来てるんだ。

なんだろう。こっちを、見てる……？

とたんに心臓がうるさく鳴りはじめる。

そしたら一瞬、バチッと目が合って。

だけど、私は思わずそらしてしまった。

ダメだ。なんか……琉衣くんをまっすぐ見ることができない。

今はなんだか心の中がぐちゃぐちゃして、無意識に距離

を置こうとしてる自分がいる。
「だよねー。しばらく彼女いないもんね。もっと次々付き合うタイプかと思ってたんだけどなー」
　麻実はそんな私を気にすることなく話しつづける。
「てか知ってる？　琉衣くんって、中学時代はヤンキーで、かなりヤンチャしてたらしいよ？　彼女も取っ替え引っ替えしてたらしいしさぁ」
「……えっ？　そうなの？」
　ウソ。ヤンキーだったんだ。
「それが高校入ってだいぶ落ち着いて、例の元カノとはけっこー続いてたみたいなんだけど……」
　えっ……。
「ちょっ、ちょっと‼」
　思わず大声が出てしまった。自分でもビックリだ。
「な、なに亜里沙、急にどうしたの？」
　麻実も目を丸くしてる。
「そ、その話、詳しく聞いてもいい……？」

　――ザァァー。
　キッチンの水道の水が流れつづける。
　私は夜ひとり、そこで洗い物をしていた。
　今日は静香さんが風邪を引いてしまって、私はちょうどシフトがお休み。
　だから、家の家事はほとんど私が引きうけた。
　夕飯づくりはさすがに静香さんも手伝ってくれたけど、

ふだんからなんでも至れり尽くせりで世話してくれる静香さんに少しでも恩を返したくて、今日は頑張ったつもりだった。

この洗い物が終われば一段落。ひとりのキッチンはなぜだか落ち着く。

最近はまた、ひとりになりたくて。

だけどそうすると、ついついいろんなことを考えてしまって、止まらなくなる。

『琉衣くんはね、４つも年上の女の人と付き合ってたんだよ。すっごく美人な人。それまでチャラかった琉衣くんがはじめてマジメに付き合った相手みたい。結局そのあと、彼女にほかに好きな人ができてフラれちゃったみたいなんだけどね。別れた時は、かなり落ちてたみたいよ？　だから、いまだに彼女つくらないんじゃないってウワサされてる。まぁ、もうさすがに吹っ切れてるとは思うけどね』

麻実から教えてもらった話が頭の中でぐるぐると、何度もまわっていた。

思い返せば、何度もウワサで聞いた話。

私は今日の今まで、そんなことすらすっかり忘れていたんだ。

琉衣くんは沙良さんにフラれてずっと落ちこんでた。

だから、樹さんがあの時あんなふうに言ってたんだ。立ちなおったとかって。

琉衣くんのあのセリフ、

『俺は辞めたやつのことは忘れんだよ』

なんて、それはきっと思い出したくなかったから。
　琉衣くんの中に彼女はずっといつづけていたのかな。
　今でももし、引きずっていたとしたら？
　そんなこと、考えただけで胸が苦しい。悪い想像ばかり膨らんでしまう。
「はぁ……」
　──ガチャッ。
　するとその時、リビングに誰か入ってきた。
　近づいてくる足音。
　静香さんはもう寝たし、俊介さんかな？
　私はあと数枚残った皿をすすぎつづける。
　そしたら肩にトン、と誰かの手が乗った。
「おい」
　……ドキッ。
　お風呂上がりのシャンプーの匂いと、聞き慣れた低い声。
　思わず心臓が思いきり飛びはねた。
　ウソ、琉衣くん……。
　だけどやっぱり彼を直視できなくて、目線は手もとにやったまま。
「まだ起きてんのかよ。なにやってんの」
「あ、洗い物を……」
「ふーん」
「…………」
　なんだか、なにを話していいかわからない。
「つーかお前、今日俺のことムシしたろ」

「えっ！」
　突然そんなことを言われて驚いた。
「いや、ムシなんてしてな……っ」
「学食で。思いきり目をそらしたよな」
　うっ……。
　やっぱりあれ、気づいてたんだ。どうしよう。
　べつにムシしたつもりじゃないのに……。
「そ、そんなことないよ。あれはたまたま……」
「それだけじゃねぇし。お前今日、朝から変だぞ。急によそよそしいし。言いたいことあんなら言えよ」
　えぇっ!?　そんな、言いたいことなんて……。
「な、ないよっ。そんなの」
　だけど視線はやっぱり下を向いたまま。
　言いたいことはない。聞きたいことはあるけど。
　でも、聞けるわけがない。
　そしたら急に横から琉衣くんの長い腕が伸びてきて、キュッと水道のノズルを下げ、水を止めた。
「ウソつけ。とぼけんな。なぁ、俺なんかした？」
　どきん……。
　琉衣くんは少し怒ったように、でも静かに問いただす。
　私はますますなにも言えなくなってしまった。
　胸の奥がぎゅっと、苦しくなって。
　琉衣くんがなにかしたわけじゃない。私が勝手に落ちこんでるだけ。
　だけど、そんなこと彼には言えなくて、それなのに、な

んでもないフリもできなくて、
「な、なにもしてないよ。ホントになにも……」
　どんどん小さくなる声で、そうつぶやいた。
　すると琉衣くんは一瞬黙って。
「じゃあ、なんでこっち見ねぇの？」
　えっ……。
　そう言った瞬間、腕を強く引かれた。
「きゃっ」
「……っ、なんで目合わせねぇんだよ。ちゃんと俺の目見て言えよ」
　手についた水滴(すいてき)が床にしたたり落ちる。ドキドキと鼓動(こどう)が速くなって。
　ど、どうしよう……。
　泣きそうになってくる。
　琉衣くんはぐっと顔を近づけて、私をのぞきこむように見つめる。
　まるで心の中までのぞかれているみたい。
　だけど見あげると、その瞳は少し揺れていた。
「俺を見ろよ」
　ドクン……。
　まっすぐな視線に射抜かれそうになる。
　どうして……そんなこと言うの？　そんなにも切なそうな顔で。
　私がよそよそしい態度取ったから怒ってるだけ？
　私なんて、琉衣くんのなんでもないはずなのに。特別な

んかじゃないのに。
　そんな目で見つめられたら、また期待しちゃうよ……。
　だけどその時、
「おーいっ。あーっ！　いたいた、おふたりさん！　なぁ、店でケーキ余ったんだけど、食わない？」
　どこからか俊介さんの声がして。
　その瞬間、琉衣くんは私からパッと手を離した。
　俊介さんはキッチンに入ってくるなり、ピタッと足を止める。
「……あれ？」
　そして苦笑い。
「なんか俺、お邪魔だった？」
　わぁぁ、なんか変なとこ見られちゃった。
「い、いえ……そんなことないです！　私、ケーキ食べます！」
「俺はいらねぇ」
　私が慌てて答えたら、琉衣くんは不機嫌そうにそうつぶやいて、私に背を向けた。
「えーマジで？　琉衣の好きなブランマンジェもあるぜ？」
「いらねぇよ。ふたりで仲良く食ってれば？　じゃあな、おやすみ」
　──バタン！
　そして乱暴にドアを閉め、リビングから出ていく。
「…………」
「あちゃー。なに、どうしちゃったの？　あいつ」

ケーキをかかえポカンとする俊介さんの横で立ちつくす私。
　ますます心の中がモヤモヤして苦しくなった。
　琉衣くんのこと、怒らせちゃったかな？　どうしよう。
　私が変な態度を取っちゃったせいで……。
　なんだかまた泣きそうになってくる。
　そのあと、俊介さんとふたり、ダイニングでケーキを食べたけれど、少しお酒の香りのするチョコレートケーキが、やけにほろ苦く感じられた。

　土日の1日シフトは相変わらずハードで、すごく慌ただしかった。
　だけど、来週の週末は私はここにいない。
　そう思ったらなんだか惜しむような気持ちで、仕事に身が入る。
　おかげであまり大きなミスもなく、順調にこなすことができた。
「おい、さ……木下」
　琉衣くんは相変わらず沙良さんを苗字で呼ぶ。やっぱりわざとらしいけど。
　何度まちがえそうになっても、決して名前では呼ばないんだから、よっぽど気をつけてるんだろう。
　ちょうどその時、琉衣くんと沙良さんは、隣で一緒に作業をしていて。琉衣くんが生地をカットして、沙良さんが丸めていく。

沙良さんは無言でもくもくと作業する琉衣くんに、いろいろと話しかけていた。
「あの新作のパン、琉衣が考えたの？」
「んー、まぁ」
「へぇ～、さすがだね。相変わらずセンスあるじゃん。畑さんほめてたよ」
「べつに。思いつきだろ」
　ふたりが話してるのを見ると、やっぱり気になる。仕事中のふたりは息が合ってるから。
　そのたびに、どうしても気が散りそうになった。
　ダメダメ、気にしちゃ。
「あーりーさーちゃんっ！」
「……ひゃっ！」
　するといきなり、うしろから樹さんに手で目かくしをされて。
「だーれだ？」
「い、樹さん……」
「ハイ、せいかーい！　手が止まってるぜ？　集中集中！」
「す、すいませんっ！」
　ついつい琉衣くんたちのほうに意識が行ってしまっていた。ダメだなぁ。
　樹さんはそんな私を見て、なにか言いたそうな顔をしてる。
「……気になるの？」
　ドキッ。

「な、なにがですか!?」
「ううん、べつに〜。でも心の迷いは味に出るぜ？　なんてね」
「あ、はい……。すみません」
　そんなこと、うちのお父さんも言ってたような気がする。
　樹さんはもしや、なにかカンづいてる？　また私顔に出てたのかな。

　夕方になって仕事が片づいてくると、ベーカリーの雰囲気もだいぶ落ち着いてくる。
　私は自分の作業はひととおり終えたので、いつもどおり洗い場でせっせと洗い物をしていた。
　琉衣くんはまた計量をしてる。
　今日もあまり話さなかったなぁ、なんて。
　この前のあのやり取り以来、琉衣くんはあまり私に絡んでこなくなった。
　たぶん私がなんとなく距離を置いてしまっているから。
　だけど、話さなくなったら、それはそれでさみしい。
　自分から避けてるくせに、なんて勝手なんだろう。
　いつの間にか私、沙良さん以上に琉衣くんと話さなくなったんじゃないかって、そんなことを考えたりして。モヤモヤは膨らんでいくばかりだった。
　もう、どうしたらいいのかわからない。
　ふと沙良さんのほうに視線をやると、彼女はパン生地を入れるための番重を取りにいくところだった。

洗い場からは意外とベーカリー全体がよく見える。
　番重はいつもジェンガのように高く積みあげてあって、意外と不安定なので、私は一度崩してぶちまけてしまったことがある。
　私より背の高い彼女はすっと背伸びをすると、その山に手を伸ばした。
　すると次の瞬間、グラッと番重の山が揺れて。
　危ない、と思った時にはもう遅かった。
「……きゃっ‼」
　バランスを崩した番重が一気に崩れ落ちる。
　——ガラガラガラッ！
　私は思わず、ぎゅっと目をつぶった。
　だけどその時すかさず、
「沙良っ……‼」
　勢いよく叫んで飛びだした琉衣くんの姿を、私は見逃さなかった。
　まるで沙良さんをかばうかのように抱きしめて、そのままふたり床に倒れこんだ。
　番重がいくつも琉衣くんの背中に落ちる。
　ウ……ソ……。
　琉衣くんが、沙良さんを……かばった。
　その光景は自分でも信じられないほどショックだった。
　言葉が、出ない。
「……ってぇ〜」
　琉衣くんはゆっくりと顔を上げる。

「おい、大丈夫か!?　沙良！」
　もう呼び方なんて気にしていられないみたい。
　ただ純粋に彼女を心配しているのがわかった。
「だ、大丈夫……っ。ごめん……」
　覆(おお)いかぶさるように見おろす琉衣くんの下で、答える沙良さん。声が少しふるえてる。
「……はぁ。ったく気いつけろよな。前もお前、これ崩したことあんだろ。学習しろ、バカ」
　琉衣くんはあきれたようにつぶやくと、すぐその場から起きあがる。
　そこにいつもの気まずい空気はもうなかった。
　沙良さんは自分も起きあがると、申し訳なさそうにまた謝る。
「ご、ごめんね……。ホントごめん」
　そして、ふいに琉衣くんのコックコートをぎゅっとつかんで、彼の胸に自分の顔をうずめた。
　……えっ？
「ありがとう、琉衣……」
　ドクン……。
　心臓がドクドクと変な音を立てはじめる。
　その光景は、とてもじゃないけど見ていられなかった。
「はっ？　おい、なにやって……」
「……うれしかった。助けてくれて」
「……っ」
　沙良さんはさらに甘えるように、琉衣くんにぎゅっとし

がみつく。
　それに戸惑いながらも、抵抗しない琉衣くん。
　その様子はもう、ただの同僚同士には見えなかった。
"かつての恋人同士"、そんな空気が伝わってきて。
　琉衣くんにとって沙良さんは、やっぱり大事な人なんだ。
　それを思い知らされたみたいに……。
　——ガチャン。
　私は洗いかけの包丁を落として、自分の指が切れたこと
にも気づいていなかった。
　シンクには血が流れ落ち、白い泡を赤く染めていた。

「……あっちゃー。これは明日から手袋だね」
　樹さんがそう言いながら私の指に絆創膏を貼る。
　ふたりきりの休憩室は、とても静かだった。
　バカな私はよそ見ばっかりして、包丁を落として指を
切ってしまって。
　気づいた時には手は血まみれ。中指の腹がぱっくりと割
れていた。
　今になって思い出したように痛い。
　指が。ううん、心が……。
　なんかもう、どうでもよくなってきちゃう。笑えてくる。
　あのあとすぐに樹さんが私のケガに気がついて、手当て
のため休憩室に連れてきてくれた。
　琉衣くんも心配して、なぜか「俺がやる」なんて言って
くれたけど、樹さんがそこはゆずらなくて。

「これは先輩の命令」なんてよくわからないことを言って、私を連れてきたんだ。
　きっと私が放心状態だったから、気を使ってくれたのかも。察しのいい樹さんのことだから。
　私はもう悲しいんだか虚しいんだか、よくわからない気分で。
　とっさに沙良さんをかばった琉衣くん。
　そのこと自体は人として普通のことなのかもしれないけど。近くにいて、なにもしないで見てるほうがおかしいのかもしれないけど。
　私はそれをショックだと思ってしまったんだから、最低な人間だ。
　正直、琉衣くんに助けてほしくなかった。彼女のことだけは。
　そんなの私のエゴで、ただの嫉妬でしかないのに……。
　沙良さんの表情が頭から離れなかった。琉衣くんの胸に顔をうずめて。
　あれを見たらやっぱり、彼女はまだ琉衣くんを好きなんじゃないかって、いや好きなんだって、そう思った。
　自分でふったはずなのに、どうして……？
　もしかして後悔してるの？
　じゃあ、なんで別れたのかな……。
　行き場のない感情や疑問ばかりがふつふつと沸いてきて、どうしようもなかった。
　つらい。痛い。

胸が痛いよ……。
　樹さんは黙りこくる私を見て、ふぅっとため息をつく。
「……俺の胸、貸そうか？」
「へっ？」
　だけどやっぱり彼の冗談は、場を明るくする力があるのだった。
　私が間の抜けた声を出すと、彼はクスクスと笑いだす。
「いやー、ごめん。だって、亜里沙ちゃんがあまりにも魂が抜けたような顔してるもんだから。思わず連れだしちゃったよね。なんかかわいそうで」
「い、樹さん……」
「俺もね～、ビックリした。え？　デジャヴ？　なんて。前にもあんなシーンが一度あったんだよね」
「そ、そうなんですか？」
「そうそう。琉衣がうちで働きだして、しばらくたった頃かな。沙良ちゃんが番重思いきり崩して。あの頃は琉衣のやつも、もうちょっとかわいげがあったんだけどね～」
「…………」
　その話を聞いて、だからさっき琉衣くんはあんなことを言ったんだ、と納得がいく。
　樹さんはふたりの過去をいろいろ知ってるんだと思った。
　でも、そうなら……ふたりが別れた理由だって……。
「あ、あのっ！」
　だから、思いきって聞いてみることにした。

ずっと知るのが怖かったけど、もうこの際、すべてを知ってしまいたい。
　そのほうがきっとスッキリするから。あきらめがつくかもしれないから。
「ん？」
「どうして……どうして琉衣くんと沙良さんは別れちゃったんですか？」
　私が意を決してたずねると、樹さんは目を丸くする。
　そして、少し迷ったように口もとに手を当てると、こう言った。
「……んー。これ、俺の口から話しちゃってもいいのかな？」
「お、お願いします！　知りたいんです！」
　必死な顔で訴える私。
　そしたら彼は眉を下げ、困ったように笑い、
「あーもう、仕方ねぇな〜。でもこれ絶対、俺が言ったって琉衣に言っちゃダメだよ？」
「はいっ」
　そして静かに語りはじめた。
「あのふたりはねー、琉衣が高１の時、５月頃から付き合ってたのかな。最初は琉衣の一目惚れで。琉衣から告って付き合いはじめたんだよね」
「へぇ……」
　一目惚れだったんだ。
「半年くらい続いたかなぁ。途中までは順調だったんだけどね。だんだんと、ギクシャクしてきて。ある人の登場で

ね」
　……ある人？
　そう言われて思い当たるのはひとりしかいなかった。
「もしかして、小川さん……」
「そうそう。キッチンに新たに入ってきた小川さんが沙良ちゃんに目をつけて、なにかと構ってくるようになったんだよね。それに琉衣が嫉妬してさ。琉衣も、あいつ嫉妬深いし、ガキっぽいとこあるから、ちょっと束縛っぽくなってね……」
　そ、そうだったんだ……。
「それが沙良ちゃん的にはキツかったのかもね。小川さんはその時まだ猫かぶってたから優しくて。そんな小川さんにうまーく言いくるめられて、そっちに流されていっちゃった。沙良ちゃんも流されやすい子だからさ。気づいた時には琉衣と別れて、小川さんに乗りかえてた」
「えっ……」
　そんなのって……。
「じゃあ、琉衣くんは……」
「荒れたよ〜？　いや、かなり落ちこんでたかな。それまでモテすぎて恋愛で悩んだことなんかなかったからね。裏切られたみたいでショックだったんだろうな。『女なんか信用できねぇ』って言って、それ以来、彼女つくるのもやめて」
　……なるほど。だからずっと彼女をつくらないんだ。
「沙良ちゃんとも険悪なムードになっちゃったしさ。しば

らくして沙良ちゃんは自分から辞めた。琉衣はそれを自分のせいだと思ってさらに責めて……」
「えっ。そんな、べつにそれは琉衣くんのせいってわけじゃ」
「うん。そうじゃないよ。でも琉衣は責任感じちゃったんだろうな。ただでさえ人足りない職場だし。でも結局、沙良ちゃんが辞めたのは、小川さんとうまくいかなくてすぐに別れたせいでもあったらしいよ。小川さん、女たらしで浮気ばっかしてたらしいし」
「ええっ！」
「沙良ちゃん的には、もしかしたら琉衣と別れなきゃよかったって思ったかもしれないけど……時すでに遅しだよね」
「そ、そんなっ……」

　聞いてたら、なんだか、琉衣くんがとてもかわいそうに思えた。

　沙良さんの気持ちもわからなくはないけど、ちょっと自分勝手な気がする。

　それでまた戻ってきたりしたら、琉衣くんが避けるのも当たり前かも。

　複雑そうな表情も、冷たい態度も、ぜんぶそのせいだったんだ。

　小川さんと彼の仲が悪い理由もようやくわかった。

　だけど……もし小川さんが現れなかったら、ふたりは今頃どうしてた？

「琉衣にとっては、ちょっとトラウマなんだよな、沙良ちゃんのことは。苦い記憶っていうか、そんな感じ？」

「…………」
「でも、俺は思うんだよ。琉衣もその経験からいろいろ学んだだろうし、それを乗り越えて、あいつは成長したわけで……」
　樹さんはしみじみと語る。
　だけど、私はその言葉をそのまま信じることはできなかった。
「……そう、なのかな」
「えっ？」
「ホントに琉衣くんは、乗り越えたんですか？」
　ふと疑問に思った。
　本当に沙良さんのことを吹っ切れたのかなって。そんなひどい別れ方して……。
「あ、亜里沙ちゃん……？」
　悪い想像しかできなかった。
　だって、今の話を聞いてたら、小川さんが沙良さんに手を出したりしなければ、ふたりは別れる必要なんてなかったと思うから。
　そして琉衣くんは今だって、小川さんを嫌ってる。彼女だってつくらない。
　それはもしかしたら、今でも……。
「あ、ありがとうございました。もういいです……」
「えっ？」
　なんだかもうこれ以上、話を聞いていられなくて。聞けば聞くほど、知りたくないことが出てくるような気がした。

樹さんは、まだなにか言いたげだったけれど……。
「あ、いや亜里沙ちゃん、ちょい待ち！　誤解すんなよ！　そうじゃなくて……」
「……っぐ」
「えっ？」
　気がついたら、涙があふれていた。
　嗚咽で肩を揺らし、静かに泣く。
「あ、亜里沙ちゃん!?」
　樹さんの声が、どこか遠くに聞こえる。
　結局すべてを知ったところで、私に希望なんてなかった。
　琉衣くんにとって沙良さんは、やっぱり今でも大切な人なんだ。
　そして沙良さんもきっとまだ、琉衣くんのことが好きで、別れたことを後悔してる……。
　私は自分がバカみたいにうぬぼれていたことが、本当に恥ずかしくなった。
　もしあの時、番重を崩したのが私でも、琉衣くんは私を助けてくれたかな？　あんなふうにまっ先に飛んできてくれるのかな？
　嫌いになって別れたわけじゃない彼女のこと、本当に吹っ切れているのかな？
　その彼女に、まだ好きだって言われたら……私はきっとかなわない。
　結局、沙良さんにはかなわないんだ。元カノには……。
　ただ、そんなことをあらためて思い知らされただけのよ

うで、指の先よりもずっと、胸の奥が痛かった。
　泣いても泣いても、その痛みは取れなかった。

＊私は琉衣くんのモノじゃない

「はぁ……」

日に日にため息ばかりになる。

今日も教室はテストモードだった。みんなもくもくと自習をしてる。

私はぼんやりと自分の指先を眺めては、見るたびに痛みがよみがえるような気がした。

昨日できた中指の傷は、まだ痛い。朝は手袋で仕事した。

琉衣くんは、なぜかやたらと私のケガを心配してくれたけど、私はそれも素直に喜べなかった。

彼に優しくされると、胸が痛くて。

沙良さんが大事なら、私に構わないでよなんて、そんなことを思ってしまった。

私は結局、そのあとも琉衣くんの顔をまともに見られなくて、なんとなくよそよそしい態度が続いてしまっている。

テスト直前の今週は、放課後ほとんどお店に出なくていいので、ある意味ホッとしていた。

顔を合わせたらつらくなるから。

あのふたりをもう見ていたくない。

宮川家で過ごすのも今週までだ。土曜日にはお父さんたちが迎えにくる。

時間が過ぎるのはあっという間で、なんだかとてもさみしい。

だけど、ちょうどいいタイミングなのかも。

このままMiyakawaのベーカリーにいたって、私はきっとつらいだけで、あのふたりが元に戻るのをただ眺めてるだけなのかもしれないから。

だったらもう、笑顔でさよならをして。お幸せにねって。

ただ元の生活に戻るだけのこと。

元々は、いるはずのなかった私が、琉衣くんとなんて関わることのなかった私が、少しの間楽しい夢を見てただけ。

そう思えばいいんだ。きっと……。

——キーンコーン。

チャイムが鳴って休み時間になると、あたりが一気に騒がしくなった。

私は席でただひたすら日本史の一問一答を見ていて、麻実のところまで行く気力もない。

テスト勉強に打ちこむことで気を紛わせようと思っていた。その時、

——トントン。

隣の席から手が伸びてきて、私の机をたたく音。

ハッとして顔を上げると、そこには小高くんが心配そうな顔をしてこっちを見てた。

「西村、元気？」

こういう時、いつだってまっ先に気がついて、声をかけてくれる彼。

ちょっと救われた気持ちになる。

「あ、元気だよ……。ごめん、テスト勉強はかどってないから焦ってたの」
「そっか、俺も俺も。今回かなりヤバい。日本史とか範囲広すぎじゃね？　そろそろ本気でやらねーとマズいわ〜」
「ふふ、だよね。頑張らないと終わらないね」
　小高くんはいつもどおり気さくな感じで、やっぱり話しやすい。
　こういう他愛もない会話が、実はなによりも気が紛れるんだって、彼と話していたら思った。
「ところで、西村さぁ、水曜日空いてる？　創立記念日で休みだろ？」
「えっ？」
　するといきなり予定を聞かれて。
「よかったら一緒に勉強しねぇ？　図書館とかで」
　なぜか明後日の水曜日に、一緒に勉強しようと誘われてしまった。
「べつに、予定あったらいいんだけどさ。お互い教えあったら、はかどりそうじゃん。俺も西村となら頑張れそうだし」
「えっ」
　私とならって……。
「そんで、ついでに連れていきたいとこがあんだよ。西村って甘いもんとか好き？」
　……甘いもの？　そう言われて少し反応した。
　甘いものには目がないけど。

「す、好きっ。甘いもの」
　私がそう答えると、小高くんはニコッと笑う。
「じゃあ、行こうぜ！　すっげーうまいパンケーキの店があんだよ。西村のこと誘いたいなって思ってて。最近なんか元気ねーからさ。テスト勉強のついでにどうかな？　もちろん俺のおごりで！」
「えっ、おご……っ」
　おごってくれるの？　それはちょっと申し訳ないような。
　だけどパンケーキは食べてみたいし、誘い自体はうれしい。
　そしてなによりも、私が落ちこんでいるのを心配してくれていたことがうれしかった。
　うーん。迷うけど、やっぱり……行こうかな。
　水曜日はお店のシフトもお休みだし、自由だ。
　一日宮川家にいて、時間を持て余していたって仕方がない。
　うん、決めた。
「い、いいよ。行く。水曜なら、空いてるから」
「マジで!?　よっしゃぁ～っ！」
　私がOKしたら、小高くんはすかさずガッツポーズをする。
　その姿がなんだかかわいくて、笑みがこぼれた。
　こんな些細なことで、こんなふうに喜んでくれる人がいるなんて。

傷だらけの心が少しあったかくなる。
琉衣くんのことを忘れて、楽しめたらいいな、なんて。
そんな淡い期待をこめて、返事をしたつもりだった。

「……うーん、これでいいかな？」
　白の半袖ブラウスに、白と黒のギンガムチェックのスカート。冷房対策にレモンイエローのカーディガンを羽織って。
　いつもよりは少しきちんとめにメイクをした。
　カゴ型のバッグには勉強道具一式。
　午後1時半の待ち合わせまでは、まだ少し時間がある。
　今日は水曜だけど、創立記念日で学校はお休み。小高くんに誘われて、図書館で一緒に勉強する約束をしてる。
　朝からなんとなくそわそわして、男の子と出かけるのはやっぱり緊張する。
　だけどあまり、ウキウキした気持ちにはなれない。
　それはきっと、やっぱりまだどこかで琉衣くんのことが気になるから。
　私はできれば、彼と顔を合わせる前に出かけたかった。
　なんとなく見つかりたくなくて……。
　1階に下りていくと、リビングには誰もいなかった。
　静香さんは今日は朝から出かけていて、男性陣もみんなお店に出てるから、私はひとり。
　妙にさみしいような落ち着くような、変な感じだった。
　こんなふうにゆったりとした休日を過ごすのは久しぶ

り。慌ただしいのが当たり前だったから。
　逆にこうして時間があると、いろんなことを考えちゃう。
　家にいるとやっぱり勉強ははかどらないし。
　時計の針を気にしながら、ソファで単語帳を見たりして時間をつぶす。
　広いリビングは、ひとりだとやけに静かに感じる。
　だけどそろそろ家を出なくちゃ、そう思った時だった。
　──ガチャ。
　突然裏口が空いて、誰かがこちらへ向かって歩いてくる足音が。
　私は思わず息を飲みこむ。
　すると、リビングのドアから白いコックコートが見えて。
　誰かと思えば、今一番顔を合わせたくない人物だった。
　どきん……。
「琉衣……くん」
　どうしてこのタイミングで会っちゃうんだろう。
　琉衣くんは私の姿を見つけると、さっそくこちらへ歩いてくる。
「なにやってんのお前、ひとりで。テレビもつけねーで」
「あ、うん……。ちょっとくつろいでた。琉衣くんこそ、休憩？」
　久しぶりに面と向かってまともに話したような気がした。
「いや、もうシフト終わりだし。それよりなんだよ、その格好。どっか行くの？」

……ギクッ。
　　やっぱりツッコまれた。
「あ……あーうん、ちょっと……。友達と勉強しに……」
　　あきらかにぎこちない答え方に、琉衣くんはさらに顔をしかめる。
　　っていうか私、なに正直に答えてるの。
「……友達って、男？」
　　ドキッ。
　　いつかみたいに問いただされる。なんでこういうことを聞いてくるんだろう。
　　だけどもう、期待しちゃダメなんだ。うぬぼれないって決めた。
　　それにやっぱりウソはつけないし。
　　琉衣くんにとってはどうでもいいことだ。私が誰と出かけたって。
「……う、うん」
「はぁっ？」
　　琉衣くんの顔が、とたんにひきつる。
「それってまさか、あの小高ってやつ？」
　　……ドキッ。
　　なんでわかっちゃうんだろう。
　　だけど私はもう、ごまかす気にはなれなかった。
　　正直に、答えるしかないよね。
「……そうだよ」
　　そう答えて立ちあがる。下を向いたまま。

「だから、もうそろそろ行かなくちゃ。時間だから。ごめんね、じゃあ……」
　そう言って、琉衣くんの前を通りすぎようとする。すると……。
　――ガシッ！
　腕を思いきりつかまれてしまった。
「待てよっ」
　ドクン……。
「なんだよそれ、聞いてねーし。いつからお前、あいつとそういう関係になったんだよ？　まさか付き合ってんのか？」
「えっ!?」
　なんでそうなるの？
「つ、付き合ってないよ……！　ただ一緒に勉強しようって誘われただけで……」
「へーっ。誘われたらホイホイついていくわけだ。お前、断れないもんな」
「……っ」
　なんでそんなこと言うんだろう。まるで嫌味みたいに。
　琉衣くんは、私と小高くんが出かけることの、なにが気にくわないんだろう。
「そ……そんなことないよ」
「じゃあ、断れよ」
　はいっ!?
　琉衣くんはさらにぎゅっと手に力をこめる。

なにを言うんだろう、そんなの今さら……。
「む、ムリだよっ……。だって、もう約束して……」
「約束してたって断ればいいだろ。ヘラヘラ誰にでもいい顔してんじゃねーよ」
「し、してないよ！　それに今さら断わるなんて、できないよ」
「できんだろ」
「ムリだよっ」
　押し問答がくり広げられる。
「チッ、うるせぇな。俺の言うこと聞けねーのかよ。亜里沙のくせに」
「……えぇっ!?」
　なにそれ。そんなのめちゃくちゃだ。
「は、離して……っ」
　私が琉衣くんの手をムリに引き離そうとすると、今度は手首をつかまえて、グッと引きよせられた。
　そして琉衣くんの顔が目の前にきて、キッと鋭い目で見つめられる。
「……っ、行くなよ」
　……ドクン。
　だけどその表情はなぜかとても切なげで、必死なように見えた。
　どうして……。どうしてそんな顔するの？
　だって琉衣くんは、沙良さんのことがまだ好きなんじゃないの？

私が思いどおりにならないから気に食わないだけ？
　だったら……そんなの勝手すぎるよ。
　だって私は……。
「…………ない」
「はっ？」
　だから私は、思わず口にしてしまった。
「そんなの、琉衣くんには……関係ない」
　彼の顔をまっすぐ見すえて、涙目で、言い切った。
「わっ、私は……っ。私は琉衣くんのモノじゃないっ!!」
「……っ」
　その時の、琉衣くんの面食らったような表情といったらなかった。
　まるで、手なずけた飼い犬に手を噛まれたかのような。それこそ裏切られたかのような。
　そんな顔をしていた。
　私は言い終えたすぐから涙が出てきて、止まらなくて。思わず逃げるように走って家を出た。
　バタンと玄関のドアを閉めて、座りこむ。
　……終わった。そう思った。
　なにが終わったの？　恋が……？
　いや、それ以前に友情さえも？
　今さらよくわからないけれど。
　今まで築いてきた琉衣くんとの関係すべてが、終わってしまったような、そんな気分だった。
　悲しくて、悔しくて、さみしくて、どうしようもない気

持ちで。
　私はしばらく、その場から立ちあがることができなかった。
　琉衣くんのさっきの表情が、頭から離れなかった。

　待ち合わせ場所に着くと、小高くんはすでに到着していた。
　私は結局少し遅れてしまって。泣き顔をごまかすのにずいぶんと時間がかかってしまった。
　だけど、遅刻した私を小高くんは責めたりしなかった。むしろ心配してくれて。
　やっぱりすごく優しい人なんだって思った。
　彼の優しさに心が少し救われる。
「それじゃ、とりあえず勉強しますか」
　そして、まずはテスト直前ということもあって、ふたりで近くの図書館へと向かった。
　正直とても勉強なんて気分じゃなかったけれど、デートなんてもっと気分じゃなかったから。
　気持ちを落ち着かせるのにちょうどよかった。
　ふたりで数学や英語を交互に教えあって。それはそれは、なごやかに時間が過ぎていった。
　このテスト前で、一番マジメに勉強をした気がする。
　図書館で数時間頑張ったあとは、小腹がすいて約束のパンケーキ屋へ。
　小高くんが連れていってくれたそこは、外観からとても

かわいらしくて、女子なら誰もが喜びそうな素敵なお店だった。
　ガクンと落ちこんでいた気分が少し明るくなる。
　やっぱりパンと甘いものは大好き。
　お店の中に入ると、ふわっと甘い匂いが漂ってきた。
「うわぁ、いい匂い」
　私が思わずつぶやくと、ホッとしたように笑う小高くん。
「よかった。西村、やっと笑った」
　そう言われて、今まで自分はいったいどんな顔してたんだろうって。ぜんぜんかくしきれてなかったんだって、反省した。
　小高くんになんだか申し訳ない。せっかく誘ってくれたのに……。
　やっぱり私、顔に出てたんだ。メイクでごまかしたつもりだったのに。
　だから、気を取りなおして今度こそ楽しもうと決めた。
　小高くんには琉衣くんのことは関係ない。だから、もう考えちゃダメ。
　今は、この時間だけは、ちゃんと目の前の彼と向きあわなくちゃ。
「お待たせしました。ココナッツミルクパンケーキと、キャラメルハニーパンケーキでございます」
　注文してしばらくすると、甘い香りのするクリームたっぷりのパンケーキが席へ運ばれてきた。どちらもすごくおいしそう。

小高くんも甘いものは大好きみたいで、パンケーキを見た瞬間、「おぉ～！」なんて声をあげていて、少しかわいかった。
「西村んちってパン屋だっけ？　いつも家の手伝いとかしてんの？」
「えっ？　……うん。いちおう朝学校に行く前と、帰ってから少し」
「そっかぁ、すげぇな。勉強とかもマジメにやってんのに。そういうの、すげー尊敬する。エラいよな～」
　小高くんはそう言って、私の家の話やパン屋についていろいろ聞いてくれて、すごく興味を持ってくれた。
　私がよく居眠りするのも納得してくれて、
「だから授業中よく寝てんだな～。でもまかせろ、俺がちゃんと西村のこと起こしてやるから」
　なんて言ってくれて。
　たいした取り柄もない私のことを、なんでも肯定(こうてい)してくれるから、うれしかった。
　小高くんは、優しい。琉衣くんとはまた違う。
　すごく素直だし、なんでもストレートに言葉にしてくれて。
　彼が女子からモテる理由もよくわかるし、きっとこんな人と付き合ったら幸せなんだろうなぁ、なんて心の中で思った。
　だけど……ぜんぜんときめいたりしないのは、なぜなんだろう。

カッコよくて、明るくて、性格もよくて、いつだって周りのことを考えていて、気が利いて。私なんかにはもったいないくらい。
　彼みたいな人が、こんなふうに誘ってくれるだけで、ありがたいことなのに。
　どうして、私の心の中にはいつだって……。
　口が悪くて、イジワルで、子どもっぽくて、不器用な彼がいるんだろう。
　今だってそう。目の前にあるパンケーキを見て、私は思い出したんだ。
　文化祭で琉衣くんが焼いていたパンケーキ。
　すごく手慣れていて、カッコよかったこと。
　コックコート姿がよく似合ってる彼のこと。思い出してしまって……。
「西村のもうまそう。ひと口もらっていい?」
　……はっ。
　その時小高くんにふと声をかけられて、私は我に返った。
　いけない、またよけいなことを……。
「い、いいよ!　どうぞ!　おいしいよ」
「マジ?　いただきます」
　小高くんはフォークで私のパンケーキを刺して口に運ぶ。すると、
「ん、うまい!　あ、西村、俺のもよかったら食ってみてよ」
　なんて言って、自分のココナッツパンケーキをひと口フォークに刺すと、私にくれた。

「はい」
　目の前に差しだされるパンケーキ。私の口まで運んでくれる。
　そして、それをぱくっと口にした瞬間、また私の中でなにかがよみがえった。
　あっ……。
　前にもこんなことがあったなって。
　琉衣くんとお店の偵察に行った時……彼が私にタルトを味見させてくれたんだ。
　間接キスみたいだって、ドキドキしてた。
「どう？　うまい？」
　小高くんが聞いてくる。だけど私はうわの空で。
　……あぁ、ダメ。私、ぜんぜんダメだ。なにやってるの。
　結局ほら、今だってまた……琉衣くんのことばっかり。
　そればっかり考えてるんだ。小高くんそっちのけで。
　さっきはあんなこと言って飛びだしたくせに、結局また……。
　この気持ち、ごまかせないんだ。
　ほかの誰かがどんなに私に優しくしてくれても、おしゃれをして出かけても、テスト勉強に打ちこんでも、おいしいものを食べても。
　結局、私の中にはいつだって、彼しかいない。
　ダメなの。やっぱり……。
　好き。
　私、琉衣くんが、好きだよ。

ねぇ、どうしたらいいの……？

お店を出たあとは、ふたりで歩いて近くの公園までやってきた。
小高くんはなにか話したいことがあるみたいで。
夕方の公園は、ちょうど遊んでいた子どもたちが帰るところで、すぐに静かになった。
ふたりでベンチに腰かける。
「今日は、ありがとな。テスト前なのに付き合わせてごめん。でも、来てくれてうれしかった」
小高くんが少しさみしそうに笑う。
その表情に胸がきゅっと痛くなった。
「そんな、私こそ……。パンケーキおいしかったし、おかげでテスト勉強はかどったし、こちらこそありがとう。楽しかった」
彼には申し訳ない気持ちでいっぱいだ。
遅刻して、そのうえずっとうわの空で、気を使わせてばかりで。
せっかくのお誘いなのに、嫌な思いさせちゃったかもしれない。それなのに嫌な顔ひとつしないで。
「そっか、よかった。西村が少しでも元気になればって思ったから。でも、俺じゃあやっぱ、力不足だったかな」
「えっ？」
ドキッとした。それは、どういう意味……？
「俺、本当はわかってたんだ。西村にはたぶん、ほかに好

きなやつがいるってこと。そのことで最近落ちこんでるんじゃねーかってのも、なんとなく気づいてた。だけど、だったら俺が代わりに笑顔にしてやれねーかなって思ったんだよ」
　どきん……。
　う、ウソ……。そんなふうに思ってくれてたの？
　じゃあ、小高くんは私の気持ちに気づいて……。
「俺、西村が好きだ。隣の席になった時からずっと、好きだった」
　小高くんは私をまっすぐ見つめる。
「西村の気持ちはわかってる。でも、このままあきらめるのもできなくて、どうしても伝えたかった。やっぱり……俺じゃ、ダメかな？」
　……ドクン。
　小高くんの瞳が揺れる。
　その真剣な眼差しに涙が出そうになる。
　小高くんは私のこと、本気で好きでいてくれたんだ。
　いつだって彼は、私に温かい言葉をかけてくれた。こんな私のこと、たくさんほめてくれた。
　誰かにすごく想われるって、こんなにうれしいんだって、小高くんが今、教えてくれた。
　だけど……。
「……ありがとう」
　その気持ちにはやっぱり、こたえられない。
　どんなに小高くんが優しくても、私を想ってくれてても、

この自分の中にある気持ちをムシして彼に逃げるなんて、私にはできないから。
「気持ちは、すごくうれしい。でも、そのとおり、私……好きな人がいるの。その人はきっと私じゃダメで、想いがかなわないってこともわかってる。それでもやっぱり、ほかの人でいいとは思えないの」
　気持ちにウソはつけないんだ。
「小高くんに好きになってもらえて、すごくうれしかった。ありがとう。でも……ごめんなさい」
　声がふるえた。
　小高くんは、そんな私を穏やかな目で見つめる。
「……そっか。そうだよな。西村ならそう言うと思ってた」
「えっ」
「でも、いいんだ。ありがとう。これでスッキリした」
「小高くん……っ」
　彼の優しさに涙が出てくる。
「だから最後にさ、ちょっとだけ、わがまま聞いてよ」
　小高くんはそう言うと、少し距離を縮めて、それから長い腕を私の背中にまわした。
　ぎゅっ……。
　小高くんの優しい腕の感触に包まれる。
「……少しだけ、このままでいていい？」
　静かな公園にふたりきり。
　彼の最後の小さなわがままを、私は静かに受け入れた。

＊今度こそ、俺のもの。

【side亜里沙】
「亜里沙ちゃーん、おつかれさま〜！」
　赤やピンクのキレイな花束と共に、色紙が手渡される。
　今日は私のMiyakawaでの仕事最終日。
　ベーカリーのメンバーが全員揃って、私にプレゼントをくれた。
「これ、みんなでお金出しあって、私が選んで買ってきたの。亜里沙ちゃんに似合うと思って」
　沙良さんがそう言って渡してくれた袋に入っていたのは、ベビーピンクのシュシュと、シフォン素材のリボンがついたヘアゴム。
　どちらもすごくかわいくて、思わず声をあげた。
「うわぁ〜！　すっごくかわいいです！　ありがとうございます！」
「いやぁ、よく頑張ったね。またいつでもバイトしにきてくれていいからね」
「亜里沙ちゃーん！　うぉー！　俺はさみしい！　絶対絶対また会いにくるんだぞ！　将来はうちに就職してもいいぞ！」
　穏やかに笑う畑さんの隣で、樹さんは目をまっ赤にして泣いている。
　それを見たら、私までもらい泣きしそうになった。

「ありがとうございます。ホントにいろいろ勉強になったし、楽しかったです。みなさん、お世話になりました」

そのうしろで腕を組んだまま、無言で立っている琉衣くん。相変わらずその態度はふてぶてしくて。

見かねた様子の樹さんがドンと小突いた。

「おい！ 琉衣！ お前もなんか言ってやれ！ お前は亜里沙ちゃんがいなくなったら、さみしくないのか！」

実は琉衣くんとは、あの小高くんとのデートの日以来話していない。

あれ以来、琉衣くんのほうからずっと私を避けていて。

あんなこと言っちゃったし、そうとう腹が立ったんだろう。目も合わせてこない。

まさか、こんなふうに最後を迎えるとは思ってもみなかった。

「べつに、俺学校で会うし。とくに言うことねぇし」

「はぁぁッ!? なんだお前、その態度はぁぁ!! ツンデレもたいがいにしろよ！ そんな態度ばっかとってると、そのうち……」

「あーもーうるせぇな、わかったよ。おつかれ、以上！」

投げやりなひと言だけですまされる。

まぁ、琉衣くんとはたしかに、また毎日学校で会うけれど……。やっぱり少し悲しくなった。

胸がズキズキ痛い。

思い返せば、あっという間の２カ月だった。長いようで、短かったなぁ……。

お父さんたちは明日の午前中に迎えにきてくれることになっていた。
　ヨーロッパを満喫して気分 上々らしい。ギリギリまでメールも来なくて。
　ひとり娘の心配よりも、自分たちのことで頭がいっぱいなのは、相変わらずみたいだった。
　まぁ、もうそれは慣れてるからいいんだけど。
　私だって、ホームシックよりも、今はこっちの生活が終わることのほうがさみしい。
　明日で宮川家とはお別れ。
　この優しい家族とも、広くてキレイな家とも、お別れだ。
　今夜はまた世界さんが、とびきりのディナーを用意してくれるんだとか。
　みんなみんな、最後まであったかい。
　それなのに、私と琉衣くんは……なんでこんなふうになっちゃったんだろう。

　夜のディナーをおいしくいただいて、みんなで談笑したあとは、ひとり部屋で荷物の確認をしていた。
　ガランとした部屋。スッキリ片づいて、よりさみしさが増す。
　ここに来たばかりの頃は、まだ慣れなくてビクビクしてた。
　琉衣くんが怖くて怖くて、隣の物音ひとつにドキドキしてたっけ。

それがいつの間にか、気になる存在になって。いつの間にか私の心の中は、琉衣くんでいっぱいになってた。
　彼の優しさにたくさん触れて、言葉ひとつひとつに胸がときめいて。
　思い返せば、しんどいことや、大変なこともたくさんあったけれど、楽しいことはもっとたくさんあった。
　そのすべてが今では、いい思い出。
　だけど、もう、終わっちゃうんだなぁ……。
　琉衣くんにとって私は、どんな存在だったんだろう。
　あの優しさも、思わせぶりな態度も、ただの気まぐれだったのかな。
　やっぱり沙良さんとヨリを戻したりするんだろうか。
　学校で会っても、もう今までみたいに話すこともないのかな。
　なんだかすべてがまぼろしみたいで。夢を見ていただけみたいで。
　終わってしまうと思ったら、急にすべてが恋しくて、また涙が出てきそうになった。
　あんなこと言っちゃったけど、やっぱり、最後くらいは笑顔でさよならしたいな。
　ありがとうくらい、ちゃんと言いたい。
　このままじゃたぶん、後悔しちゃうよね。
　ふとカーテンを開けて、ベランダをのぞいてみる。
　すると琉衣くんは、いつかみたいに外を見て涼んでいた。
　きっとこれは最後のチャンス。

明日渡そうと思ってた、私からのプレゼント。今、彼に渡そう。
　——ガラッ。
　窓を開けると、夜風が吹きこんできて涼しかった。
　私がベランダに顔を出すと、琉衣くんはチラッとこちらを見る。
　だけどすぐに視線を元に戻して、また外を見ていた。
　なにか、なにか話さなきゃ……。
「……なんだよ」
　だけど、先に言葉を発したのは琉衣くんのほうだった。
　背を向けたまま、ふてぶてしいもの言いで。
　私はなんだか急に緊張してきた。だってずっと、話してなかったから。
「あ、あの……っ、ちょっと渡したいものが……」
「はっ？」
　私がおそるおそる近よると、再びこちらをふり返る琉衣くん。
　少し驚いてるみたいだった。
「渡したいもの？　俺に？」
「う、うん。あのね、コレ……琉衣くんにはお世話になったから、私からちょっとしたプレゼント。よかったら仕事で使って」
　そう言って、ラッピングした袋を手渡す。
　中にはベーカリーの仕事でよく使う、コンパクトサイズのメモ帳とボールペンが入ってる。

同じものを俊介さんや樹さんにも用意した。
　ほんの気持ちだけど……。
　琉衣くんはそれを受け取ると、小さな声で礼を言う。
「あぁ、サンキュ」
　本当にそれだけだった。
　まるではじめの頃に戻ったみたいに、会話がない。
　私はやっぱり悲しくなったけど、それでも自分から感謝の気持ちだけはきちんと伝えようと思った。
「あ、あの……、短い間だったけど、ありがとう」
「…………」
「琉衣くんにはいろいろ教えてもらったし、助けてもらったし、突然やってきた私のことを受け入れてくれて、感謝してるの。一緒に過ごせて私、すごく楽しかった。本当にありがとう。お世話になりましたっ」
　頭を下げて、言い切った時にはもう、目に涙がにじんでいた。
　さみしい。
　悲しい。
　切ない。
　どうしようもないくらいに、今までのいろんなことがよみがえってきて……。
　だけど、決して泣いてはいけないと、必死でこらえる。
　琉衣くんはなにも言わない。
　静かに私を見おろしている。
「そ、それじゃあ、また……」

だから私はそのまま自分の部屋に戻ろうと、背を向けた。
　これでいいんだ。ちゃんと言えた。
　窓の持ち手に手をかける。すると、
「……亜里沙」
　どきん……。
　その声に驚いてふり返る。
　久しぶりに、琉衣くんとちゃんと目が合った。
　琉衣くんは心なしか、少しさみしそうな目でこちらを見つめている。
「俺も……ありがとう。いろいろ悪かったな。でも、お前がいてくれてよかったと思ってるから」
　……えっ。
　信じられない言葉だった。
　だってあの琉衣くんが、私に、ありがとうって……。
　もうそれだけで、すべてが報われたような、そんな気持ちになる。
「琉衣く……」
「まぁ、頑張れよ。俺も頑張るし。んじゃ、またな」
　そしてそれだけ言うと、彼はササッと部屋に戻っていった。
　その瞬間、涙があふれだしてきて止まらなくなる。
　あぁ、もう……よかった……。
　琉衣くんに、ちゃんとありがとうが言えた。
　ありがとうって、言ってもらえた。
　私のひそかな片想いは実らなかったけれど、私がいてよ

かったって言ってくれた。それだけで十分だ。
　これでもうなにも悔いはない。
　明日、ちゃんと笑顔でバイバイできる。

　あなたに出会えてよかった。
　大好きでした。さようなら。
　ううん、またね。
　素敵な思い出をありがとう。
　一緒に過ごした２カ月間は、私にとって宝物だから。
　絶対絶対、忘れないよ。
　忘れない……。

「亜里沙〜！　帰ってきたぞ！　元気だったか？　久しぶりだな〜！」
　翌日、２カ月ぶりにお父さんたちが宮川家に迎えにきて、宮川家のみんなは私の見送りをしてくれた。
　だけど、琉衣くんはそこにはいなくて。早朝から店に出ているみたいだった。
　静香さんと俊介さんは「また琉衣のやつ、照れやがって」なんて揃ってあきれてたけど、私はもう平気だった。
　だって昨日最後にちゃんと話せたから。悔いはない。
　さみしくないといえばウソになるけど……。
「もう、ひどいでしょう？　琉衣ったら『俺は学校で会うんだから見送りとかいらないだろ』なんて言うのよ。照れかくしにもほどがあるわよね」

「まったく素直じゃねーやつ！　ホントはさみしいクセによ」
「いえいえ、琉衣くんらしいです」
　ホントに、琉衣くんらしいと思った。
　最初だってみんなで出迎えてくれた時、琉衣くんだけいなかった。
　こういうムードが苦手なんだろう。
　俊介さんの言うとおり、少しくらいはさみしいって思ってくれてたらいいけどね。
「あぁ私、ホントにさみしいわぁ〜、亜里沙ちゃんのこと実の娘みたいに思ってたから。またいつでも遊びにくるのよ。待ってるから。また泊まりにきてね。忘れないでね」
「はい」
「俺もさみしくなるなー。あっという間だったけど、楽しかったよ。ありがとう。また気軽においで。みんな待ってるから」
「はい」
　静香さんも俊介さんも、別れを惜しんでくれて。自分は幸せ者だなぁと思った。
　世界さんも忙しいのに、見送りにだけは来てくれた。
　本当に最後までいい家族で……。
「いやぁ、本当によくできた娘さんで、助かったよ。亜里沙ちゃんのおかげで、うちが明るくなった。ありがとう」
「こちらこそ、お世話になりました」
「いやぁ〜、お役に立てたならなによりです。うちもずい

ぶん勉強させてもらったみたいでね。ありがとう。亜里沙の顔見て安心したよ。いい経験をしたなぁ」
　お父さんたちも笑顔で言葉を交わしていた。それはそれはなごやかな時間。
　そして私は今から久しぶりの我が家へと、帰る。
　宮川家の駐車場で、車の前で、世界さんたちにもう一度お礼を言って、頭を下げた。
「お世話になりました」
　最後まで笑顔で見守ってくれた家族に、笑顔で別れを告げて。お父さんたちと一緒に車に乗りこんだ。
　久しぶりに乗った、"ベーカリーニシムラ"と書かれた黄色い車。この色のせいで無駄に目立つ。
　ブウゥンとエンジンがかかって、窓を開けたら、
「バイバイ、またね〜！」
「ありがとな〜！」
　明るく見送る声と共に、２カ月間過ごした家をあとにした。
　今さらのように少しだけ、涙がにじんだけど……。
　楽しかった。ホントに楽しかったなぁ。
　終わっちゃった。
　そして最後までやっぱり、琉衣くんは来てくれなかったなぁ……。

【side琉衣】

『んじゃ、またな』

　ほかになにか言うべきだったのか。

　それとも、無理やりにでも抱きしめて、「俺にしろ」とでも言うべきだったのか。

　結局、変なところでチキンな俺は、なにも言えなかった。

　これ以上、あいつに拒絶されたくなくて。

『私は琉衣くんのモノじゃない』

　そう言われた時、俺は今までの自分の行動すべてを否定されたような気がして、めまいがした。

　無理やりに、めちゃくちゃに、横暴なやり方で、あいつを従わせてきた。

　断れないのをわかってて、わがままばっかり押しつけて、独り占めしたかったんだ。

　誰にも渡したくなかった。

　でもそれはきっと、あいつには窮屈でしかなかったんだろう。

　最初はただ、気に食わなかった。

　兄貴にデレデレするあいつを見て、イライラして。

　イジメてやろうと思ってた。

　どうせ２カ月もうちに居座る気なら、とことんコキ使ってやろうって。

　でも、あいつはバカみてぇに素直で、従順で、一生懸命で。

だんだんと俺は手放すのが惜しくなってきた。
　おとなしいくせに妙に根性がある。泣かねぇし。
　しかも、たまにもの申してくる。
　どれだけ俺が怒鳴りちらしてもめげたりしねーもんだから、逆に興味がわいてきた。
　そのうえ少し優しくすれば、うれしそうにして。
　無邪気に笑う顔は、かわいかった。
　べつに特別美人なわけでもない。着飾ってるわけでもない。
　それなのに、そのへんの女よりもずっとかわいく見える。
　……不覚だった。
　まさかこの俺が、あいつに惚れるなんて。
　俺のために必死になったり慌てたり、コロコロと表情を変えるあいつのことが、いつからか愛しくてたまらなかった。
　からかうとすぐ赤くなって。
　こいつ、もしかして俺のこと好きなんじゃねーの？なんて思ってた。
　だからまさか、あいつが俺から急に離れていくなんて思ってもみなかったんだ。
　急にあいつはよそよそしくなった。
　いつもそうだ。俺は兄貴みたいに素直に相手をほめたり、わかりやすく優しい態度を取ったりができねぇから。
　気がついたら、ほかのやつに持っていかれてる。
　亜里沙はいつの間にか、小高と親しくなっていた。

俺とは違ってニコニコしてて、兄貴みたいに爽やかで優しいタイプだ。
　あいつが小高とデートに行くと知った時、もしかして、だから最近俺を避けてたのか、と気がついた。
　小高に誤解されたら困るから、俺につきまとわれるのが嫌になったんだろう。
　ついこの前まで、喜んで俺の弁当を作ってたくせに。
　ムカついた。
　ムチャクチャなこと言って引き止めた。
　だけど、あいつから返ってきた言葉は、俺への拒絶だった。
　結局、俺はずっと、あいつに甘えてたんだ。
　亜里沙なら大丈夫だって。
　こいつなら、俺のすべてを受け入れてくれるって。
　……でもそれは、思いあがりだった。
　俺はあいつをふりまわすだけで、なにもしてやれなかったんだ。
　好きなのに、そばにいてほしいのに、素直に言えなかった。優しくできなかった。
　嫌われたって仕方がない。当たり前だ。
　それでも最後にあいつは笑って、俺に『ありがとう』って言ったんだ。
　だったら、もうそれでいいと思った。
　最後までわがままは言えない。引き止めたりしない。これが、俺の精一杯。

もう好きにやればいい。
　今度こそ、あいつを自由にしてやる。

　もくもくと成型をする俺の横で、樹さんはうるさかった。
「いいのか？　本当にいいのか？　お前は見送りに行かなくて」
「いいんだよ、しつけーな！　どうせ毎日学校で会うやつの見送りなんてするかよ。俺抜けたらまわせんのかよ、これ」
　さっきからずっと、俺が亜里沙の見送りに行かねーのをブツブツ言ってやがる。
　なんでそんなに行かせたいのか、意味がわからねぇし。
　俺が行ったところで、あいつが喜ぶのかよ。
　それに、どんな顔して行けばいいかわかんねぇし。
　別れを惜しむ？　思い出話をする？
　くだらねぇ。
　そんなの兄貴たちと勝手にやってくれてりゃいい。
　今日は沙良が休みでいなかった。ちょうどいい。
　あいつとはずっと気まずいまんまだ。
　沙良のやつ、今さら俺とヨリを戻そうとか思ってたらしく、先日ハッキリ断ったら、めちゃくちゃ泣かれた。
　冗談じゃねぇ。ほかの男に自分から乗りかえておいて、今さらやっぱり好きとか。
　俺がどれだけあいつに傷つけられたと思ってんだよ。
　あいつのことは、もう信用してない。ヨリを戻すとかあ

りえない。
　情はあっても、未練はねぇ。
　俺の中では完全に終わってんだ。
　嫌な思い出をほじくり返すように戻ってきて、今さら勘弁してほしい。
　それが沙良に対する正直な気持ちだった。
「あ、そうだ。琉衣、これメモっといてくんない？　畑さん考案(こうあん)レシピ」
　ふと、樹さんにメモを頼まれた。
　エプロンのポケットからペンとメモ帳を取りだす。昨日、亜里沙にもらったやつ。
　さっそく使ってる俺は、未練がましいのか。
「あー了解、どれ？　えーと……」
　……あれ？
　だけど、表紙をめくった1ページ目、そこにはなにか書いてあった。
　なんだ？　亜里沙の字だ。
　丸っこい、ちっせぇ字。

『琉衣くんへ
　今までどうもありがとう。一緒に過ごせて楽しかった。
　私のこと忘れないでね。メモ活用してください』

　こんなとこにまでわざわざメッセージとか。マメなやつ。
『忘れないでね』って、俺が前言ったこと覚えてんのかよ。

フッと少しだけ笑みがこぼれた。
　同時に切なくなる。
　そして、次のページをめくったんだ。
　そしたら、まだなにか書いてあった。

『p.s. 沙良さんと仲良くね。
　琉衣くんがいつも笑顔でいられますように。
　亜里沙』

「……はっ？」
　思わず声に出た。
　なに言ってんだ、こいつ。なんでそこで沙良の名前が出てくんだよ。
　モヤモヤと、嫌な予感がしてくる。
　なんかあいつ、誤解してねぇか？
　そう思った瞬間、そのメモをバッと奪われた。
「おっ！　これ亜里沙ちゃんのやつじゃーん！　俺ももらったぜ！　なになに、今までどうもありがとう……」
「こらっ！　勝手に読むんじゃねー！」
「えーと、沙良さんと仲良くね……って、えっ？」
　樹さんはそこを読みあげると、ギョッとした顔で俺を見る。
「おい、これ……っ」
　俺と同じことを思ったらしい。
「お前……やっぱ誤解されてんじゃん！　亜里沙ちゃん、

お前と沙良ちゃんのこと、なんかカン違いしてんぞ」
「……っ、意味わかんねーよ」
「うぁーっ！ クッソ！ あの時、俺よけいなこと言わなきゃよかった！」
　は？ よけいなこと？
「おい、それはどういう……」
「行け」
「は？」
「やっぱり行け！ 今すぐ！」
　樹さんは急にマジな顔になる。
「このまま誤解されたままでよくなかったら、行け！ っていうか、好きだったら行けよ!!」
「……なっ」
「なにをためらう必要があんだよ！ お前ホントは亜里沙ちゃんのこと好きなんだろ!? だったら、なんで逃げてんだよ!!」
　逃げてる……。俺が……？
「今日ぜんぜん仕事に身が入ってねぇくせに、無理やりシフト入れやがって！ 俺はもう見てらんねぇ。いつまでひねくれてるんだ、お前は！ いいかげんにしろ!!」
「……はぁ!?」
「後悔しても知らねぇぞ!!」
「……っ」
　だけど、悔しいけど、その言葉でなぜか目が覚めた。
　樹さんの言うとおりだ。

俺だって、正直こんな終わり方……嫌だ。
　変な誤解をされたまま。気持ちを押し殺したまま。
　いいやつぶって、逃げたまんまで、こんなの……俺らしくねぇ。
　好きだったら、力ずくでも手に入れたい。誰にも渡したくない。そう思ってたんじゃねぇのかよ。
　いつからそんな弱気になったんだ？　なにやってんだよ。
「……樹さん、サンキュ」
　だから俺は帽子とネットを脱ぎ捨てて、ベーカリーをあとにした。
　あいつはもう車で出ちまったかもしれない。走ったくらいじゃ追いつかねぇかも。
　それでも、走ってた。気づいたら……。
　なんなら、あいつの家まで行ってやる。
　そして、今度こそ言ってやる。
　ずっと胸の奥でくすぶらせてた気持ち。
　小高なんかに負けないくらい熱い気持ち。
　あいつの顔見て今度こそ、「好きだ」って言ってやる。

【side亜里沙】
　お父さんの車に揺られながら、窓の外を見てる。
　駅の近くの道は渋滞していて、たいした距離じゃないのになかなか進まなかった。
　今から私はとうとう、２カ月ぶりの我が家へ帰る。
　だけど、なんだか現実味がわかない。
　宮川家で過ごした時間が濃すぎて、元の生活に戻るのを、無意識に拒否しているみたいだ。
　なんだかいろいろあったなぁ。
　だけど、結局思い出すのはぜんぶ……。
「琉衣くん」
　小さな声でそうつぶやいたのを、運転席と助手席のふたりは気づいているはずがなかった。
　さっきから、ふたりともお店のリニューアルの話で盛りあがっていて、それに夢中。
　ようやくひとり娘と再会したっていうのにね。
　ひとりで窓の外を眺める。
　琉衣くんはやっぱり、見送りには来なかった。
　仕方のないことだけれど、会えなかったのは少しさみしい。
　これからまた元のような毎日がはじまって、私は毎日家の手伝いをして学校へ行って。琉衣くんとは、また何事もなかったかのように、別々に過ごしていくのかな？
　一緒に過ごした日々が、ウソみたいに遠く思えて。
　まるで魔法が解けて元に戻ったシンデレラみたいに、今

の私にはなにもない。
　ガラスの靴の片方も、残ってない。
　琉衣くんにあげたメモの最初のページには、ささやかなメッセージを書いておいた。
　本当は好きだって書きたかったけれど、一度書いて、やっぱり消した。
　伝えることなんてできない。できないよ……。
　笑顔でさよならが精一杯だった。
　琉衣くんは私がいなくなったら、毎日自分で起きて、自分でお弁当を作って、自分で数学の宿題をして、自分でやらなきゃいけないことがきっと増える。
　そしたら少しでも、私のことを思い出すかな。
　私がいなくて少しでも、さみしいって思ってくれるかな。
　そう思ってくれたらいいのに……。
　琉衣くんの中に、私が少しでも残っていますようにって、そんなことを願うばかりだ。

　だんだんと渋滞が緩和されて、また宮川家から遠ざかりはじめた。
　私は窓の外の景色が移り変わるのを、ただじっと見ていて。
　道を歩く人や、渡る人、いろんな人がいる。外の風は夏らしく、少し生ぬるい。
　もう、いっそのこと窓を閉めてエアコンにすればいいのに……なんて思うけれど、それをお父さんに言えずにいた

ら、なにやら遠くに、すごい速さで走る白い影を見つけた。
　えっ？　あれは……人？
　すごいスピード。
　私はじっと目を凝らした。
　その人は、まるでなにかを追いかけるように、必死で走ってる。
　こんな暑い中、あんな全速力で、いったいなにをしてるんだろう。
　しかもまっ白な服を着てるから、よけいに目立つ。
　よく見ると、それは見慣れたあのコックコートみたいで。
　だけど、車が動きだすと、すぐに見失う。
　まぁ、きっと知らない人だよね……。
　そしたらちょうどその時、車が赤信号に引っかかった。
　お父さんがブレーキを踏む。
"亜里沙！"
　すると、誰かにふと名前を呼ばれたような気がした。
　……あれ？　空耳かな？
　でもたしかに今……。
「亜里沙っ!!」
　ドキッ……。
　だけどやっぱりそれは、空耳なんかじゃなくて。
　どこかで聞いたことのある、いや聞き慣れている、あの愛しい人の声だった。
「亜里沙!!　亜里沙!!」
　呼んでる……。彼が私を……。

私は思わず窓から顔を出して、外を見た。
　すると、さっきの白いコックコートの人物が、こちらへ向かってきていて、反対側の歩道を走ってる。
　あぁ、やっぱり。あれは……。
「琉衣くんっ‼」
　その姿を見ただけで、涙が出そうになった。
　どうしてここに……？
　私のこと、追いかけてきてくれたの？
　見送りには来なかったのに。
　なんで今、彼はここにいるんだろう。
　私はもう、今すぐにでも飛びだしていきたい気持ちだった。
　だけど、その時信号が青になって、とたんに車が動きだして。
　ダメ。このままじゃ……。
「お父さん！　止めてっ‼」
「ど、どうした？　亜里沙、急に」
「お願い！　いいから止めて‼　お願いだから！　降りるからっ！」
　車を無理やり道路脇に一時停車してもらって、左側のドアから飛びだす。
　歩道を逆方向へ走って、近くの横断歩道まで。
　信号が変わった瞬間、反対側の歩道へと渡る。
　そしてまた走って走って……。
　ようやく向こう側から走ってきた彼に、追いついた。

「……っ、琉衣くん！　はぁ、はぁ……」
　息が切れそうになりながら、名前を呼んで。
　琉衣くんは、もっと息が切れていたけど。
　額には汗がにじんで、苦しそうにひざに手を当てながら、かがんで呼吸を整えている。
　だけど彼はすぐに顔を上げると、ポケットからなにかを取りだして、私に差しだした。
　それは私が、昨日あげたメモ。
「……っ、おい！　……ハァ、お前なんだよ、これ……」
「えっ？」
　そこには私が書いた、彼へのメッセージが……。
　そうだ。たしか私、少し皮肉をこめて、沙良さんのことを書いちゃったんだ。
　でも、それをどうして……。
「お前……っ、なんかカン違いしてんだろ。俺と沙良のこと」
「えっ」
「俺がまだ、あいつのこと好きだとでも思ってんの？」
　どきん……。
　え……なに？　待って待って。今、カン違いって……。
「ち、違うの……？」
「ちげぇよ！　いつの話だよ、それ！」
　う、ウソッ……！
　だって琉衣くん、あんなに沙良さんのこと大事そうにかばって……。
「言っとくけど、沙良には未練とかねぇから。向こうは俺

に未練あったらしいけどな、ハッキリ断ったんだよ」
「えぇっ!?」
　なにそれ、いつの間に！
「お前は俺が、なんでわざわざここに来たと思ってんだよ」
「……えっ。そ、それは……」
「わざわざ仕事抜けだして、こんなカッコのままダッシュして……ったく、汗だくだっつーの！」
　あぁ、本当だ。琉衣くんは必死に走ってきてくれた。
　私に会うために。
　ねぇ、なんで？　どうして……。
　琉衣くんはさらに、私のほうへと歩みよる。
　そして、右手を私の肩にポンと置くと、顔をのぞきこむように見おろしてきた。
「わかんねぇのかよ？」
　どきん……。
　まっすぐな瞳に吸いこまれそうになる。
　半分怒っているような、そんな目つきで。
　私はもうドキドキしすぎて言葉が出てこない。
　琉衣くんはそんな私を見ながら、ふぅっと息を吐く。
　すると今度は優しい声で、
「わかんだろ？　もう……」
　そうつぶやいて、私の髪をなでるようにすくった。そして、
「……んっ」
　唇にそっと、やわらかいものが触れる。

それは、生まれてはじめての感触だった。
　一瞬なにが起きたのかわからなくて。
　……えっ？　ウソ……。今、私……。
　驚いて固まる私から、琉衣くんはそっと唇を離す。
　そして私をまっすぐ見つめたまま、ハッキリとこう言った。
「お前のことが好きだからに決まってんだろ」
「……っ」
　夢でも見ているんじゃないかと思った。
　……あぁ、ウソ。こんな夢みたいなことって、あるの？
　もうムリだってあきらめてた。
　ただのうぬぼれだと思ってた。
　だけど、私の恋はまだ終わっていなかった。
　こんな奇跡みたいな両想い。
　ねぇ、夢じゃないんだよね……？
「う……ウソ。ウソっ、だって……っ」
「ウソじゃねぇし」
　あぁそんな、どうしよう。
　涙がじわじわあふれてくる。
「だってだって、じゃあなんで今日……見送りに来てくれなかったの？」
　私が涙目でたずねると、琉衣くんは恥ずかしそうに目をふせた。
「……お前に、どんな顔して会えばいいかわかんなかったんだよ。この前、あんなこと言われたし。もう俺に構われ

るの、嫌なんじゃねぇかと思って」
「ま、まさか！　そんなっ……」
　そんなふうに思われてたんだ。
「でも、お前がどんなに俺のこと迷惑だとか思ってても、小高のこと好きでも、俺は……」
「えぇ～っ!?」
　思わず叫んでしまった。
　ちょっと待って。今なんて……。
「は？」
「ち、違うよっ！」
「なにが」
「私、小高くんのことなんて好きじゃない!!」
「はぁぁ～っ!?」
　今度は琉衣くんが大声をあげる。
「いや……じゃあ、なんでお前、この前あいつと……」
「あぁ、あれはね」
　誤解されてたんだ。そっか。
　だから琉衣くん私のこと避けて……。
「あれはたまたま、私が落ちこんでるのを見かけた小高くんが、テスト勉強のついでにパンケーキおごるって言ってくれたの。それで思わずＯＫしちゃって」
「……っ、好きでもねぇのにか。断れない病か。お前は」
「いやっ、あの、でも……帰りに告白されて、ちゃんと断ったから」
「……はぁっ!?　マジかよ!?」

「うん」
「な、なんでだよ！　お前ら、仲良かったじゃねーかよ」
「だって私……ほかに好きな人がいるから」
　私がそう答えると、琉衣くんは一瞬固まる。
　そしてまた、大声をあげた。
「はぁぁっ!?　ウソつけ！　ふざけんなっ！　じゃあ、ほかに誰がいんだよ！　兄貴か!?　それとも樹か!?　それとも……」
「琉衣くんだよ」
「……っ!?」
　そう。ずっと伝えたかった。
「私、琉衣くんが好き」
　そうだよ。ほかの誰よりも、ずっとずっと、
「大好きなの……」
　口にした瞬間、涙がこぼれ落ちた。
　心の底から愛しくて。でもずっと言えなくて。
　やっと今、言葉にできたの。
「好き……。私も、大好き……っ」
　涙がぽろぽろこぼれてくる。あふれだして止まらない。
　好きって言葉にするだけで、こんなに泣きたくなるなんて、好きな人と気持ちが通じあうことが、こんなに幸せでうれしいことだなんて、知らなかった。
　琉衣くんはそのまま、ぽろぽろ泣きつづける私の背中に手を伸ばすと、思いきりぎゅっと抱きしめる。それはもう、痛いくらいに強く。

幸せすぎて胸がいっぱいになった。
「……っ、マジかよ。なんだよ、それ……」
　琉衣くんの声が少し、ふるえてる。
「俺だって……好きだ。すげぇ好き。もう絶対、離さねぇから」
「うん……」
「お前だけは絶対離さない」
「うん……っ」
　離れないよ。絶対に……。
　そう思って、強く抱きしめ返した。
　夏のぬるい風が吹き抜ける。
　私の髪がそれになびいている。
　車の音も、人の声も、なにも聞こえなくて。
　聞こえるのは、琉衣くんの声と、心臓の音だけ。
　そこにはまるで私たちだけしかいないみたいに、ふたりでずっと抱きあっていた。
　もうずっと、離れたくなくて……。
　琉衣くんはそっと腕を離すと、私の頬に触れる。
　それだけでその部分がじんわりと熱くなる。
「ぷっ、ひでぇ顔」
「……えっ！」
　涙でボロボロになった私の顔を見て、琉衣くんがイタズラっぽく笑った。
「だ、だって、泣きすぎて……」
「ブッサイク」

「えぇっ!?　ひどっ……」
「ウソだよ」
「えっ？」
「かわいい」
　どきんっ……。
　そう言ってまた、優しくキスをする彼。
　唇から熱が伝わって、体中が琉衣くんでいっぱいになったような気がした。
　大好き……。
　こんなに好きになれる人、きっとほかにいない。
　ほかの誰かじゃダメなの。
　やっぱり琉衣くんじゃないと、ダメ。
　琉衣くんはそのまま何度も、角度を変えて甘いキスをした。
　そのたびに、私の中にまた想いが募る。
　心臓が止まりそうなくらいドキドキして。
　だけど、このままずっと身を委ねていたい……そう思えるくらいに幸せだった。
　唇が離れると、琉衣くんの腕が再び、私を強く抱きしめる。
　そして、耳もとでそっとささやいた。
「もう今度こそ、俺のもんだからな」
　どきん……。
　そう、あの時は私、『琉衣くんのモノじゃない』なんて言っちゃったけど、それは訂正しなくちゃ、ね。

「うんっ」
　私はもう、琉衣くんのものだよ。
　ずっとずっと、あなただけのものだから。
　だから、ずっとずっとこれからも、私のそばにいてね。

＊エピローグ

　数日後……。
「つーかお前、なんで俺が沙良に未練あると思ってたわけ？」
　ふと琉衣くんが私にたずねる。
　お昼休み、私たちは屋上で一緒にお昼を食べていた。
　お昼ごはんはもちろん今日も、手作りのサンドイッチ。
「そ、それはだって……あの時、琉衣くんがとっさに沙良さんを助けたのを見て、やっぱり大事な人なんだって思って……」
　私がモゴモゴ答えると、琉衣くんは眉間にシワを寄せる。
「はぁ？　べつにそんなんじゃねーよ。あれはな、たまたま前にもあいつが番体崩してケガしたことがあって、またケガすんじゃねーかと思って、思わず助けてやっただけだよ」
「そ、そうなんだ……」
「あいつじゃなくても助けてたし。なにお前、まさかそれで俺のこと避けたりしてたのかよ」
　うぅっ……。
「う、うん……。だって、琉衣くんが沙良さんに未練あるのかもと思ったらショックで」
「ねぇよ、アホ」
「ご、ごめんね」

なんだか怒られてるみたいで、思わずシュンとする。
　すると琉衣くんは、そんな私の顔をクイッとのぞきこんできた。
「それはなに、お前まさか、あいつにヤキモチ焼いてたってこと？」
　ドキッ……。
　言われてみたら、そのとおりだ。
　勝手に思いこんで嫉妬して、被害妄想を膨らませていたんだ。
「ご、ごめんなさい……」
　だけど私が弱々しく謝ったら、琉衣くんは急にクスッと笑った。
　……あれ？
「ふっ、なんで謝んだよ。まぁいいけど。もう終わったことだし。終わりよければ、すべてよしだしな」
　終わりよければ……あぁ、本当にそのとおりだ。
　たくさんすれ違ったり、遠まわりもしたけど、今こうして琉衣くんと無事恋人同士になれたことを思えば、それだけでもう"すべてよし"だよね。
　琉衣くんは私の頭にポンと手を乗せる。
「それにもう、お前のことつかまえたし。亜里沙がいれば、なんでもいい」
「えっ……」
　なんだか今、すごく恥ずかしいことをサラッと言われた気がする。

どうしよう。うれしい………。
　私が顔をまっ赤にして照れていると、琉衣くんはそんな私の額に自分の額を当てる。
「ひゃっ!」
「……言ったよな?　お前はもう俺のもんだから」
　どきん……。
「う、うんっ」
　ドキドキしながら答えたら、今度は、ぎゅっと体ごと抱きしめられた。
　あぁもう、心臓破裂しちゃいそう。
「その代わり、俺もお前のもんになってやるよ。仕方ねぇから」
「えっ」
「感謝しろよ」
　その言い方はやっぱりちょっとエラそうなんだけど……でもすごくうれしい。
　私だって琉衣くんのこと、独り占めしたい。
　誰よりも大好きだから、一番近くにいたいの。

　俺様でわがままな私の彼は、ちょっぴりイジワルで不器用だけど、本当はすごく優しい人。
　あなたに出会って、恋をして、私の世界が変わった。
　これからもずっと一緒にいてね。
　いつまでも、手をつなぎながら……。

【fin.】

*おまけ～その後のふたり～

　琉衣くんと付き合いはじめて、約2週間がたった。
　私は宮川家を出て自宅に戻り、リニューアルしたうちの店の手伝いと学校で毎日慌ただしく過ごしている。
　琉衣くんとはほぼ毎日一緒。
　一緒にお昼を食べたり、ふたりで帰ったり……。
　学校では休み時間も毎回のように教室まで会いにきてくれるので、ほとんど一緒に過ごしてる。
　だけど、やっぱり一緒に住んでいた頃よりは、ふたりでいられる時間が減ってしまったので、琉衣くんはそれをちょっと不満そうにしてる。
　でも私としては、今こうしていられるだけで幸せ。琉衣くんの彼女になれただけで、夢みたいだから。
　毎日好きな人と一緒に過ごせる幸せを、今さらのように噛みしめているのだった。
　琉衣くんと私が付き合ってることは、もう、みんなが知っている。
　私が言いふらすまでもなく、彼がみんなにサラッと言いふらしてしまった。
　おかげで、ちょっと女子の視線が怖いけど……。
　でも琉衣くんはすごく堂々と、オープンに、私を大切にしてくれてる。それがすごくうれしくて。
　だから私も、いちおう堂々と、彼女として過ごしている。

こんな人気者の有名人が自分の彼氏だなんて、いまだにちょっと実感がわかないけどね。
　あの告白を思い出すと、今でもドキドキする。
　琉衣くんは、相変わらずイジワルで俺様だけど、そんな彼と過ごす毎日は、やっぱりとってもハッピーなのです。

　今日もまたお昼休み、屋上にて。
　お弁当を食べ終わった琉衣くんが話しかけてくる。
「つーか、お前んちリニューアルしたんだろ。どうなの？ 客増えた？」
「えっ？　うん、増えたよ！　毎日すごく忙しくて大変だもん。ありがたいことだけど……」
「へぇ〜。どうりで最近、放課後まっすぐ帰るわけだ」
　琉衣くんはそう言いながら、少し不機嫌そうな顔をする。そして、
「でもさぁ、お前もっと……」
　ふいに私の手をぎゅっと握った。
「俺との時間も作れよ」
　どきっ……。
「あ……」
「せっかく付き合ったのに、学校以外で会う時間、あんまねーじゃん。俺、すっげぇ亜里沙不足なんだけど」
「……えぇっ！」
　わ、私不足!?　わぁぁ、なにそれ……。
「ご、ごめんね。私だってもっと琉衣くんと一緒にいたい

けど、ホントに今お店が忙しくて……」
「わかってるっつーの。でもさぁ、だったら学校いる時くらい、もっと俺とイチャついてもよくね？」
「えっ」
　琉衣くんは座ったまま、さらに私との距離をつめてくる。
　そして、向かい合って顔を近づけると、私の頬に手を触れた。
　ドキッ……。
「足りねぇし」
　そう言って、じっと大きな瞳で見つめてくる。
　どうしよう……。心臓破裂しちゃいそう。
「……んっ」
　そして強引に唇をふさがれて。
　たちまち私は全身がかぁっと熱くなった。
　琉衣くんはそっと唇を離すと、そのまま額をくっつけてくる。
「ぜんぜん、亜里沙が足りねぇ」
「……っ」
　恥ずかしくて、ドキドキして、頭の中が沸騰しそう。
　琉衣くんって、こんなに甘かったっけ……？
　付き合ったとたん、急に甘さが増した彼に、私の心臓はもうパンク寸前……。
「なぁ、どうしてくれんだよ……」
　琉衣くんの視線が、ジリジリと私を追いつめる。
　あまりに色っぽい目つきに、息ができなくなりそうだっ

た。
　琉衣くんはさらに、私の手に自分の指を絡める。
　——ドキドキ。ドキドキ。
　もうここが学校だってことも忘れてしまいそう……。
　すると、そんな時いきなり琉衣くんのスマホの着信音が鳴った。
　——〜♪
　チッと舌打ちしながら電話に出る琉衣くん。
「もしもし……、ん？　あぁ、沙良？」
　……ドキッ。
　なんとその電話は沙良さんからのようだった。
　私は一気にテンションが下がる。
　なんだろう。仕事の電話かな？
　琉衣くんは急にさっきまでとは違って、仕事モードで話してる。
「あー、それ手前がクロワッサンで奥がデニッシュだから。あーうん。ハイハイ……」
　沙良さんとはもうなにもないってわかってても、やっぱりこういうのを見ると、少し不安になってしまうのだった。
　ふたりは仕事でほぼ毎日会ってるから。
　そして、いつの間にか名前呼びに戻ってるのも、少しモヤモヤしてたりして……。
　意外にも嫉妬深い自分が嫌になる。
　琉衣くんは電話を終えると、ふぅっとため息をつく。
「あーわりぃ。なんかまたあいつ生地がどっちかわかんねぇ

とか聞いてきて。昨日俺が仕込んだやつだから」
「そ、そっかぁ」
　だけど、あきらかに私の表情が暗くなっているのに気がついたみたい。
　急にデコピンされた。
「……ひゃっ！」
「なんだよ。なに暗い顔してんの？」
「そ、そんなことないよっ……！」
「まさか、お前まだ気にしてんのか」
　ドキッ……。
　うぅ、気づかれちゃった。
「ったく、くだらねー心配すんじゃねーよ。俺、あいつのこと、ちゃんとフッたっつったろ」
「う……うん。そうだけど……」
　でもやっぱり……。
「いつの間にか、呼び捨てに戻ったんだなぁって」
　……ハッ！
　やだ私、なに言ってるの。
「…………」
　私がハッと口を押さえると、琉衣くんは少し困ったような顔をする。
　そして、あきれたようにまたため息をつくと、私の頭にポンと手を乗せた。
「……あー、それはべつに、今さらめんどくせぇだけだよ。４文字より２文字のが呼びやすいだろ」

「う、うん。そっか……」
「あいつとはもうなんもねぇし、仕事以外でとくに付き合いねぇし。だから、いちいち気にすんなよ」
「うん……」
　そう言われてやっぱり、考えすぎだったかなって、ちょっと反省した。
　いちいち嫉妬して、めんどくさい彼女だよね。
　琉衣くんはうつむく私の顔を、のぞきこむように近づいてくる。
　そして再び額をくっつけると、意外にもクスッと笑いだした。
　……あれ？
「プッ。お前けっこー嫉妬深いんだな」
「……っ」
　やだ、言われちゃった。でもホントにそのとおりだ。
　まさか自分でも、自分がこんな嫉妬深い人間だとは思ってもみなかった。
　琉衣くんはバツが悪そうにする私の顔を見て笑っている。
　そして、やれやれとまたため息をついたかと思えば、そのままぎゅっと抱きしめてきた。
「ひゃっ……」
「かわいい」
　どきん……。
「お前が俺のことで困った顔してんの、たまんねぇな」

「えっ！」
　な、なにそれ……！　なんか……。
「そんなに俺のこと、独り占めしてぇの？」
　琉衣くんはイジワルくそうたずねると、また顔を上げて、私の顔をのぞきこむ。そして、
「……んっ」
　強引にまた唇を奪った。
　私はもうドキドキが止まらない。心臓、壊れそう。
「……ん、んぅ……っ」
　そして、甘い甘いキスのあと、耳もとに顔を近づけると、ボソッと。
「じゃあ俺が逃げねぇように、ちゃんとつかまえとけよ」
　そう言って不敵な表情で笑った。
　あぁ……やっぱり琉衣くんは、イジワルだ。
　だけどそんな彼にハマったら最後、もう抜けだせなくて。
　私はもう夢中だよ。
　ホントはね、誰にも渡したくないの。
　誰よりも独り占めしたい、そう思ってるよ。
　だから……。
「う、うんっ！」
　思わず逃さないようにと、ぎゅっと彼に抱きついた。
　こんなの恥ずかしいけど……私だって、まだまだ琉衣くんが足りないよ。
　すると、琉衣くんはそんな私をぎゅっと抱きしめ返す。
　そして、少し照れたように、

「……っ、なんだよお前。あんま素直に甘えられると、俺ヤバいんだけど」
「えっ?」
「あーもう、マジかわいすぎ。覚悟しとけよな」
　そう言ってまた、甘いキスを落とした。

【おまけ fin.】

文庫限定　After story

＊私たちの未来

　それから約1年後……。私たちは高校3年生になった。
　琉衣くんとは付き合ってもうすぐ1年になる。
　お互い相変わらずお店の手伝いをしながら過ごしているけれど、最近は受験生というのもあって、勉強が中心の生活なので、逆に一緒に過ごす時間は増えた。
　琉衣くんは、学校でも放課後でも、いつも私と一緒にいてくれる。
「亜里沙お前、進路希望調査まだ出してねぇの？」
　休み時間、私が机の上の調査票を前に悩んでいたら、琉衣くんが声をかけてきた。
　今年もまた一緒のクラスにはなれなかったけれど、彼はこうして毎日会いにくる。
　当たり前のようにそばにいてくれることがうれしい。
「うん。ちょっとまだ悩んでて……」
　そろそろこの調査票に進路の希望を書いて、担任に提出しなければいけないのに、私はまだハッキリと決めかねていた。
　具体的に考えようとすればするほど、自分の未来が想像できない。
　お父さんたちのあとを継いで、パン作りを続けたいって気持ちはもちろんあるけれど、大学に行って勉強したい気持ちもある。

琉衣くんともずっと一緒にいたい。
　でもそしたら、どうするのが一番いいのかなってわからなくなってきちゃって。
　お父さんは大学に行ったらって言うけど……。
「製菓学校行くか、大学行くか悩んでんの？」
「う、うん……」
　私が控えめに答えたら、琉衣くんはそこにあった大学ガイドをパラパラとめくりはじめた。
「ふーん。頭いいやつは選択肢がいっぱいあって、いいよな～」
「えっ、そんなことないよ」
「せっかくだから大学行けば？　お前勉強できるんだし。学歴つけとかねぇともったいねぇだろ。どっちにしろ、いずれは自分ちの店継げるんだし」
　琉衣くんまでそんなふうに言ってくれる。
　それを聞いたら、やっぱり大学受験しようかなって、気持ちが少し前向きになった。
「そ、そうかなぁ。やっぱり大学受けてみようかな」
　すると琉衣くんは持っていた本をパタッと閉じて。
「その代わり、条件あるけどな」
「えっ、条件？」
「うん」
「条件って、なに？」
　私がドキドキしながらたずねると、彼は真顔で言う。
「受けるなら女子大にしろよ。共学は男いんだろ」

「えぇっ……！」
　そ、そんな……。それじゃだいぶ選択肢が少なくなっちゃうけど。本気で言ってるのかな？
「じゃねぇと俺、浮気するから」
　続けてそんなことを言われて、一気に背筋が寒くなった。
「い、嫌だっ！　そんなの！　ダメッ……!!」
　必死な表情で、琉衣くんの腕をぎゅっとつかむ。
　そしたら彼は急にクスクス笑いだして。
「……ぷっ、バーカ。ウソだよ。するわけねぇだろ」
　その言葉にホッとする。
　なんだ、冗談だったんだ……。
「よかったぁ～」
　琉衣くんはいつも、こんなふうにイジワルな冗談を言って、私を困らせてくるんだ。
　でも、そうやって笑う彼の顔は、すごく優しい。愛しい。
　イジワルだけどやっぱり、琉衣くんが大好きなの。
「ちなみに琉衣くんは、進路もう決めたの？」
　私がたずねると、琉衣くんは迷うことなく答える。
「うん。俺はとりあえず卒業したら製菓学校に行くつもり。畑さんも基礎から学べって言ってるし」
「そっかぁ」
　やっぱりそうなんだ。琉衣くんは本気でパン職人になるつもりなんだ。
「いつか、自分で店も持ちたいしな」
　そう話す琉衣くんの表情は輝いている。

そんな彼を見て、さすがだなって思った。
　さすが、世界さんの息子だなぁ。自分で店を持ちたいだなんて。
　でも、琉衣くんならきっとできる気がする。
「じゃあ、将来Miyakawaでは働かないの？」
「うん。親父の店は兄貴がどうにかすんだろ。このままうちにずっといても成長できねーし、働くとしても、ほかの店行くつもり。いずれはフランスにも行きてぇし」
「えっ」
　フランス……？
　その言葉を聞いた瞬間、私はビックリして、思わず息を飲みこんだ。
　あれ？　ウソ……。
　琉衣くんって、将来フランスに行くつもりだったの？
　知らなかった……。初耳だよ。
「ふ、フランス、行くの……？」
　ドキドキしながら、もう一度確認してみる。
　そしたら琉衣くんは、ケロッとした顔で、
「うん。だって、兄貴だってフランス行ったのに、俺だって負けてらんねーじゃん。本気でパンの勉強するつもりなら、本場に行くべきだろ」
　そう言われたら、もうなにも言えなかった。
　そっか。そうだよね。私だってそのとおりだと思う。
　たしかにパン職人を目指す人は、勉強のためフランスに行くことが多いって聞く。

うちのお父さんだって、本当は若い頃フランス修行に行きたかったみたいだし。
　それに、俊介さんも今年からフランスに行ってるし、琉衣くんの家庭からしたら、それが当たり前なのかもしれない。
　でも、そしたら私と琉衣くんの関係は、どうなるのかな？
　離れ離れになっちゃうの……？
　――キーンコーン。
　その時、ちょうどチャイムが鳴って。
「あ、鳴ったから行くわ。じゃあまたな」
　琉衣くんはそれだけ告げると、私の頭をポンポンとなでたあと、教室から出ていった。
　私はいつものように笑顔で手をふりたかったけれど、それもできなくて。
　頭の中で今の話がただ、ぐるぐるとまわっていた。
　どうしよう……。琉衣くんがまさか、フランスに行くつもりだったなんて。
　突然の思いがけない告白に、混乱してしまう。
　もちろん、今すぐの話じゃないけれど……不安だよ。
　進路のことも悩ましいけれど、それ以上に、琉衣くんとの将来が不安になってきちゃったよ……。

　それから数日後。
「はぁ……」
　参考書を片手にため息をつく。

考えたって仕方ないとはわかっていても、やっぱりすごくモヤモヤしていた。
　この前話した琉衣くんのフランス行きのことがどうしても気になって。
　だけど、琉衣くん本人には怖くてそれ以上聞けなかった。
「私とのことはどう考えてるの？」とか、「遠距離になっちゃうの？」とか……。
　だってそもそも琉衣くんがフランスに行く時まで、私たちの交際が続いているという保証もないわけだし、そんな先のことまで彼は考えていないかもしれないし。
　というかたぶん、考えてないと思う。
　私だけだよね、きっと。琉衣くんとずっと一緒にいたいとか、将来的には結婚できたらいいなぁとか、そんな夢みたいなこと思ってるの。
　それなのに、変なこと聞けないよ。
　今こうして一緒にいられるだけでも十分幸せなんだから、それでよしって思わなくちゃいけないよね。
「どーしたのー？」
　するとその時、横からひょこっと麻実が現れて、声をかけてきた。
「なんかずいぶん考えこんでるみたいだけど、進路のこと？　それとも……」
「うっ、えーと……」
　麻実は私が悩んでいるのに気がついたみたい。そんなに思いつめた顔してたかな？

「もしかして、琉衣くんのこと？」
「……っ！」
「あーっ、やっぱりね〜。どうりでここ数日元気なかったんだ」
　そう言われて、やっぱり顔に出てたんだって思った。
「なんかあったの？　琉衣くんと」
　麻実は心配そうにたずねてくる。
「あ、うん。なにかあったというよりは……」
　私は正直に話すべきか迷ったけれど、ひとりでクヨクヨ考えていても仕方がないので、この際思いきって麻実に相談してみようかなと思った。
「じ、実はね……」
　ひととおり話し終えると、麻実は驚いたように声をあげた。
「えぇーっ！　琉衣くん、フランス行っちゃうの!?」
「いやべつに、まだずっと先の話だけど……」
「ウソでしょーっ！　なんでそんな大事なこと、もっと早く言ってくれなかったわけ？」
「うっ、だよね……」
　私だって突然すぎて、いまだに心がついていかない。
　それに、あまりにもサラッと言われたものだから、もしかして不安なのは私だけなのかなって。琉衣くんは私と離れてもべつに平気なのかなって、そんなふうに思えてさみしかった。
「だって、つまり、遠恋(えんれん)になるってことでしょ？　しかも

何年行くのかとかもわかんないんでしょ？」
「うん……」
「それは不安になるよ〜。私だって彼氏が海外行っちゃうのとか嫌だよ。じゃあ、その間、亜里沙は日本で待ってろってこと？」
「それもわからない。そんなこと聞けないし……」
「なんでっ！」
「だって、琉衣くんがそんな先のことまで具体的に考えてるとは思えないし、その頃私と続いてるかどうかもわからないし、第一琉衣くんの夢のためにはそれが一番なんだから、不安だとか、そんな邪魔するようなこと言えないよ」

そう。私だって琉衣くんの考えが知りたいのは山々だけど、もしそれを言ってしまったら、夢に向かって頑張ろうとしてる彼の足をひっぱってしまうような気がして。

そんな何年も先の話について、今とやかく言うべきじゃないと思ったんだ。

だけど、それを聞いた麻実は眉をひそめて、
「なんで、そんなに遠慮してるの？」
「えっ？」
「べつに、それが５年先だろうが10年先だろうが、不安なことに変わりはないんだから、琉衣くんにちゃんと聞いたほうがいいと思う。続いてるかもわかんないだなんて、亜里沙は琉衣くんとずっと付き合っていきたいって思ってるんでしょ？　だから不安なんでしょ？」
「うっ……うん」

そうだ。そのとおり。
　私は、自分だけそう思ってるんじゃないかって思えて、だから琉衣くんに聞けないんだ。
　もし聞いて、琉衣くんが私のことなんてぜんぜん考えてなかったらとか、離れても平気だって思ってたりしたら、ショックだから。
　でも、それって遠慮しすぎなのかな？
「先のことまで考えてないんだったら、考えさせればいいんだよ。彼女のことを真剣に考えるのは、彼氏としては当たり前のことでしょ」
「そ、そうかな……」
「そうだよ。それに、大好きな彼女に不安をぶつけられて、邪魔に思う彼氏なんていないと思う」
　麻実は真剣な表情で私を見すえる。
「それとも亜里沙は、琉衣くんの気持ちが信じられないの？　愛されてるっていう自信がないの？」
　そう聞かれて、今一度自分に問いかけてみた。
　琉衣くんの気持ち……。愛されている自信……。
　琉衣くんと両思いになってから、一緒に過ごしてきたこの１年をふり返っても、私は幸せなことばかりだった。
　もちろん、時々ヤキモチを焼いたり、不安になることはあったけど、それでも琉衣くんはいつだって、私のことを大事にしてくれていた。
　そんな彼の気持ちを、信じられないはずがない。愛されていないなんて思うわけがない。

だけど、それが何年たってもそうなのかと聞かれたら、それはわからない。
　先のことなんて誰にもわからないんだ。
　でもだとしたら、信じるしかないのかな?
「そんなこと……ないよ。琉衣くんの気持ちは信じてるし、信じたいって思う」
「だったらさ、気持ちぶつけてみたら?」
　麻実は私の肩にポンと手を置く。
「ひとりでクヨクヨ考えててもダメだよ。ずっと一緒にいたいって思うならなおさら、なんでも話しあわなきゃ」
　そう言われてもう、うなずくしかない。
「……そ、そうだよね」
　少し怖い気持ちはあるけれど、このままひとりで悩んでいたところで仕方がないから、琉衣くんにやっぱりちゃんと話してみたほうがいいのかも。
　麻実の言葉を聞いて、そう思った。

「あー、なんでこんなに課題あんだよ。俺大学受験しねぇのに」
「まぁ、まだテストはあるから……」
「だりぃな〜。それより早く免許取りにいきてぇー」
　琉衣くんがそう言いながらバタンとテーブルに突っぷす。
　今日から学校は夏休み。私たちは琉衣くんの部屋で、一緒に勉強しているところだった。

数学の倉田先生は、夏休みもまたたっぷり課題を出してくれたので、琉衣くんはそれと格闘中。
　だけど1時間ほど勉強したら集中力が切れたらしく、問題集をパタッと閉じてしまった。
「おい、亜里沙」
　ふいに私の名前を呼ぶと、こっちへおいでと手まねきする。
　私はすでに隣に座っていたけれど、言われてもっと近くまで身を寄せた。
　私が近づくと、琉衣くんは腕をつかんでさらに引きよせてくる。そして……。
「んっ」
　強引に唇を奪った。
　そのまま彼のもう片方の手が、私の頭のうしろにまわる。
「……んんっ」
　琉衣くんのキスはいつだって、不意打ちで、少し強引で。でもすごく甘くて、ドキドキする。
　何度も甘いキスをされて、だんだんと頭がぼんやりしてくる。
　頭の中が、琉衣くんでいっぱいになって。愛おしくてたまらなくて。
　このままずっと離れたくないって、どこにも行かないでって、心の中で何度も唱えてた。
　長いキスが終わると、琉衣くんはいつものように私をぎゅっと抱きしめる。

「……はぁ。充電完了」

 こういうところがかわいくて、すごく好きだなぁって思う。

 琉衣くんはとても甘えん坊で、くっつくのが好きで、ふたりきりの時はたくさんキスをしたり、抱きしめてくれる。

 勉強に疲れると、こうしていきなり甘えてきたり、突然ひざまくらを要求してきたり。

 気まぐれな彼にはいつもふりまわされてばかりだけど、それもぜんぶ愛しい。

 琉衣くんは、「俺、亜里沙いないとダメだから」なんて言うけれど、いつからか私のほうが、琉衣くんがいないとダメになってしまっていた。

「なぁ、お前さ……」

 琉衣くんは私を抱きしめたまま話しつづける。

「なんか今、泣きそうな顔してなかった？」

「えっ!?」

 いきなりそんなことを言われて驚く。

 ……ウソ。そんな顔してたかな？

「してないよっ」

「いや、してた。絶対」

「え……」

「やっぱ変だよな」

「変？」

「うん。最近のお前、変。なんか元気ないだろ」

 ……ドキッ。

その言葉に思わず心臓が飛びはねた。
琉衣くんもしかして、気づいてたの？
「そ、そうかな……」
「うん。なんかあった？」
　琉衣くんはそうたずねると、腕を離して私の顔をのぞきこんでくる。
　私はちゃんとあのことを話さなきゃ、と頭ではわかっていても、いざこうして聞かれると、なかなか言いだせなかった。
「いや、べつに……。なにも……」
　どうしてこうも臆病なんだろう。
　すると、琉衣くんは少し顔をしかめて。
「ウソつけ。なんもねぇわけねーだろ。俺が気づいてないとでも思った？」
「……っ」
「もしかして、俺に飽きたのかよ」
　えぇっ!?
「そ、そんなわけないよっ！」
　ウソ。なんか誤解されてる。
「じゃあなんだよ、言えよ。それとも俺に言えないことなのかよ」
「……っ、そういうわけじゃ……」
　琉衣くんの鋭い視線に追いつめられて、逃げ場がなくなる。
　やっぱりもう、かくしきれない。このままじゃダメ。ちゃ

んと話そう。
　意を決して、おそるおそる口を開いた。
「あ、あのね……。その……っ、琉衣くん……フランスに行っちゃうの？」
　あぁ、言っちゃった。
「えっ？」
「あっ、べつにね、嫌とかそういうわけじゃなくて！　ただ、聞いてなかったから、ビックリして……」
　私がドキドキしながら話すと、琉衣くんは少し驚いたような顔をしながらも、すぐにコクリとうなずく。
「うん。まぁな」
「そ、そっかぁ……」
「なんで、さみしいの？」
「……っ」
　無表情でそうたずねられて、言葉に詰まる。
　琉衣くんの中で、やっぱりフランス行きは決定なんだ。
　そう思ったらまた、胸の奥がぎゅっと締めつけられた。
　だけど、さみしくないなんて、ウソでも言えないよ。
「……うん。さ、さみ……しい」
　うつむきながら小さな声でつぶやく。
　そしたら琉衣くんは数秒間黙りこんだかと思うと、次の瞬間クスッと優しく笑った。
「なんだよ。だから元気なかったのかよ」
「う……うん」
「俺と、離れたくないって思ったの？」

いつになく穏やかな口調で問いかけてくる彼。
　その声に、少しだけ目がうるんでしまったけれど、私はコクコクと頭を下げてうなずいた。
　そしたら突然彼の手が伸びてきて、ぎゅっとまた強く抱きしめられる。
「バーカ」
　……どきん。
「はー。お前ってなんか、ホントかわいいよな。そんなに俺のこと好きなの？」
「う、うん。だって……っ」
「俺がフランス行ったら、見捨てられるとでも思った？」
「……っ。そうじゃ、ないけど……」
　べつに見捨てられるとか、行ってほしくないとか、そう思ったわけじゃない。
　だけどやっぱり、すごく不安になった。
「も、もちろんね、琉衣くんがフランスに行くのは、私だって応援したいって思ってるの。でも、そしたら私たちはどうなっちゃうのかなって。離れ離れになっても大丈夫なのかなって」
　怖かったんだ。すごく。
　お互いの立場とか、環境とか、そういうのがどんどん変わっていってしまうのが。
「私は、うちのお店も守らなきゃいけないし、琉衣くんは、自分のお店を持つのが夢だと思うし。そうしたら、ずっと一緒にいられるのかなって、不安で……」

そっと顔を上げ、琉衣くんを見つめる。
「もちろん、そんな先のこと、今考えることじゃないってわかってるんだけど……んっ!」
そしたら、そんな私の言葉は、彼によって突然さえぎられた。
琉衣くんの強引なキスが、私を黙らせる。
「んんっ……はぁっ」
そして唇が離れると、彼は今度は私の頭にポンと手を置きながらこう言った。
「だからー、俺の話最後まで聞けよ」
琉衣くんの瞳がまっすぐに私を映す。
「ちゃんと一人前になって、お前のこと迎えにいくから」
……ドキッ。
「えっ……?」
迎えに、いく?
思いがけない言葉に私が目を丸くしていると、琉衣くんはマジメな顔で切りだした。
「俺だって、ちゃんと考えてるよ。でも、今お前にこんな話するのは、夢見てるだけだって、バカだって思われるんじゃねーかと思って」
……こんな話?
「具体的に言うと、高校卒業したら、製菓学校行って、パン作りを基礎から勉強して、それからMiyakawaじゃなくて、ほかの店で修業しようと思ってる。そんで、ある程度力つけたら1年くらいフランス行って、腕磨いて帰ってく

るつもりだから」
　……ウソ。すごい……。
　そんな先のことまでしっかり考えてたんだ。
　琉衣くんはさらに続ける。
「ちゃんと一人前になって、そしたら、お前の親父に言おうと思ってんだよ」
「えっ？」
　だけどその瞬間、急に頭にクエスチョンマークが浮かんだ。
　ん？　うちのお父さん？　なんで？
　お父さんに、いったいなにを……？
　そしたら琉衣くんは、そっと私の左手を取って。
「亜里沙さんと、ベーカリーニシムラを俺にくださいって」
「えっ……」
　予想外のセリフに、一瞬世界が止まって見えた。
　……あれ？　今、琉衣くんは、なんて？
　うちの店と私を、ください……？
　それってまるで……プロポーズみたい……。
　私が驚きのあまり固まっていたら、琉衣くんはニッと笑う。
「……お前んちの店、俺が継いでやってもいいよ。そしたらずっと一緒にいられんだろ？　俺も店持てるし」
「う……ウソ……っ」
　あまりの衝撃と、感激で、体中がふるえた。
　涙がじわじわあふれてくる。

信じられない。なにそれ。
こんなサプライズな告白って……。
「琉衣くん、そんなこと考えてたの……?」
「うん」
あぁどうしよう。胸がいっぱいだよ。
話しながら、涙がぽろぽろこぼれ落ちてきた。
「やだ……どうしよう。うれしい……っ」
うれしすぎて、どうにかなっちゃいそう。
「琉衣くんっ」
思わずぎゅっと思いきり彼に抱きついたら、琉衣くんはまたクスッと笑う。
「ふっ、バカだな。俺がお前のこと、なんも考えてないわけねーだろ」
「……うぅっ。ウソみたい。夢みたい……」
「ウソでも冗談でもねぇよ。大マジメだから。俺的には立派な婿養子プランだと思ったんだけど?」
……えっ。
「えぇっ! 婿養子!?」
その言葉にまた衝撃を受けた。
琉衣くんが、婿養子? うちに?
なにそれ……。
「うん。だってお前一人娘じゃん。将来は婿もらうんじゃねぇの?」
「いや、そ、それは……」
わぁ、正直そこまで考えてなかった。

そっか。うちは自営業で一人娘だから、そういう可能性もあるんだ。
　お父さんはどういうつもりなんだろう……。
「それとも俺と普通に結婚したら、お前苗字ミヤカワになるけど、ベーカリーミヤカワに変えとく？」
「えぇっ！　それは……っ」
「ははっ、だから言ってんだよ」
　だけど私はなんだか信じられなくて。
「る、琉衣くんは……それでいいの？　自分のお店持つんじゃ……」
　いいのかな、本当に。うちみたいな小さなお店で。
　すると琉衣くんはマジメな顔で、
「俺はべつに、亜里沙と一緒にいられればそれでいいから」
「えっ……」
「お前とずっと一緒にパン作ってられれば、それが最高だろ」
「……っ」
　その言葉は、ほかのどんな言葉よりも、一番胸に響いた。
「琉衣くん……」
「たぶん俺、これから先も、お前いないとダメだし」
　そう言って照れくさそうに笑う彼を見たら、私はもう胸がいっぱいで、どうしようもなくて。涙がまたとめどなくあふれてきた。
「……っ、うぅっ」
　ねぇ、どうしよう。私、こんなに幸せでいいのかな？

琉衣くんは私との将来を、こんなにも真剣に考えてくれていたんだ。
　うれしくて、言葉が出てこないよ……。
「あーもう、泣くなよバカ」
　琉衣くんが泣きじゃくる私の頭を優しくなでる。
「だ、だって……っ」
「ったく、泣いたらキスできねーだろ」
　えっ？
「……んっ」
　そしてまた、彼は甘いキスを落とすと、私を見おろしながら不敵な顔で笑った。
「ふっ、でも俺、お前の泣いた顔見んの、けっこー好きかも」
「えぇっ!?」
　なんかそれ、ちょっとキケンな発言……。
　琉衣くんってやっぱりＳなんじゃないかな。
「い、イジワル……」
　私が彼を見あげながら小さくつぶやいたら、ますます不敵な笑みを浮かべる彼。
「イジワルな俺が好きなんじゃねぇの？」
　ほらね。いつもの俺様な琉衣くんが顔を出した。
　そんな彼につかまったらもう、逃げられない。
「……うん、好き。大好き」
　これからもずっと、どこまでもあなたについていくよ。
「俺も」
　そしてまた、確かめあうようにふたり、長い長いキスを

した。

* * *

　それから９年……。
「いらっしゃいませー」
　今日もうちのお店、ベーカリーニシムラは大繁盛。
　少し増築した店内では、新たに焼き菓子の販売もはじめ、お客さんの数を順調に増やしている。
　２年前、私はフランスから戻ってきた琉衣くんにプロポーズされて、めでたく結婚。
　琉衣くんは本当に西村家に婿養子に入ってくれて、現在彼はうちのパン屋でパン職人として働いている。
　一緒にパン作りをするっていうふたりの夢が叶ったんだ。
　だけど私は最近では、販売のほうを手伝っていて、パン作りの仕事はお休み中。なぜなら……。
「奥様、だいぶお腹目立ってきましたね〜」
　販売スタッフのひとり、野田さんに声をかけられる。
　実は、現在私は妊娠６カ月で、お腹には琉衣くんとの子どもがいる。
　力仕事であるパン作りを手伝うのはダメだと琉衣くんやお父さんに言われてしまったため、なるべく体に負担の少ない販売のほうに移ったんだ。
「そうかな？　やっぱりわかる？」

「わかりますよ〜。いいですねぇ、楽しみですね」
「ふふふ、ありがとう」
「あっ、その荷物私が運びますからいいですよ。奥様は重たいもの禁止ですから」
「えっ？」

　野田さんが、私が持ちあげようとしたラッピング類が入った段ボールを代わりに持ちあげる。

　妊婦だから気を使ってくれたのかな？
「だ、大丈夫だよ、これくらい」
「ダメですよ〜！　店長に怒られちゃいますから」

　だけど、そう言われて、「たしかに……」と思った私は素直に甘えることにした。
「そ、そうだね。ごめんね。それじゃよろしく」
「はーい」

　野田さんはその荷物をせっせと裏の物置まで運んでいく。

　今時刻は午後7時で、閉店30分前。

　私はお客さんが誰もいなくなった店内のカウンターの中で、少しずつ片づけの作業をしていた。

　すると、すぐ奥のベーカリーから誰かやってきて。
「おい、亜里沙」

　ふり返るとそこには、粉だらけのコックコートを着た琉衣くんの姿が。

　私はそんな彼を見て、思わず顔がほころんだ。
「琉衣くん、おつかれさま」

琉衣くんはそのままスタスタと私の隣までやってくる。そしてカウンターの上をチェックして。
「焼き菓子、今日も売り切れた？」
「うん、おかげさまで大人気だよ。足りないくらいかも」
「へー。やったじゃん。もっと数増やすか」
　琉衣くんは現在なんと、27歳にしてうちの店長だ。
　結婚後、うちで働きだした琉衣くんを見て、そのあまりの優秀な仕事ぶりに驚いたお父さんが、「立派な後継ぎが来てくれた。もうぜんぶ彼に任せる」と言って、早々と店長の職を彼にゆずってしまったんだ。
　もちろん、お父さんたちは今でもパン作りを手伝ってはくれているけれど、ちょこちょこ旅行に出かけたり、相変わらず自由に過ごしている。
　だから、このお店を今、ぜんぶ仕切っているのは琉衣くんなんだ。
「ところでお前、大丈夫なの？」
「え？」
「体、ムリすんなよ」
　琉衣くんはそう言うと、私の頭にポンと手を置く。
「大丈夫だよ。まだまだ動けるよ」
「バカ。動かなくていいから。言っとくけど、お前ひとりの体じゃねーんだからな」
　このセリフを言われたの、もう何度目だろう。
　琉衣くんはとても心配性だ。
　私が妊娠してからというもの、少しでも重いものは持つ

な、立ちっぱなし禁止、ひとりで外に出るなって、過保護なんじゃないかなってくらい私の体を心配してくれる。
　もちろん、すごくうれしいけどね。
　琉衣くんはそのまま、私のお腹にそっと手を当てる。
「なぁ、今起きてんの？」
「うーん、今は動いてないから、寝てるのかも」
　こうやって彼は、お腹の中の赤ちゃんが動いてるか、いつも聞いてくるんだ。
　だけど、琉衣くんが触ってくる時に限って、赤ちゃんは動いてくれない。
「ちぇっ、またか。俺が触るといつも寝てんのな」
「ふふふ。パパがいる時は安心して寝ちゃうんだよ」
「そうなの？」
「うん。きっとそう」
「おーい、起きろ〜。パパだぞー」
　さらには、お腹に向かって話しかけはじめる彼。
「あはは」
　そんな姿がちょっとかわいくて、思わず笑ってしまった。
　するとその時うしろから、
「やだー、ラブラブですね〜」
　なんて言う声が聞こえてきて。
　ハッとしてふり返ったら、さっき荷物を運びにいった野田さんが、いつの間にか戻ってきていた。
　やだ。今のやり取り見られてたのかな？
　琉衣くんは慌ててパッと手を離す。

「あ、野田さん、ありがとね」
　私もすごく恥ずかしかったけれど、なんでもない顔で答えた。
「いえいえ、すいませんね。なんかお邪魔しちゃって〜」
　ニヤニヤする野田さんを見て、琉衣くんは気まずそうな顔をすると、さっと背を向ける
「……っ、あー、俺まだ掃除あるから」
　そして再びベーカリーに戻っていった。
「あー、行っちゃった。まったく店長ったらシャイなんだからー」
　実は野田さんにはいつも、こうしてふたりで仲良くしているところを見られて冷かされてる。
「愛されてますね〜」
「あはは……」
　そう言われてますます恥ずかしくなったけれど、周りからもそういうふうに見えるのは、ちょっとうれしかった。
　自分でも、琉衣くんにはすごく愛されてるって思う。
　琉衣くんと結婚してよかったなって思うし、こうして一緒にお店をやっていけるなんて、本当に幸せだなって思う。
「そういえば、赤ちゃんの名前って決めたんですか？」
　ふと野田さんがそんなことをたずねてきた。
「あ、うん。もう決めたよ」
「え〜っ！　早い！　たしか女の子でしたよね？」
「うん、たぶん」
「なんて名前にするんですか〜？」

そう。子どもの性別は女の子みたいだから、最近琉衣くんと一緒に名前を考えたんだ。
　単純かもしれないけど、お互いの名前から一字ずつ取ろうってことになった。
「えっとね、亜衣（あい）ってつけようって思ってるの」
「えっ、それってまさか、亜里沙の亜と、琉衣の衣ですか？」
「う、うん。そう」
「やだ〜、もうっ。そういうのうらやましいですー！」
　野田さんのテンションがさらに上昇する。
「早くアイちゃんにアイたい〜。なんて」
　そう言われてちょっと照れくさかったけれど、私も同じく早く会いたいなって思った。
　だって、大好きな琉衣くんとの間にできた子どもなんだもん。
　きっとかわいくてたまらないよ。
「店長、溺愛（できあい）しそうですよね〜」
「あはは、たしかに……」
　ふだんはぶっきらぼうな琉衣くんだけど、娘にはきっとメロメロなんだろうなぁ……。
「ふふっ」
　そんな姿を想像したら微笑ましくて、また笑みがこぼれた。
　楽しみだなぁ。
　ふとベーカリーに目をやると、ガラスばりの壁の向こう側に琉衣くんが見える。

コックコート姿の彼は、あの頃と変わらない。
　俺様で、ちょっとエラそうで、時々イジワルで。
　だけど本当はすごく優しくて、まっすぐで、思いやりのある人。
　大好きな、私の旦那様……。

　あなたに出会えたことがなによりの幸せだって、心からそう思う。
　いろんなことがあったけど。これからもきっと、いろんなことがあると思うけど。
　どんなことも、あなたとなら、きっと乗り越えていける。
　一緒に幸せな未来を作っていこうね。

【番外編fin.】

あとがき

こんにちは、青山そららです。
このたびは『俺の言うこと聞けよ。～イジワルな彼と秘密の同居～』を手に取ってくださって本当にありがとうございます！
まさか３冊目の文庫を出せる日が来るとは思ってもいなかったので、本当にうれしく思っています。
これもすべて応援してくださる皆様のおかげです。感謝の気持ちでいっぱいです。

この作品は、個人的にすごくお気に入りなのですが、とにかく俺様男子との同居モノを書きたいと思ったのと、なにかお店をやっているお家で、女の子が住みこみで働くお話にしたいという思いから生まれました。
最初はお互い苦手だと思っていたのに、だんだん仲を深めていく、そんなストーリーにしたいと思いました。琉衣の俺様っぷりは少し横暴だったり子どもっぽくも見えたと思いますが、彼のキャラはとても書きやすかったです。
なにより書いていて楽しかったのは、たびたび琉衣が嫉妬するシーンです。独占欲丸だしの男の子を書くのはすごく楽しかったです。
また、個人的に樹のキャラがすごく気に入っています。
パン職人見習いという設定や、琉衣のコンプレックスや

あとがき >> 351

過去など、いろいろ盛りこんだので、更新中はとても苦戦した覚えがありますが、おかげでとても思い入れの強い作品になりました。
　今でもパン屋さんに行くと、この話を書いたことを思い出します。

　琉衣が将来、亜里沙の家に婿養子に入ってパン屋を継ぐ、というのは実はずっと前から決めてあって、いつかそのお話を書きたいなとはずっと思っていました。
　なので、今回文庫化のお話をいただいて、番外編としてふたりの未来を書くことができてとてもうれしく思っています。
　これで本当のハッピーエンドにできたかな、という気がします。

　最後になりましたが、1冊目からずっとお世話になっている担当の長井様、同じく毎回編集のお手伝いをしてくださっている加門様、そして、文庫化という機会を与えてくださったスターツ出版の方々、応援してくださる読者の皆様、すべての方々に心からの感謝を申し上げたいと思います。本当にありがとうございました！
　これからも楽しんでいただけるような作品を書けるよう頑張っていきたいと思います。

2017.3.25 青山そらら

この物語はフィクションです。
実在の人物、団体等とは一切関係がありません。

青山そらら先生への
ファンレターのあて先

〒104-0031
東京都中央区京橋1-3-1
八重洲口大栄ビル7F
スターツ出版（株）書籍編集部 気付
青山そらら先生

KEITAI
SHOUSETSU
BUNKO
SINCE 2009

俺の言うこと聞けよ。
~イジワルな彼と秘密の同居~

2017年3月25日 初版第1刷発行

著 者	青山そらら ©Sorara Aoyama 2017
発行人	松島滋
デザイン	カバー 金子歩未（hive&co.,ltd.） フォーマット 黒門ビリー＆フラミンゴスタジオ
DTP	朝日メディアインターナショナル株式会社
編 集	長井泉 加門紀子
発行所	スターツ出版株式会社 〒104-0031 東京都中央区京橋1-3-1 八重洲口大栄ビル7F TEL 販売部03-6202-0386（ご注文等に関するお問い合わせ） http://starts-pub.jp/
印刷所	共同印刷株式会社

Printed in Japan

乱丁・落丁などの不良品はお取り替えいたします。上記販売部までお問い合わせください。
本書を無断で複写することは、著作権法により禁じられています。
定価はカバーに記載されています。

ISBN 978-4-8137-0224-5　C0193

ケータイ小説文庫　2017年3月発売

『俺のこと、好きでしょ？』 *メル*・著

人に頼まれると嫌と言えない、お人好しの美月。その性格のせいで、女子から反感を買い落ち込んでいた。そんな時、同じクラスのイケメンだけど一匹狼の有馬くんが絵を描いているのを見てしまう。美しい絵に心奪われた美月は、彼に惹かれていくが、彼は幼なじみの先輩に片想いをしていて…。

ISBN978-4-8137-0223-8
定価：本体 580 円＋税

ピンクレーベル

『涙空　上』白いゆき・著

高1の椎香は、半年前に突然別れを告げられた元カレ・勇人を忘れられずにいた。そんな椎香の前に現われたのは、学校一のモテ男・渉。椎香は渉の前では素直になることも笑うこともでき、いつしか渉に惹かれていく。そんな時、勇人が別れを切り出した本当の理由が明らかになって…。

ISBN978-4-8137-0225-2
定価：本体 530 円＋税

ブルーレーベル

『涙空　下』白いゆき・著

自分の気持ちにハッキリ気づいた椎香は、勇人と別れ、渉へ想いを伝えに行く。しかしそこで知ったのは、渉がかかえるツラい過去。支え合い、愛し合って生きていくことを決意したふたり。けれど、さらに悲しい現実が襲いかかり…。繰り返される悲しみのあとで、ふたりが見たものとは──？

ISBN978-4-8137-0226-9
定価：本体 530 円＋税

ブルーレーベル

『トモダチ崩壊教室』なぁな・著

高2の咲良は中学でイジメられた経験から、二度と同じ目に遭いたくないと、異常にスクールカーストにこだわっていた。1年の時に仲良しだった美琴とクラスが離れたことをきっかけに、カースト上位を目指し、騙し騙されながらも周りを蹴落としていくが…？　大人気作家なぁなが贈る絶叫ホラー!!

ISBN978-4-8137-0227-6
定価：本体 590 円＋税

ブラックレーベル

ケータイ小説文庫　好評の既刊

『いいかげん俺を好きになれよ』 青山そらら・著

高2の美優の日課はイケメンな先輩の観察。仲の良い男友達の歩斗には、そのミーハーぶりを呆れられるほど。そろそろ彼氏が欲しいなと思っていた矢先、歩斗の先輩と急接近！　だけど、浮かれる美優に歩斗はなぜか冷たくて…。野いちごグランプリ2016 ピンクレーベル賞受賞の超絶胸キュン作品！

ISBN978-4-8137-0137-8
定価：本体580円+税

ピンクレーベル

『お前しか見えてないから。』 青山そらら・著

高1の鈴菜は口下手で人見知り。見た目そっくりな双子の花鈴とは正反対の性格だ。人気者の花鈴にまちがえられることも多いけど、クールなイケメン・夏希だけは、いつも鈴菜をみつけてくれる。しかも女子に無愛想な夏希が鈴菜にだけは優しくて、ちょっと甘くて、ドキドキする言葉をくれて…!?

ISBN978-4-8137-0185-9
定価：本体590円+税

ピンクレーベル

『キミの隣で恋をおしえて』 ももしろ・著

彼氏がほしくて仕方がない高2の知枝里。ある日ベランダで、超イケメンの無気力系男子・安堂が美人で有名な美坂先生と別れ話をしているのを聞いてしまい、さらにベランダに締め出されてしまう。知枝里は締め出された仕返しに、安堂を脅そうとするけど、逆に弱みを握られちゃって…？

ISBN978-4-8137-0209-2
定価：本体590円+税

ピンクレーベル

『好きになんなよ、俺以外。』 嶺央・著

彼氏のいる高校生活にあこがれて、ただいま14連続失恋中の翼。イケメンだけどイジワルな蒼とは、幼なじみだ。ある日、中学時代の友達に会った翼は、彼氏がいないのを隠すため、蒼と付き合っていると嘘をついてしまう。彼氏のフリをしてもらった蒼に、なぜかドキドキしてしまう翼だが…。

ISBN978-4-8137-0208-5
定価：本体590円+税

ピンクレーベル

ケータイ小説文庫 好評の既刊

『他のヤツ見てんなよ』つゆ子・著

高2の弥生は恋愛に消極的な女の子。実は隣の席のクール男子・久隆君に恋をしている。放課後、弥生は誰もいない教室で久隆君の席に座り、彼の名前を呟いた。するとそこへ本人が登場！ 焦った弥生は、野球部に好きな男子がいて、彼を見ていたと嘘をつくけれど…？ ピュア女子の焦れ恋にドキドキ！

ISBN978-4-8137-0210-8
定価：本体 570 円＋税

ピンクレーベル

『彼と私の不完全なカンケイ』柊乃・著

高2の璃子は、クールでイケメンだけど遊び人の幼なじみ・尚仁のことなら大抵のことを知っている。でも、彼女がいるくせに一緒に帰ろうって言われたり、なにかと構ってくる理由がわからない。思わせぶりな尚仁の態度に、璃子振り回されて…？ 素直になれないふたりの焦れきゅんラブ!!

ISBN978-4-8137-0197-2
定価：本体 570 円＋税

ピンクレーベル

『俺をこんなに好きにさせて、どうしたいわけ？』acomaru・著

女子校に通う高2の美夜は、ボーイッシュな見た目で女子にモテモテ。だけど、ある日いきなり学校が共学に!? 後ろの席になったのは、イジワルな黒王子・矢野。ひょんなことから学園祭のコンテストで対決することになり、美夜は勝つため、変装して矢野に近づくけど…？ 甘々♥ラブコメディ！

ISBN978-4-8137-0198-9
定価：本体 590 円＋税

ピンクレーベル

『クールな彼とルームシェア♡』*あいら*・著

天然で男子が苦手な高1のつぼみは、母の再婚相手の家で暮らすことになるが、再婚相手の息子は学校の王子・舜だった!! クールだけど優しい舜に痴漢から守ってもらい、つぼみは舜に惹かれていくけど、人気者のコウタ先輩からも迫られて…？ 大人気作家*あいら*が贈る、甘々同居ラブ!!

ISBN978-4-8137-0196-5
定価：本体 570 円＋税

ピンクレーベル

ケータイ小説文庫　好評の既刊

『優しい嘘で、キミにサヨナラ。』 天瀬ふゆ・著

高2の莉子は、幼なじみの悠里と付き合って2年目。しかし彼が、突然ほかの女の子と浮気しはじめた。ショックをうけるが、別れを切り出されるのが怖い莉子は何も言えない。そんな時、莉子は偶然中学時代にフラれた元彼、広斗に再会する。別れの理由を聞かされた莉子の心は揺れるが…。

ISBN978-4-8137-0211-5
定価：本体590円+税

ブルーレーベル

『君が教えてくれたのは、たくさんの奇跡でした。』 姫亜。・著

喉を手術し、声が出せなくなった高2の杏奈は運命を呪い、周りを憎みながら生きていた。そんなある日、病室で金髪の少年・雅と出会う。どこか自分と似ている彼に惹かれていく杏奈だけど、雅は重い過去を抱えていて…。不器用に寄り添う二人に降り積もる、たくさんの奇跡に涙が止まらない！

ISBN978-4-8137-0212-2
定価：本体580円+税

ブルーレーベル

『ずっと、キミが好きでした。』 miNato・著

中3のしずくと怜音は幼なじみ。怜音は過去の事故で左耳が聴こえないけれど、弱音を吐かずにがんばる彼に、しずくはずっと恋している。ある日、怜音から告白されて嬉しさに舞い上がるしずく。卒業式の日に返事をしようとしたら、涙ながらに「ごめん」と拒絶され、離れ離れになってしまい…。

ISBN978-4-8137-0200-9
定価：本体590円+税

ブルーレーベル

『初恋ナミダ。』 和泉あや・著

遙は忙しい両親と入院中の妹を持つ普通の高校生。ある日転びそうなところを数学教師の椎名に助けてもらう。イケメンだが真面目で先生のクールな可愛い一面を知り、惹かれていく。ふたりの仲は近付くが、先生のファンから嫌がらせをうける遙。そして先生は、突然遙の前から姿を消してしまい…。

ISBN978-4-8137-0199-6
定価：本体550円+税

ブルーレーベル

ケータイ小説文庫　2017年4月発売

『君の笑顔がみたいから！(仮)』ひなたとさくら・著

ある人を助けるために、暴走族・煌龍に潜入した茉弘。そこで出会ったのは、優しいイケメンだけどケンカの時には豹変する総長の恭。最初は反発するものの、彼や仲間に家族のように迎えられ、茉弘は心を開いていく。しかし、茉弘が煌龍の敵である鷹牙から来たということがバレてしまって…。
ISBN978-4-8137-0238-2
予価：本体500円＋税

ピンクレーベル

『誘惑プリンスの不機嫌に甘いキス(仮)』言ノ葉リン・著

三葉は遠くの高校を受験し、入学と同時にひとり暮らしを始めた。ある日、隣の部屋に引っ越してきたのは、ある出来事をきっかけに距離をおいた、幼なじみの玲央。しかも彼、同じ高校に通っているらしい！　昔抱いていた恋心を封印し、玲央を避けようとするけれど、彼はどんどん近づいてきて…。
ISBN978-4-8137-0239-9
予価：本体500円＋税

ピンクレーベル

『秘密のキスから恋がはじまる。(仮)』ゆいっと・著

高2の美優が教室で彼氏の律を待っていると、近寄りがたい雰囲気の黒崎に「あんたの彼氏、浮気してるよ」と言われ、不意打ちでキスされてしまう。事実に驚き、キスした罪悪感に苦しむ美優。が、黒崎も秘密を抱えていて――。三月のパンタシアノベライズコンテスト優秀賞受賞、号泣の切恋!!
ISBN978-4-8137-0240-5
予価：本体500円＋税

ブルーレーベル

『涙のむこうで、君と永遠の恋をする。』涙鳴・著

幼い頃に両親が離婚し、一緒に住み始めた母の彼氏から虐待を受けていた高2の穂叶は、それが原因でPTSDに苦しんでいる。自ら築いた心の檻に閉じこもるように生きていたが、心優しい少年・渚に出会い、少しずつ心を開いていく。絶望しか知らなかった少女が見た希望の光とは…？　涙の感動作！
ISBN978-4-8137-0241-2
予価：本体500円＋税

ブルーレーベル

書店店頭にご希望の本がない場合は、
書店にてご注文いただけます。

恋するキミのそばに。
野いちご文庫創刊！

大賞受賞作！

「全力片想い」
田崎くるみ・著
本体：560円+税

好きな人には
好きな人がいた
……切ない気持ちに
共感の声続出！

「三月のパンタシア×
野いちごノベライズコンテスト」
大賞作品！

高校生の萌は片想い中の幸から、親友の光莉が好きだと相談される。幸が落ち込んでいた時、タオルをくれたのがきっかけだったが、実はそれは萌の仕業だった。言い出せないまま幸と光が近付いていくのを見守るだけの日々。そんな様子を光莉の幼なじみの笹沼に見抜かれるが、彼も萌と同じ状況だと知って…。

イラスト：loundraw　ISBN：978-4-8137-0228-3

感動の声が、たくさん届いています！

- こきゅんきゅんしたり泣いたり、すごくよかったです！
  /ウヒョンらぶ さん
- 一途な主人公がかわいくも切なく、ぐっと引き込まれました。
  /まは。さん
- 読み終わったあとの余韻が心地よかったです。
  /みゃの さん

恋するキミのそばに。
♥野いちご文庫創刊！♥

可愛いカラーマンガつき！

３６５日、君をずっと想うから。

SELEN・著
本体：590円＋税

彼が未来から来た切ない
理由って…？
蓮の秘密と一途な想いに、
泣きキュンが止まらない！

イラスト：雨宮うり
ISBN：978-4-8137-0229-0

高2の花は見知らぬチャラいイケメン・蓮に弱みを握られ、言いなりになることを約束されられてしまう。さらに、「俺、未来から来たんだよ」と信じられないことを告げられて!?　意地悪だけど優しい蓮に惹かれていく花。しかし、蓮の命令には悲しい秘密があったー。蓮がタイムリープした理由とは？　ラストは号泣のうるきゅんラブ!!

感動の声が、たくさん届いています！

こんなに泣いた小説は
初めてでした…
たくさんの小説を
読んできましたが
1番心から感動しました
／三日月恵さん

こちらの作品一日で
読破してしまいました（笑）
ラストは号泣しながら読んで
ました。゜(´つω｀､)゜
切ない……
／田山麻雪深さん

1回読んだら
止まらなくなって
こんな時間に!!
もう涙と鼻水が止まらな
息ができない（涙）
／サーチャンさん